COLLECTION
FOLIO BILINGUE

Miguel de Cervantes

El celoso extremeño
Las dos doncellas

Novelas ejemplares

Le Jaloux d'Estrémadure
Les Deux Jeunes Filles

Nouvelles exemplaires

Traduit de l'espagnol,
préfacé et annoté
par Jean-Marc Pelorson

Gallimard

Cette traduction est conforme à celle parue dans la Pléiade, Cervantès *Nouvelles exemplaires* suivies de *Persilès* (*Œuvres romanesques complètes*, II).

Le texte espagnol est celui que propose Harry Sieber dans la collection Càtedra, Madrid, 1995.

PRÉFACE

I. Le recueil

Chacune des douze nouvelles publiées par Cervantès en 1613 dans l'ouvrage intitulé Nouvelles exemplaires *pose un double problème : celui de son appartenance à un recueil, et celui de sa singularité. Cette double direction d'analyse a été indiquée, de façon non moins incitative que fuyante, par l'auteur lui-même dans son Prologue au lecteur :*

« Je leur ai donné le nom d'exemplaires, et si tu y regardes de près, il n'en est aucune dont on ne puisse tirer quelque exemple profitable, et n'était la peur de m'étendre sur le sujet, peut-être eussé-je pu te montrer le fruit savoureux et honnête que l'on pourrait tirer de toutes ensemble et de chacune d'elles en particulier. »

Un premier aspect du recueil, c'est son caractère segmentable : ces nouvelles (à une exception près qu'on va bientôt évoquer pour tenter de l'interpréter) constituent autant d'entités narratives publiables et lisibles séparément, chacune ayant sa propre unité et se suffisant à elle-même. Cette caractéristique est devenue si banale aujourd'hui pour qui consulte une collection de nouvelles (soit d'un même écrivain, soit de plusieurs), qu'on n'y réfléchit même plus. Mais, au Siècle d'Or, l'indépendance de la nouvelle n'allait pas de soi. En Italie, le Décaméron de Boccace avait légué l'archétype, dominant sinon hégémonique, de recueils rattachant chaque nouvelle à un cadre général d'énonciation propice au foisonnement de récits successifs. En Espagne, le procédé de l'interpolation de nouvelles au sein d'ensembles plus vastes avait été mis à la mode par Jorge de Montemayor dans sa fiction pastorale La Diane (1559) et par Mateo Alemán dans sa fiction picaresque Guzmán de Alfarache (1599). Or, non seulement Cervantès s'est inscrit dans cette mode, mais il n'y a jamais vraiment renoncé, même après 1613. Dans le roman pastoral des débuts Galatée (publié en 1585), sur l'histoire principale, extrêmement mince, viennent se greffer quantité de récits seconds, dont certains ont la dimension de vraies nouvelles ; la première partie (1605) de Don Quichotte comporte, entre autres ingrédients extérieurs à l'histoire principale, la nouvelle interpolée (expressément appelée novela) du Curieux impertinent (chap. 33-35) et la historia, partiellement hétérodiégétique, du Captif (chap. 39-41). Revenant là-dessus dans un passage (chap. 47) de la deuxième partie (1615), Cervantès, par le truchement humoristique de Cide Hamete Benengeli, ce chroniqueur fictif présenté comme le véritable auteur du livre, semble s'excuser d'avoir inséré de tels « greffons », et jure de ne plus récidiver. Promesse, à vrai dire, plutôt mal tenue dans cette même deuxième partie, et encore plus mal dans Persilès (1616) — roman ultime bouclé à quelques jours de la mort — puisque des récits *seconds, partiellement hétérodiégétiques, et quelquefois proches de la nouvelle par leurs dimensions, s'y multiplient de plus belle !*

Replacé dans cette trajectoire d'ensemble de la production romanesque cervantine, le recueil de 1613 apparaît comme une émancipation de la nouvelle, en tant qu'unité indépendante, sans qu'on puisse donner à ce choix la signification d'une rupture définitive avec une autre pratique persistante, par laquelle Cervantès, se faisant occasionnellement nouvelliste, a mis la nouvelle en relation avec d'autres entités au sein d'ensembles narratifs plus vastes.

On peut dès lors interpréter le célèbre emboîtement des deux dernières nouvelles du recueil — Le Mariage trompeur *et* Le Colloque des chiens *forment, on le sait, un sous-ensemble — comme la marque formelle d'un refus d'accorder valeur absolue à la clôture sur elle-même de la forme narrative mise à l'honneur. Et c'est pour nous une incitation de plus à poursuivre l'examen de ce que toutes ces* Nouvelles exemplaires *ont en commun.*

Il ne suffit pas de dire que chacune de ces nouvelles a une unité, encore faut-il définir celle-ci. Or, de ce point de vue, on découvre deux types de récits dans le recueil de 1613. Le premier, largement majoritaire et qui englobe les deux nouvelles ici retenues, a une unité aristotélicienne : on y trouve, selon un précepte d'Aristote que Cervantès se plaisait à répéter, « un début, un milieu et une fin », c'est-à-dire qu'une logique sous-tend le découpage de l'histoire, que quelque chose se noue puis se dénoue. La facture du Jaloux d'Estrémadure *est à cet égard très illustrative : un vieux barbon échafaude des*

« précautions » qu'un séducteur va démolir, et le dénouement déploie là-dessus ses sanctions. Dans Les Deux Jeunes Filles, *la frivolité d'un jeune séducteur provoque une double crise, qui finira par s'apaiser... Mais trois nouvelles au moins, et non des moindres, à savoir* Rinconete et Cortadillo, Le Licencié de verre, *et* Le Colloque des chiens, *sont des formes ouvertes, dont la fin, purement contingente, ne constitue pas un dénouement : les deux garnements qui visitent les bas-fonds de Séville demeurent de simples observateurs et le récit dure le temps que dure leur visite ; l'étudiant qui se croit devenu fragile comme du verre devient lui aussi un observateur de scènes de rue qui pourraient se succéder indéfiniment, si un retour à la raison, suivi d'une prompte mort, ne venait couper tout cela ; le récit bigarré et protéiforme de Berganza dure une première nuit, sans que l'on sache d'où est venu aux chiens ce don subit de la parole, s'il leur sera ou non retiré, s'il sera permis à Cipion de conter à son tour sa vie...*

Difficile aussi de trouver dans toutes les nouvelles l'exemplarité promise par le titre et par les déclarations liminaires de l'auteur : la leçon ou le « fruit » à tirer de chaque « exemple » n'est pas toujours évident. Comme on le montrera plus loin, les deux échantillons ici retenus sont de ceux d'où peut se dégager effectivement une « morale », plus ou moins complexe. Mais il se trouve que les trois autres nouvelles qu'on vient de définir comme non aristotéliciennes sont également « amorales », non seulement parce que l'absence de tout dénouement empêche leurs fins respectives d'apparaître comme des sanctions ou comme des récompenses, mais parce que leur tonalité d'ensemble est particulièrement désinvolte.

Les problèmes posés par une telle diversité sont gom-

més par beaucoup de commentateurs, soit qu'ils postulent, sans jamais la démontrer, et pour cause, l'unité globale du recueil, soit qu'ils s'effacent, à la manière fuyante de l'auteur, pour inviter le lecteur à se construire par ses propres moyens une interprétation unifiante de l'ensemble.

Que le recueil de 1613 soit plus et mieux qu'une simple juxtaposition, et que l'on puisse, par exemple, estimer que La Petite Gitane *mérite à divers égards sa place inaugurale, ou encore que* Le Colloque des chiens *a été bien choisi pour couronner l'ensemble, c'est une chose. C'en serait une autre de prétendre — et personne ne s'y est risqué — que la place, par exemple, du* Jaloux d'Estrémadure *en septième position ait un sens particulier, et que sa proximité avec* La Force du sang *d'une part et* L'Illustre Laveuse de vaisselle *d'autre part soit à quelque égard éclairante.*

Mais quiconque pratique Les Nouvelles exemplaires *sent bien qu'elles ont en commun une écriture, une façon de raconter, bref une « manière » proprement cervantine. On se refusera ici à des développements disproportionnés sur la spécificité des nouvelles cervantines par rapport à ce qui les précède (l'*exemplum *médiéval, la* novella *italienne) ou à ce qui les suit (par exemple les nouvelles de Lope de Vega), et l'on se contentera de proposer, comme piste de recherche, un début de réflexion sur la tension qui s'établit, selon nous, dans les nouvelles cervantines entre deux pôles : celui du réel et celui de l'extraordinaire — quitte à vérifier ensuite dans les deux échantillons retenus l'existence de cette tension et ses modalités de fonctionnement.*

Qu'un gentilhomme se fasse gitan pour l'amour d'une Gitane dont on découvrira qu'elle est elle-même de noble naissance (La gitanilla), *qu'un jeune Sicilien, tombé aux mains des Turcs, devienne le rival amoureux d'un pacha* (El amante liberal), *que deux adolescents, Rincón et Cortado, assument à la manière d'un jeu l'aventure picaresque, comme le font à leur tour, un peu plus loin dans le recueil, et depuis un milieu social plus favorisé, Carriazo et Avendaño* (La ilustre fregona), *que l'amour pousse un jeune Anglais, attaché pourtant à son pays et à sa reine, à s'expatrier définitivement pour Séville* (La Española inglesa), *qu'un étudiant se croie fait de verre* (El licenciado Vidriera), *qu'un violeur s'éprenne de celle qu'il a violée* (La fuerza de la sangre), *qu'un nourrisson disparaisse à la suite d'une méprise* (La Señora Cornelia), *que des chiens reçoivent soudain le don miraculeux de la parole* (El coloquio de los perros), *voilà autant de situations qui sortent de l'ordinaire, situations pour le moins « extrêmes », fantaisistes dans bien des cas, et même fantastiques quand il s'agit des deux chiens parlant. Certes, il arrive que la réalité « dépasse la fiction », si bien qu'on ne peut exclure pour certaines de ces nouvelles, comme n'ont pas manqué de le rappeler divers commentateurs, quelque fondement réel. Mais enfin, il importe de souligner ici avec force, contre ceux qui parlent de « réalisme du quotidien » à propos de Cervantès nouvelliste, que les situations de départ et les nombreuses conséquences qui en découlent s'inscrivent plus dans un climat d'aventures exceptionnelles (faites de coups du sort, de folies subites, d'évasions lointaines ou d'incursions en milieu insolite), que dans un contexte ordinaire. Seule la courte nouvelle du* Mariage trompeur, *coup fourré entre un soldat calculateur et une arnaqueuse, se rapproche d'une réalité entièrement sordide, sinon tout à fait banale en son genre.*

Le réalisme de l'ensemble du recueil, souligné traditionnellement, n'en est pas moins indéniable, mais il faut le concevoir comme une force de rappel intermittente, plutôt que comme une donnée permanente. Et ce rappel s'exerce à travers une double expérimentation : celle que font les personnages en vivant leurs aventures, et celle que fait le lecteur, guidé ou plutôt manœuvré par un nouvelliste malicieux. Mais venons-en, pour plus ample démonstration, aux deux échantillons retenus.

II. Le Jaloux d'Estrémadure

Selon la définition qu'il finira par donner de lui-même sur son lit de mort, Carrizalès est un personnage « extrême ». Cet « Estrémègne » a été extrêmement pauvre, avant de devenir extrêmement riche, et c'est extrêmement tard que se manifeste la vérité profonde de son être : sa jalousie extrême, dès lors qu'il commet la folie, à plus de soixante-huit ans, de s'éprendre d'une petite Sévillane aperçue à une fenêtre.

Manifestation qui n'est pas, à proprement parler, une révélation pour le personnage : il s'est toujours su d'un naturel jaloux, jaloux en toutes circonstances et sans même avoir sujet de l'être, et c'est bien pourquoi, tout en laissant « les femmes » l'aider à dépenser allégrement du temps de sa jeunesse, il n'a jamais voulu prendre femme. D'où l'inconséquence extrême, soulignée par le narrateur, de sa décision d'épouser, à un âge si avancé, un jeune tendron de treize ou quatorze ans !

On ne saurait dire que l'existence de Carrizalès, avant l'instant fatidique de sa rencontre avec Leonora, ait été des plus ordinaires. De ce point de vue, les préliminaires relativement développés qui précèdent l'histoire du drame que va vivre le personnage sont intéressants à comparer avec le bref et fameux incipit du Quichotte *: si la vérité profonde de l'hidalgo manchègue se manifeste elle aussi tardivement, lorsque, frisant la cinquantaine, il décide de se faire chevalier errant et de partir à l'aventure, c'est un demi-siècle d'existence routinière et d'ennui qui a préparé la rupture. Carrizalès, lui, a déjà vécu toute une vie aventureuse, et même plusieurs vies, puisque cet hidalgo décavé, mi-gueux mi-soldat, a bourlingué « par diverses contrées d'Espagne, d'Italie et de Flandres » jusqu'à ses quarante-huit ans, avant de s'embarquer, depuis Séville, pour « Terre-ferme », c'est-à-dire pour le royaume du Pérou, où il a fait fortune. La tête brûlée s'est donc assagie, l'hidalgo estrémègne, non moins prodigue que désargenté au départ, s'est embourgeoisé, si bien que le retour à Séville de cet « indiano » — comme on appelait à l'époque et comme on continue d'appeler aujourd'hui l'Espagnol revenu au pays après s'être enrichi en Amérique — semble annoncer une fin de vie sans histoire de rentier paisible et débonnaire. Le saut dans l'extraordinaire se réalise pourtant, non sans inconséquence comme on l'a déjà dit, mais aussi (toute inconséquence a son explication) parce que le vieux Carrizalès se sent seul, et parce qu'il croit pouvoir prendre, grâce à son argent, toutes les « précautions » imaginables pour mettre à l'abri son honneur de mari : il achète littéralement à des parents nobles mais pauvres une fillette naïve et inexpérimentée, il entoure ce cher petit trésor de serviteurs soigneusement choisis (nègre eunuque, esclaves noires ou blanches dont il marque le visage au fer rouge, duègne) et d'une maison qu'il aménage, lui l'ancien soldat et l'ancien négociant, comme une forteresse ou comme un coffre-fort.*

De cette « étrange humeur jalouse », qui combine témérité et calculs prudents, générosité et avarice, omnipotence et impuissance, la maison sévillane achetée par Carrizalès devient l'extraordinaire concrétion. Il n'est pas de lecteur qui ne se plaise à se remémorer l'organisation inouïe de cette prodigieuse demeure, avec son portail d'entrée à serrure spéciale, son vestibule où le nègre eunuque doit monter la garde, et grimper la nuit par une échelle à un galetas où il dort, au-dessus de la grange où loge une mule nécessaire pour les courses, la porte intérieure qui ne s'ouvre, comme celle de l'entrée, qu'avec l'unique passe dont le maître de maison a seul la possession et l'usage, la précaution du « tour », cette invention des couvents qui permet de faire entrer les provisions, sans avoir à introduire leur porteur, par une boîte cylindrique pivotante, etc. Plutôt que de poursuivre la paraphrase d'un texte irremplaçable, on se contentera d'insister sur un détail jusqu'ici mal élucidé par les annotateurs : il s'agit de la cerradura de loba *fixée au portail d'entrée. Cette dénomination s'explique, selon le lexicographe d'époque Sebastián de Covarrubias, par la disposition en dents de loup des « gardes » de la serrure. Mais le dictionnaire bilingue (lui aussi contemporain) de César Oudin fournit ce précieux commentaire : « Serrure à ressort qui ne se peut ouvrir d'un côté ni d'autre sans la clef. » Géniale trouvaille de Cervantès, pour suggérer que la jalousie de Carrizalès se prémunit tout autant contre les velléités d'évasion que contre les menaces d'intrusion ! On a eu l'idée de réunir en un petit musée les objets célèbres des films de Hitchcock. Si l'on fabriquait un musée analogue en l'honneur de Cervantès, il faudrait assurément faire une place de choix à la serrure de l'ingénieux Carrizalès !*

À cette extraordinaire ingéniosité du vieux barbon, Loaysa, le séducteur, répond par une astuce et une ténacité non moins impressionnantes. Toutes les précautions de Carrizalès vont ainsi se retourner contre lui. Loaysa utilise la musique de sa guitare pour s'introduire par étapes successives jusqu'au cœur de l'étrange demeure où il a subodoré que se cache un trésor. Le nègre eunuque, qui rêve de devenir guitariste, devient un premier allié, qui permet à Loaysa de franchir l'obstacle du portail; l'austère réclusion à laquelle ont été condamnées Leonora et ses compagnes n'en attise que davantage leur désir d'entendre et de voir le professeur de musique dont elles ont fini par découvrir la présence intra muros *; censée veiller sur la vertu de la jeune épouse, la duègne, grande amatrice de séguédilles, sarabandes et autres danses endiablées, est en fait une femme lascive, toute disposée à offrir une aide intéressée au démon tentateur; la naïveté de Leonora la rend d'autant plus vulnérable aux serments, belles paroles, et chansons suggestives du séducteur. Celui-ci est surnommé par ses amis de la jeunesse dorée sévillane :* el virote*, terme qui désignait un trait d'arbalète empenné, dont se servaient notamment les chasseurs de lapins et de lièvres. L'intention érotique est évidente, et, pour la rendre, notre traduction a préféré au vocable français aujourd'hui bien oublié « vireton », le surnom de « Dard Pointu ». Il faut dire que le suffixe -ote pouvait être senti comme un augmentatif de « vir ». Face au summum de la jalousie, incarné par Carrizalès, le summum de la virilité est donc attribué à Loaysa. Et les deux hommes en viennent à prendre l'un et l'autre une dimension mythique : Loaysa, qui tire de la musique un tel pouvoir de séduction est, à un moment donné, comparé par le narrateur* *à Orphée, cependant que Carrizalès est appelé l'« Argus de son cher trésor ».*

*Sur ces deux personnages placés hors du commun par leurs aspects paroxystiques et mythiques, la banalité du réel exerce pourtant, par intermittence, sa force de rappel. Et, pour ce qui concerne Carrizalès, dès la situation de départ : on sourit certes de lire que la seule idée de se marier le rend aussitôt jaloux, mais, à la réflexion, son cas est-il si singulier ? La littérature a-t-elle tourné le dos au réel lorsque, bien avant Cervantès, elle a proposé — comme l'ont rappelé ceux qui ont cherché les sources possibles de la nouvelle cervantine — des récits où l'on voit un mari, jeune ou vieux, enfermer son épouse dans quelque maison à hautes murailles ou dans quelque tour ? Et lorsque Buñuel, au milieu du XX*e *siècle, montre dans son film intitulé* El *un jeune marié mexicain qui transforme en cauchemar, pour sa femme et pour lui-même, un voyage de lune de miel, n'est-ce pas un certain type de jaloux obsessionnel, préfiguré par Carrizalès et toujours d'actualité, qui propose et impose sa vérité humaine ? Quant à Loaysa, présenté tour à tour comme « le plus désastreux » des mendiants quand il feint d'être infirme et borgne, et comme le plus ravissant des princes charmants quand il change de costume pour apparaître, transfiguré, aux femmes éblouies du sérail, il est d'abord et avant tout un de ces gredins de la jeunesse dorée sévillane que Cervantès exécute dans un sec et méprisant préambule. Complétées par le tableau de mœurs beaucoup plus développé que contenait une version primitive de la nouvelle*[1]*, et confirmées par le déroulement de l'intrigue,*

1. Un prébendier de la cathédrale de Séville, nommé Francisco Porras de la Cámara, avait transcrit, entre autres fictions

ces indications du narrateur permettent de voir en Loaysa un type social très ancré dans son milieu sévillan, mais d'une vérité humaine dépassant là aussi son époque : ce séducteur est surtout un « frimeur », comme on dirait aujourd'hui, cherchant à épater son entourage de joyeux drilles par ses exploits amoureux. La vie conjugale est vue par tous ces virotes *comme la mort du désir, et c'est pourquoi ils surnomment* mantones *ceux d'entre eux qui se sont mariés :* mantón, *ou* mantudo, *en fauconnerie, désigne un oiseau malade, aux ailes flétries, qui ne peut plus voler. D'un côté donc, des « Dards Pointus », et de l'autre des « Désempennés », comme le propose notre traduction. Nous voilà dans un contexte collectif où se dilue la singularité de Loaysa.*

L'évocation des lieux ne va pas, de même, sans « effets de réel » et sans « vérisme » occasionnel. L'étrange maison fantasmatique de Carrizalès, dont chaque élément sert de triple support à la jalousie du barbon, au désir de Loaysa et au désir réciproque des femmes cloîtrées, est aussi une demeure sévillane très typée, avec son orangeraie attenante, sa casapuerta *(Cervantès tient à employer et à expliquer ce terme local), son entourage de ruelles discrètes par où l'on peut rejoindre le marché ou l'église... Certains commentateurs du début du* XX*e siècle ont été si sensibles à cette atmosphère sévillane qu'ils sont allés jusqu'à dire que la nouvelle n'avait pu être écrite que sur place. C'est là hypertrophier l'imitation immédiate du réel aux dépens du travail de la mémoire, du rêve et de l'intertextualité dans l'invention du nouvelliste.*

---

plaisantes destinées au divertissement du cardinal Fernando Niño de Guevara (mort en 1609), des moutures primitives de *Rinconete et Cortadillo* et du *Jaloux d'Estrémadure*, que la critique moderne a pu utiliser.

Mais ces commentateurs ont dit à leur manière la force obsédante de l'évocation.

Enfin la pente de la nouvelle va, conformément aux lois biologiques, vers l'implacable sanction de la folie de Carrizalès, qui a présumé de ses forces lorsqu'il a, comme le dit grivoisement le narrateur, « tâté le pouls de sa gaillardise », et qui a voulu imposer à sa jeune épouse et à ses compagnes une réclusion contre nature. La cruauté du réel marque fortement le dénouement, et la scène où Carrizalès contemple avec « ahurissement » sa femme depuis la couche où il a défailli et qui va être son lit de mort a un accent presque flaubertien avant la lettre.

Parmi les leçons qu'on peut tirer de cette nouvelle, il en est une, fort simple et fort explicite, qui est énoncée par le refrain de la chanson entonnée par la duègne :

Mère, ma bonne mère,
qui m'entourez de gardes,
si moi je ne me garde,
point ne me garderez !

Leonora préfigure en ce sens l'Agnès de Molière, la Rosine de Beaumarchais. Qui traite une femme en objet, qui nie sa liberté ne peut qu'échouer piteusement, à la façon de Carrizalès.

L'exemplarité du dénouement a suscité d'abondants débats entre exégètes. Confronté à la première mouture de la nouvelle, où l'adultère est consommé, comme il l'est dans l'intermède cervantin du Vieux Jaloux, *ce dénouement fait apparaître, dans la version définitive, un choix qui a laissé perplexe plus d'un commentateur : Loaysa ne parvient pas à ses fins. Déplorable édulcoration, s'est écrié Américo Castro, non sans susciter les protestations de divers cervantistes. Tout récemment, l'un d'entre eux, Harry Sieber, éditeur et annotateur des* Nouvelles exemplaires, *s'est demandé si Loaysa ne serait pas un efféminé, et si sa défaillance sexuelle ne s'expliquerait pas par là… Un autre aspect moins controversé du dénouement, c'est le sursaut de dignité de Carrizalès, qui s'estime le principal artisan de sa propre punition, et préfère le pardon chrétien à la vengeance. À la farce succède ainsi,* in extremis, *un drame bourgeois, et la sanction finale, au lieu d'apparaître comme dictée par les lois biologiques ou par celles de l'honneur, marque une intériorisation de la morale par le personnage central, et par Leonora qui, au lieu de profiter des dispositions testamentaires de son époux, entre au couvent, cependant que Loaysa, dépité et presque penaud, s'embarque pour les Indes.*

L'exemplarité de ce dénouement à la fois pathétique, larmoyant même, et austère est incontestable. Mais lecteurs et commentateurs, si attendris soient-ils par la dignité finale de Carrizalès et le pitoyable destin de l'« innocente » Leonora, peuvent-ils oublier la partie effrénée de plaisir et de désirs où le nouvelliste les a précédemment entraînés ? Car à l'instant précis de la nouvelle où le narrateur récapitule toutes les précautions prises par Carrizalès et nous demande ce qu'il aurait pu faire de plus, c'est la place du séducteur que nous nous surprenons à occuper, avant même que le « Dard pointu » ne surgisse dans le récit. Et le narrateur sait fort bien qu'il peut compter sur notre connivence, lui qui fait observer incidemment (à propos de ces amis de Loaysa qui se démènent pour lui procurer clefs, outils ou drogue somnifère) qu'une entreprise de séduction amoureuse ne manque jamais de gens pour l'aider…

Cette nouvelle n'est-elle pas, en définitive, la plus hardie du recueil de 1613, la plus proche de la novella italienne et de la malice du grand Boccace ? Lorsque la duègne vante à Leonora la supériorité de l'étreinte de l'amant sur celle du mari, c'est une phrase du Décaméron (Novela VI, Troisième journée), reprise dans les Hecatommithi de Giraldi Cinthio (decada III, Novela 10), qu'exploite Cervantès. Il est vrai que, dans la version définitive de sa nouvelle, l'étreinte de Loaysa, de même que celle de Carrizalès, reste vaine, que Jaloux et Séducteur apparaissent ainsi comme deux avatars opposés d'une même inanité, ce que tend à confirmer l'aspect cyclique du départ du « Dard pointu » pour le Nouveau Monde d'où l'hidalgo estrémègne est revenu pour mourir. Mais l'austérité du dénouement ne saurait effacer la force du désir, même inassouvi (ou d'autant plus fort qu'inassouvi ?), qui traverse cette nouvelle.

Désir et jalousie sont aussi présents dans la seconde nouvelle ici retenue, mais selon des modalités fort différentes, qui témoignent de la diversité multiforme du recueil de 1613.

III. Les Deux Jeunes Filles

Dès les premières lignes de la nouvelle, l'extraordinaire surgit à travers les arrivées, coup sur coup, dans une auberge-relais, de deux cavaliers, l'un et l'autre d'une surhumaine beauté. L'hôtesse donne d'emblée le ton en les comparant à des « anges ». Cette idéalisation immédiate s'accompagne d'un effet de suspense : le premier cavalier, en mettant pied à terre, a été pris de défaillance. Peu *après, les deux voyageurs, logés dans une même chambre, conversent dans la nuit et le lecteur découvre progressivement que la victime de la défaillance est une femme déguisée en homme et que son interlocuteur est son propre frère. Difficile d'imaginer début plus artificiellement construit. Tout lecteur tant soit peu initié aux stéréotypes des fictions sentimentales qui circulaient dans les divers pays d'Europe au temps de Cervantès, a tôt fait de deviner que la jeune fille s'est déguisée en homme pour partir loin de chez elle à la recherche d'un séducteur disparu qui lui avait promis le mariage. Il se trouve que le séducteur, qui est un ami du frère, avait proposé le mariage à une autre jeune fille, il se trouve que celle-ci s'est elle aussi déguisée en homme, et le hasard va faire que « les deux jeunes filles » ainsi travesties se rencontrent, voyagent de concert, etc. Cela fait beaucoup de coïncidences, trop, même, au goût de certains commentateurs, tel A.G. de Amezúa, qui n'a retenu de l'histoire qu'une impression d'invraisemblable imbroglio et de situations fausses.*

Pourtant, dès les premières lignes, et tout du long, des « effets de réel » intermittents font contrepoids à l'artifice. Ainsi, dans l'auberge initiale, fait son entrée « un alguazil du coin », « bien du style de ceux qu'on rencontre dans les petits villages », commente le narrateur, qui nous sert ensuite une scène familière de papotage entre l'alguazil et le couple des aubergistes, suivie d'un petit complot intéressé entre eux pour loger, à sa demande et moyennant pourboire, le second voyageur dans la chambre où le premier s'est retiré. Ce réalisme d'abord marginal se pose plus loin, par petites touches espacées, sur les personnages principaux. Lorsque le frère demande à Teodosia, sa sœur, si, en s'éclipsant de chez leurs parents, elle a eu l'idée de prendre de l'argent, elle répond que « tout ce qu'elle savait, c'est qu'elle avait fourré la main sept ou huit fois dans le secrétaire de son père, et qu'elle l'en avait retirée pleine d'écus d'or ». Petit détail du récit, qui rompt à lui seul le climat éthéré de la littérature d'évasion : il faut bien (réflexion malicieuse qui serpente aussi, comme on sait, à travers le Quichotte*) de l'argent pour voyager. En même temps, le détail dit la vérité d'un personnage particulier, en l'occurrence une insouciante jeune fille, une enfant jusque-là gâtée, qui ne sait compter l'argent que par poignées. Un peu plus averti, le frère, don Rafael, en déduit « qu'elle [doit] avoir sur elle cinq cents écus »... La rencontre, peu après, avec l'autre jeune fille se fait au coin d'un bois où des bandits ont laissé attachés des voyageurs qu'ils viennent de détrousser : « C'était un étrange spectacle que de les voir : les uns tout nus ; d'autres affublés des guenilles crasseuses des bandits ; ceux-ci pleurant de se voir détroussés ; ceux-là riant d'en voir d'autres si étrangement accoutrés ; tel énumérait par le menu ce qu'on lui avait pris... » Pourquoi cette scène a-t-elle frappé l'attention, et forcé l'admiration des commentateurs les plus récalcitrants ? Sans doute parce que l'« étrangeté » du spectacle n'est pas celle de la littérature d'évasion et de ses êtres d'exception, mais celle de la vie d'un groupe ordinaire, quand un événement insolite vient la bouleverser. Du même coup, inséré dans ce cadre réaliste, le stéréotype de la femme-déguisée-en-homme, que Cervantès nous sert ici à nouveau, prend la force concrète d'une image saisissante : ce qui nous est donné à voir, c'est, « attaché au tronc d'un chêne vert, un jeune garçon, auquel on pouvait donner seize ans, et qui ne portait que sa chemise et des caleçons de drap... ». Plus* *loin, voulant faire avouer à Leocadia sa féminité, Teodosia (toujours elle-même déguisée en homme, ne l'oublions pas !) lui dit : « Que vous soyez une femme, c'est ce que vous ne sauriez nier : vos oreilles percées rendent cette vérité manifeste, et vous avez été bien négligente de ne point boucher et dissimuler ces trous par un peu de cire incarnate. » Façon malicieuse, pour Cervantès, de mettre un de ses personnages en décalage avec les exigences du stéréotype du déguisement.*

On le voit, ces détails réalistes (dont on pourrait allonger la liste, en citant, par exemple, cette pierre qui atteint à la tempe le beau et vaillant Marco Antonio, bataillant sur une plage de Barcelone, et le renverse piteusement dans l'eau « qu'il avait à mi-jambe ») mettent en cause, de façon intermittente, les conventions et stéréotypes d'une certaine littérature d'évasion. C'est pour n'avoir pas remarqué ou compris cette ironie, cette « distanciation », que trop de commentateurs, Amezúa en tête, ont pris à la lettre l'adoption par Cervantès des plus grosses ficelles de cette littérature. S'il les manie à outrance, c'est pour mieux les dépasser. Car ce que construit progressivement la nouvelle, c'est un monde où l'évasion, d'abord accompagnée de beaucoup d'impulsivité et d'irresponsabilité, devient peu à peu, par le cheminement des quatre personnages principaux, conquête non seulement du bonheur, mais d'une forme de sagesse.

Le plus irresponsable du quatuor, c'est incontestablement Marco Antonio, qui a promis en secret le mariage aussi bien à Teodosia qu'à Leocadia. Il faut qu'une pierre reçue à la tempe place le jeune homme sur ce qu'il croit être son lit de mort pour qu'il honore ses engagements envers Teodosia (celle qu'il a le plus gravement compromise), et s'en excuse auprès de Leocadia, en des termes où transparaît, même alors, son tempérament primesautier : « ... j'ai agi là selon l'étourderie et le peu de jugement du jeune homme que je suis, tenant toutes ces choses-là pour bagatelles, et croyant pouvoir les faire sans scrupule aucun ; sans parler d'autres pensées qui me vinrent alors en tête, et infléchirent mes projets : il me vint l'envie de me rendre en Italie, et d'employer à ce séjour quelques années de ma jeunesse, quitte à revenir voir ensuite ce que Dieu aurait fait de vous et de ma véritable épouse. » Les deux jeunes filles sont l'une et l'autre vindicatives et chacune rêve, si elle n'obtient pas réparation, de tuer sa rivale ainsi que l'infâme séducteur. Mais à peine le retrouvent-elles à Barcelone en train d'exposer sa vie qu'elles se postent à ses côtés, bien résolues l'une et l'autre à le défendre, et la blessure qu'il reçoit les met toutes deux au désespoir. Quant à don Rafael, qui n'est pas d'un tempérament répressif, il se montre tout à fait incapable de tenir le rôle de frère vengeur ou « réparateur » qui lui échoit. Lorsque Teodosia, qui vient de lui avouer sa « faute », lui propose, très théâtralement, de la percer d'une dague, il ne tarde pas à s'attendrir et à la réconforter. Par la suite, don Rafael tombe amoureux de Leocadia, et, dès lors, oublie totalement son affaire d'honneur avec Marco Antonio pour ne plus voir en lui qu'un rival abhorré, ce qui ne l'empêchera pas de voler lui aussi à son secours sur la plage de Barcelone. En somme, le quatuor peine beaucoup, c'est le moins qu'on puisse dire, à se comporter selon les lois vindicatives de l'honneur. Et les bienséances de la morale sociale ordinaires ne sont guère respectées, elles non plus : rappelons que Teodosia, si contrite soit-elle d'une « inconduite » dont elle sanglote la nuit, a tout de même eu la présence d'esprit de rafler beaucoup d'argent (et un beau cheval) au moment de s'éclipser de chez ses parents. Quant à Leocadia, une fois qu'elle a compris que Marco Antonio n'est pas pour elle, elle ne tarde guère à se laisser enlacer, sur une plage nocturne battue des flots, par le passionné et très entreprenant don Rafael.

Et pourtant le cheminement de ces personnages foncièrement amoraux les conduit à une exemplarité finale. Il ne s'agit pas seulement de la « régularisation » par le mariage. D'autres nouvelles du recueil de 1613 offrent ce type de dénouement très convenu. Mais dans Les Deux Jeunes Filles, *les deux unions bénies par un prêtre ne constituent pas l'étape finale du récit, et, d'ailleurs, telles qu'elles sont présentées, elles n'offrent pas toutes les conditions de régularité ou de bienséance attachées à un mariage catholique ordinaire. À supposer, en effet, que la fiction doive être placée à une époque postérieure au Concile de Trente (ce qu'ont admis la plupart des commentateurs au nom de l'existence historique d'un personnage secondaire, ce don Pedro Vique qui tente d'arrêter une bagarre sanglante entre marins et Catalans sur les rivages de Barcelone), l'union sans publication de bans peut s'expliquer à la rigueur, pour ce qui concerne le couple Marco Antonio-Teodosia, par un cas dérogatoire de mariage* in articulo mortis. *Mais que dire de l'union du couple don Rafael-Leocadia, qui viennent de se donner « la main des épousailles » avec pour seul témoin le ciel étoilé ? Américo Castro y a vu un cas de mariage « devant Dieu », tel qu'on pouvait le contracter avant le Concile, et la preuve que Cervantès restait nostalgique de ce type d'union. On n'entrera pas ici dans la longue controverse qui s'est ensuivie. Sans aller jusqu'à imaginer une réticence de l'auteur à l'égard des règles conciliaires, convenons qu'il a traité avec beaucoup de désinvolture le cas du couple don Rafael-Leocadia. Car, de deux choses l'une, ou les deux jeunes gens sont bien mariés officiellement par le prêtre, en même temps que Marco Antonio et Teodosia, et l'on peut dire alors que ce prêtre est vraiment peu regardant (tout ce qu'il demande à Leocadia, c'est de changer de tenue, car elle se présente à lui toujours travestie en homme). Ou bien ils ont été seulement associés à la fête générale, mais alors, en bonne orthodoxie, un nouvelliste soucieux de marquer son respect des règles conciliaires aurait dû les montrer, peu après dans le texte, officialisant leur union.*

Laissons ces controverses aux théologiens ou aux casuistes. L'important, c'est que le quatuor, après son passage en Catalogne, et un long périple qui le fait passer par Saint-Jacques-de-Compostelle (cette nouvelle est la plus dévoreuse d'espace de toutes celles du recueil), revient aux deux bourgades andalouses, proches l'une de l'autre, d'où sont originaires les deux jeunes filles, et ce retour coïncide avec l'instant où le père de don Rafael et celui de Marco Antonio s'apprêtent à laver dans le sang leur affaire d'honneur, avec le concours de quantité de villageois. Découvrant ce spectacle du haut d'une colline, les jeunes gens interviennent à point nommé pour empêcher le massacre. « L'effet de mirador » (selon une heureuse formule de Joaquín Casalduero) ainsi produit convient à la mise en scène du dénouement : les deux jeunes couples assagis par l'assouvissement de leurs désirs dominent, avant même d'y mettre fin, le dérisoire affrontement de parents prisonniers des schémas de l'honneur, et le lecteur, qui sait que cet affrontement n'a plus lieu d'être, est lui aussi placé en position avantageuse.

L'assagissement progressif des impulsions amoureuses dans cette nouvelle contraste avec la violence des désirs inassouvis qui se déchaîne dans Le Jaloux d'Estrémadure. *Ce n'est pas que, dans* Les Deux Jeunes Filles, *Cervantès ait tout édulcoré. Bien au contraire, on peut observer que la scène initiale où un voyageur exige de partager la chambre d'un autre cavalier qu'on lui annonce beau, pour découvrir ensuite qu'il s'agit de sa sœur, incite le lecteur à des soupçons fugaces d'homosexualité puis d'inceste. On peut remarquer aussi que le narrateur met un malin plaisir à prolonger ce que Louis Combet a appelé les « incertitudes du désir », en maintenant l'ambiguïté générique qui accompagne le travestissement masculin (ambiguïté que notre traduction s'est efforcée de sauver à tout prix) : Teodosia se nommera, un certain temps, Teodoro, et Leocadia, à son tour, par-delà l'aveu de sa féminité, sera encore désignée à plusieurs reprises comme : le jeune homme* (el mancebo) *par le narrateur. Mais enfin ces passages incontestablement grivois s'insèrent dans un mouvement général de dépassement des « incertitudes ». Difficile, par exemple, de soupçonner don Rafael de latence homosexuelle à partir du moment où il ne rêve plus que de voir Leocadia reprendre au plus vite des habits féminins. Quant à la jalousie, qui tourmente les deux jeunes filles et s'empare aussi de don Rafael, elle leur inspire quelques rêves meurtriers, mais ne se traduit pas dans les actes. La comparaison peut ainsi mettre en opposition, d'un côté, le cas extrême d'un vieillard qui a voulu faire violence aux lois de la vie et qui, mesurant l'étendue de sa faute, tente de la réparer par un sursaut ultime de dignité et de magnanimité; de l'autre, des jeunes gens plutôt médiocres, voire peu sérieux, incapables en tout cas de se draper dans les rôles tragiques qu'exigerait la loi de l'honneur. Mais, en définitive, ils se sortent à leur avantage d'un imbroglio à première vue inextricable et funeste — réussite due beaucoup moins à une prise de conscience de leurs responsabilités respectives qu'à leur souplesse et à leur vitalité communes sous les coups du sort. Du point de vue de l'exemplarité, on voit, à travers ces quelques remarques comparatives, une cohérence s'esquisser par-delà des différences notables dans le traitement romanesque tant du désir que de la jalousie. L'exemplarité, au moins dans les deux échantillons qu'on vient d'examiner, ne se laisse enfermer dans aucun carcan, ni de la morale sociale de l'époque ni de considérations éthiques plus ou moins éthérées : elle est la sagesse de ceux qui, tout simplement et en toute liberté, laissent faire la vie.*

Jean-Marc Pelorson

El celoso extremeño
Le Jaloux d'Estrémadure

No ha muchos años que de un lugar de Extremadura salió un hidalgo, nacido de padres nobles, el cual, como un otro Pródigo, por diversas partes de España, Italia y Flandes anduvo gastando así los años como la hacienda; y al fin de muchas peregrinaciones, muertos ya sus padres y gastado su patrimonio, vino a parar a la gran ciudad de Sevilla, donde halló ocasión muy bastante para acabar de consumir lo poco que le quedaba. Viéndose, pues, tan falto de dineros, y aun no con muchos amigos, se acogió al remedio a que otros muchos perdidos en aquella ciudad se acogen, que es el pasarse a las Indias, refugio y amparo de los desesperados de España, iglesia de los alzados, salvoconducto de los homicidas, pala[1] y cubierta de los jugadores a quien llaman *ciertos* los peritos en el arte, añagaza general de mujeres libres, engaño común de muchos y remedio particular de pocos.

1. *Pala* : désignait en argot le compère qui distrait l'attention des badauds pour faciliter les agissements d'un filou.

D'une bourgade d'Estrémadure partit, il n'y a guère, un hidalgo issu de parents nobles, qui, tel un nouveau fils prodigue, s'en fut, par diverses contrées d'Espagne, d'Italie et de Flandres, gaspiller tant ses années que sa fortune ; au terme de maintes pérégrinations, ses parents étant morts, son patrimoine dépensé, il finit par aboutir à Séville. En cette grande cité ne lui manquèrent pas les occasions de dilapider le peu qui lui restait. Se voyant fort dépourvu d'argent, et n'ayant guère d'amis, il recourut à l'expédient auquel recourent en ladite cité bien d'autres têtes brûlées, qui fut de s'embarquer pour les Indes, refuge et protection des désespérés d'Espagne, sanctuaire des banqueroutiers, sauf-conduit des homicides, diversion et paravent des joueurs qu'entre gens du métier on nomme pipeurs, général appeau des filles libertines, commune illusion du grand nombre, exceptionnel remède de quelques-uns.

En fin, llegado el tiempo en que una flota se partía para Tierrafirme, acomodándose con el almirante della, aderezó su matalotaje y su mortaja de esparto, y embarcándose en Cádiz, echando la bendición a España, zarpó la flota, y con general alegría dieron las velas al viento, que blando y próspero soplaba, el cual en pocas horas les encubrió la tierra y les descubrió las anchas y espaciosas llanuras del gran padre de las aguas, el mar Océano.

Iba nuestro pasajero pensativo, revolviendo en su memoria los muchos y diversos peligros que en los años de su peregrinación había pasado, y el mal gobierno que en todo el discurso de su vida había tenido; y sacaba de la cuenta que a sí mismo se iba tomando una firme resolución de mudar manera de vida, y de tener otro estilo en guardar la hacienda que Dios fuese servido de darle, y de proceder con más recato que hasta allí con las mujeres.

La flota estaba como en calma cuando pasaba consigo esta tormenta Felipo de Carrizales, que éste es el nombre del que ha dado materia a nuestra novela.

Bref, venu le temps où une flotte s'apprêtait à partir pour Terre-ferme, il se concerta avec son commandant, apprêta ses provisions de passager et son hamac de nattes. On embarqua à Cadix, chacun adressa sa bénédictions à l'Espagne, la flotte prit le large. Dans l'allégresse générale, on confia les voiles au vent, dont le doux souffle favorable eut tôt fait de dissimuler la terre aux regards, pour leur révéler les vastes, les immenses plaines du père des ondes : le grandiose Océan.

Notre passager était pensif. Il tournait et retournait dans sa mémoire les divers et multiples périls qu'il avait connus durant les années de ses pérégrinations, la mauvaise façon dont il avait conduit ses affaires tout au long de sa vie, et, de ce bilan qu'il se dressait en pensée, il tirait une ferme résolution : celle de changer de vie, d'adopter un autre mode pour conserver les biens que Dieu voudrait bien lui donner, et d'être dorénavant plus réservé avec les femmes.

Tandis que Felipo de Carrizalès — comme s'appelle celui qui a fourni matière à la présente nouvelle — affrontait en lui-même cette tempête, la flotte voguait par une sorte de calme plat.

Tornó a soplar el viento, impeliendo con tanta fuerza los navíos, que no dejó a nadie en sus asientos; y así, le fue forzoso a Carrizales dejar sus imaginaciones y dejarse llevar de solos los cuidados que el viaje le ofrecía; el cual viaje fue tan próspero, que sin recebir algún revés ni contraste llegaron al puerto de Cartagena[1]. Y por concluir con todo lo que no hace a nuestro propósito, digo que la edad que tenía Felipo cuando pasó a las Indias sería de cuarenta y ocho años, y en veinte que en ellas estuvo, ayudado de su industria y diligencia, alcanzó a tener más de ciento y cincuenta mil pesos ensayados.

Viéndose, pues, rico y próspero, tocado del natural deseo que todos tienen de volver a su patria, pospuestos grandes intereses que se le ofrecían, dejando el Pirú, donde había granjeado tanta hacienda, trayéndola toda en barras de oro y plata, y registrada[2] por quitar inconvenientes, se volvió a España. Desembarcó en Sanlúcar; llegó a Sevilla, tan lleno de años como de riquezas; sacó sus partidas sin zozobras; buscó sus amigos: hallólos todos muertos; quiso partirse a su tierra, aunque ya había tenido nuevas que ningún pariente le había dejado la muerte.

1. *Cartagena* : Cartagena de las Indias, aujourd'hui capitale de la Colombie.

2. *Registrada* : une disposition légale datant de Charles-Quint faisait obligation à tout passager rapportant de l'or et

Le vent se reprit à souffler, et poussa si fort les navires que nul passager ne put conserver son assiette, et que Carrizalès dut laisser là ses rêveries pour ne plus songer qu'aux agitations du voyage, lequel fut si prospère que, sans avoir rencontré la moindre contrariété ni traverse, on parvint au port de Carthagène. Et, pour en finir avec tout ce qui n'est pas de notre propos, je dirai que l'âge qu'avait Felipo, quand il s'était embarqué pour les Indes, devait être quarante-huit ans, et que, pendant les vingt qu'il y demeura, à force d'industrie et de diligence, il réussit à amasser plus de cent cinquante mille pesos de bon aloi.

Se voyant donc riche et prospère, il fut pris du naturel désir qu'a tout un chacun de rentrer au pays. Il renonça à de grandes affaires qui s'offraient à lui, et quitta le Pérou, où il avait acquis toute sa fortune, qu'il emporta tout entière convertie en lingots d'or et d'argent, lesquels il fit enregistrer afin d'éviter toute tracasserie. Il revint en Espagne, débarqua à Sanlúcar, arriva à Séville, non moins chargé d'années que de richesses, retira sans encombres ses biens de l'enregistrement, chercha ses amis, les trouva tous morts, voulut retourner au lieu de sa naissance, bien que lui fût déjà parvenue la nouvelle que la mort n'y avait laissé aucun parent à lui.

autres objets précieux du Nouveau Monde de faire inscrire ces marchandises sur les registres du navire, et de se présenter à la *Casa de Contratación* à Séville pour les retirer.

Y si cuando iba a Indias, pobre y menesteroso, le iban combatiendo muchos pensamientos, sin dejarle sosegar un punto en mitad de las ondas del mar, no menos ahora en el sosiego de la tierra le combatían, aunque por diferente causa : que si entonces no dormía por pobre, ahora no podía sosegar de rico ; que tan pesada carga es la riqueza al que no está usado a tenerla ni sabe usar della, como lo es la pobreza al que continuo la tiene. Cuidados acarrea el oro y cuidados la falta dél ; pero los unos se remedian con alcanzar alguna mediana cantitad, y los otros se aumentan mientras más parte se alcanzan.

Contemplaba Carrizales en sus barras, no por miserable, porque en algunos años que fue soldado aprendió a ser liberal, sino en lo que había de hacer dellas, a causa que tenerlas en ser era cosa infrutuosa, y tenerlas en casa, cebo para los codiciosos y despertador para los ladrones. Habíase muerto en él la gana de volver al inquieto trato de las mercancías y parecíale que, conforme a los años que tenía, le sobraban dineros para pasar la vida, y quisiera pasarla en su tierra y dar en ella su hacienda a tributo, pasando en ella los años de su vejez en quietud y sosiego, dando a Dios lo que podía, pues había dado al mundo más de lo que debía.

Et si, pendant son voyage de pauvre miséreux aux Indes, toutes sortes de pensées l'avaient tourmenté, sans lui laisser un instant de répit au milieu des flots de la mer, elles ne le tourmentaient pas moins à présent que la terre lui offrait son repos, encore que ce fût pour une autre raison : si jadis, d'être pauvre, il ne fermait pas l'œil, à présent il perdait tout repos d'être riche, car la richesse, pour qui n'est pas accoutumé à la posséder et ne sait comment s'y prendre avec elle, n'est pas moins lourd fardeau que ne l'est la pauvreté pour qui en est perpétuellement accablé. Force soucis apporte l'or, et force soucis son défaut ; mais un gain médiocre suffit pour remédier aux uns, au lieu que les autres s'aggravent plus la fortune va croissant.

Contemplatif était Carrizalès, devant ses lingots. Non qu'il fût ladre : les quelques années où il avait été soldat lui avaient appris à être libéral. Mais il se demandait que faire d'eux, pour la raison que, les garder en l'état, c'était n'en tirer aucun profit, et les garder chez soi, appâter les convoitises et donner l'éveil aux larrons. L'envie était morte en lui de se mettre à l'instable commerce des marchandises. Il lui semblait avoir, à l'âge qu'il avait, plus d'argent qu'il n'en fallait pour passer sa vie, laquelle il eût aimé passer au lieu de sa naissance, en y piochant dans sa fortune, et en y coulant, dans le calme et la paix, les années de sa vieillesse : là il donnerait à Dieu ce qu'il pourrait, lui qui avait donné au monde plus qu'il ne devait.

Por otra parte, consideraba que la estrecheza de su patria era mucha y la gente muy pobre, y que el irse a vivir a ella era ponerse por blanco de todas las importunidades que los pobres suelen dar al rico que tienen por vecino, y más cuando no hay otro en el lugar a quien acudir con sus miserias. Quisiera tener a quien dejar sus bienes después de sus días, y con este deseo tomaba el pulso a su fortaleza, y parecíale que aún podía llevar la carga del matrimonio ; y en viniéndole este pensamiento, le sobresaltaba un tan gran miedo, que así se le desbarataba y deshacía como hace a la niebla el viento ; porque de su natural condición era el más celoso hombre del mundo, aun sin estar casado, pues con sólo la imaginación de serlo le comenzaban a ofender los celos, a fatigar las sospechas y a sobresaltar las imaginaciones, y esto con tanta eficacia y vehemencia, que de todo en todo propuso de no casarse.

Y estando resuelto en esto, y no lo estando en lo que había de hacer de su vida, quiso su suerte que pasando un día por una calle, alzase los ojos y viese a una ventana puesta una doncella, al parecer de edad de trece o catorce años, de tan agradable rostro y tan hermosa que, sin ser poderoso para defenderse, el buen viejo Carrizales rindió la flaqueza de sus muchos años a los pocos de Leonora, que así era el nombre de la hermosa doncella. Y luego, sin más detenerse, comenzó a hacer un gran montón de discursos, y hablando consigo mismo decía :

D'un autre côté, il se prenait à songer que son petit pays natal était fort étriqué, que les gens y étaient très pauvres, et qu'aller y vivre, c'était s'offrir pour cible à toutes les importunités dont les pauvres ont coutume d'accabler l'homme riche qu'ils ont pour voisin, surtout quand il n'y a dans les lieux personne d'autre chez qui ils puissent aller crier famine. Il eût aimé avoir quelqu'un à qui laisser ses biens, à la fin de ses jours, et ce désir lui faisait tâter le pouls de sa gaillardise, et il lui semblait qu'elle était encore en état de supporter la charge du mariage. Mais, dès que lui venait pareille idée, il était pris d'un tel effroi que celui-ci l'écartait et la dissipait, comme fait le vent de la brume : et c'est qu'il était, de son naturel, l'homme le plus jaloux du monde, sans même être marié, car il lui suffisait d'imaginer qu'il l'était, pour sentir poindre les assauts de la jalousie, les tourments des soupçons, et les alarmes de l'imagination, et tout cela avec tant de force et d'efficace qu'il décida une fois pour toutes de ne se point marier.

Au plus fort de cette résolution, et de son irrésolution quant à savoir que faire de sa vie, le sort voulut qu'un jour, passant par une rue, il leva les yeux et vit, à une fenêtre, une demoiselle, qui semblait avoir treize ou quatorze ans, d'un si gentil minois et si belle que, sans rien pouvoir pour sa défense, le bon vieux Carrizalès laissa la somme chancelante de ses années capituler devant le petit nombre de celles de Leonora, comme s'appelait la belle demoiselle. Et aussitôt, sans y regarder à deux fois, le voilà qui échafaude tout un tas de raisonnements, et se tient à part soi les propos suivants :

— Esta muchacha es hermosa, y a lo que muestra la presencia desta casa, no debe de ser rica ; ella es niña : sus pocos años pueden asegurar mis sospechas. Casarse he con ella ; encerraréla y haréla a mis mañas, y con esto no tendrá otra condición que aquella que yo le enseñaré. Y no soy tan viejo que pueda perder la esperanza de tener hijos que me hereden. De que tenga dote o no no hay para qué hacer caso, pues el cielo me dio para todos y los ricos no han de buscar en sus matrimonios hacienda, sino gusto : que el gusto alarga la vida y los disgustos entre los casados la acortan. Alto, pues : echada está la suerte, y ésta es la que el cielo quiere que yo tenga.

Y así hecho este soliloquio, no una vez, sino ciento, al cabo de algunos días habló con los padres de Leonora, y supo como, aunque pobres, eran nobles ; y dándoles cuenta de su intención y de la calidad de su persona y hacienda, les rogó le diesen por mujer a su hija. Ellos le pidieron tiempo para informarse de lo que decía, y que él también le tendría para enterarse ser verdad lo que de su nobleza le habían dicho. Despidiéronse, informáronse las partes, y hallaron ser ansí lo que entrambos dijeron ; y, finalmente, Leonora quedó por esposa de Carrizales, habiéndola dotado primero en veinte mil ducados : tal estaba de abrasado el pecho del celoso viejo.

« Cette petite est belle, et, si j'en juge par l'aspect de cette maison, elle ne doit pas être riche. C'est une enfant, son jeune âge a de quoi rassurer mes soupçons ; je m'en vais l'épouser, l'enfermer, la faire à mes façons, par quoi elle n'aura d'autre humeur que celle que je lui enseignerai. Et je ne suis pas si vieux que j'en sois à désespérer d'avoir des enfants qui héritent de moi. Qu'elle ait une dot ou non, voilà qui est sans importance : le Ciel m'a doté pour tous, et les riches dans leurs mariages ne doivent pas chercher la fortune, mais bien le plaisir : car le plaisir allonge la vie, si les déplaisirs entre gens mariés l'écourtent. Halte-là donc, le sort en est jeté, c'est celle-là que le Ciel me destine ! »

Quand il se fut tenu ce soliloque, et non pas une, mais cent fois, au bout de quelques jours, il parla aux parents de Leonora, apprit qu'ils étaient nobles, bien que pauvres, leur fit part de son intention et de la qualité de sa personne et de ses biens, et les pria de lui accorder pour épouse leur fille. Ils lui demandèrent du temps pour s'informer de ce qu'il disait ; ainsi aurait-il lui-même celui de vérifier ce qu'ils lui avaient dit de leur noblesse. Les deux parties prirent congé, s'informèrent, et trouvèrent chacune que l'autre avait dit vrai. Bref Leonora fut adjugée à Carrizalès pour épouse, non sans qu'il l'eût d'abord dotée de vingt mille ducats, tant était enflammé le cœur du vieux jaloux.

El cual apenas dio el sí de esposo, cuando de golpe le embistió un tropel de rabiosos celos, y comenzó sin causa alguna a temblar y a tener mayores cuidados que jamás había tenido. Y la primera muestra que dio de su condición celosa fue no querer que sastre alguno tomase la medida a su esposa de los muchos vestidos que pensaba hacerle, y así, anduvo mirando cuál otra mujer tendría, poco más o menos, el talle y cuerpo de Leonora, y halló una pobre, a cuya medida hizo hacer una ropa, y probándosela su esposa halló que le venía bien, y por aquella medida hizo los demás vestidos, que fueron tantos y tan ricos, que los padres de la desposada tuvieron por más dichosos en haber acertado con tan buen yerno, para remedio suyo y de su hija.

La niña estaba asombrada de ver tantas galas, a causa que las que ella en su vida se había puesto no pasaban de una saya de raja y una ropilla de tafetán.

La segunda señal que dio Felipo fue no querer juntarse con su esposa hasta tenerle puesta casa aparte, la cual aderezó en esta forma: compró una en doce mil ducados, en un barrio principal de la ciudad, que tenía agua de pie y jardín con muchos naranjos; cerró todas las ventanas que miraban a la calle, y dióles vista al cielo, y lo mismo hizo de todas las otras de casa.

Or, à peine eut-il dit le oui des épousailles, que tout soudain la jalousie l'assaillit d'une horde de soupçons enragés. Il se mit à trembler sans le moindre motif, en proie aux pires soucis qu'il eût jamais eus. Et la première marque qu'il donna de son humeur jalouse, ce fut de ne jamais permettre qu'un tailleur prît les mesures de son épouse pour les nombreuses robes qu'il pensait lui faire tailler, si bien qu'il se mit en quête de quelque autre femme qui eût, à peu de chose près, la taille et le corps de Leonora. Il en trouva une, c'était une pauvresse. À ses mesures il fit faire une robe. Son épouse l'essaya, il vit qu'elle lui seyait. Ces mesures servirent de patron pour les autres habits, qui furent si nombreux et si riches que les parents de l'épousée se tinrent pour plus que fortunés d'être tombés sur un si bon gendre, pour leur plus grand bien et celui de leur fille.

La petite était ébaubie à la vue de tous ces atours, pour la raison que, de toute sa vie, ceux qu'elle avait portés se réduisaient à une jupe de serge et à une roupille de taffetas.

La seconde marque que donna Felipo, ce fut de ne point vouloir s'unir à son épouse qu'il n'eût auparavant apprêté une maison à l'écart, laquelle il disposa de la sorte : il en acheta une pour douze mille ducats dans un beau quartier de la ville, avec eau de source et jardin à grande orangeraie ; il boucha toutes les fenêtres qui donnaient sur la rue, ne leur laissant de vue que sur le ciel, et fit de même avec toutes les autres de la maison.

En el portal de la calle, que en Sevilla llaman *casapuerta*, hizo una caballeriza para una mula, y encima della un pajar y apartamiento donde estuviese el que había de curar della, que fue un negro viejo y eunuco; levantó las paredes de las azoteas de tal manera que el que entraba en la casa había de mirar al cielo por línea recta, sin que pudiesen ver otra cosa; hizo torno que de la casapuerta respondía al patio. Compró un rico menaje para adornar la casa, de modo que por tapicerías, estrados y doseles ricos mostraba ser de un gran señor; compró, asimismo, cuatro esclavas blancas, y herrólas en el rostro, y otras dos negras bozales[1]. Concertóse con un despensero que le trujese y comprase de comer, con condición que no durmiese en casa ni entrase en ella sino hasta el torno, por el cual había de dar lo que trujese. Hecho esto, dio parte de su hacienda a censo, situada en diversas y buenas partes, otra puso en el banco, y quedóse con alguna, para lo que se le ofreciese. Hizo asimismo llave maestra para toda la casa, y encerró en ella todo lo que suele comprarse en junto y en sus sazones, para la provisión de todo el año; y teniéndolo todo así aderezado y compuesto, se fue a casa de sus suegros y pidió a su mujer, que se la entregaron no con pocas lágrimas, porque les pareció que la llevaban a la sepultura.

1. *Bozales* : selon le lexicographe Sebastián de Covarrubias, on appelait *bozales* les esclaves noirs récemment importés d'Afrique, pour caractériser leur façon de prononcer l'espagnol, à commencer par *boca*, prononcée *boza*.

Sous le porche d'entrée, qu'on nomme à Séville *casapuerta*, il fit une écurie pour une mule, avec, au-dessus d'elle, un grenier à paille ou galetas, où pût loger celui qui devait prendre soin d'elle, à savoir un nègre, vieux et eunuque ; il fit dresser les murs des terrasses de telle sorte que celui qui entrait dans la maison devait regarder vers le ciel en ligne droite, sans que rien d'autre ne s'offrît à sa vue. Il fit aménager un tour, qui depuis la *casapuerta* communiquait avec le patio. Il acheta un riche mobilier pour orner la maison, si bien qu'avec ses tapis, ses estrades à coussins et ses riches dais, elle semblait être celle d'un grand seigneur. Il acheta de même quatre esclaves blanches dont il marqua les visages au fer rouge, ainsi que deux négresses qui ne parlaient qu'en leur baragouin. Il s'entendit avec un dépensier, pour qu'il lui apportât et achetât des vivres, à condition de ne point dormir à demeure, et de n'entrer que jusqu'au tour, où il aurait à déposer ses emplettes. Après cela, avec une partie de sa fortune, il se constitua des rentes, les plaçant en titres de créance divers et avantageux ; il en mit une autre à la banque, et se garda en reliquat de quoi faire face à toute nécessité. Il fit également un passe pour toute la maison, et y enferma pour provisions de l'année entière tout ce que l'on achète en gros, d'ordinaire, au fil des saisons : et quand il eut ainsi tout arrangé et disposé, il se rendit chez ses beaux-parents et réclama sa femme, qu'ils lui remirent, non sans verser beaucoup de larmes, car il leur sembla qu'on l'emmenait au tombeau.

La tierna Leonora aún no sabía lo que la había acontecido, y así, llorando con sus padres, les pidió su bendición, y despidiéndose de ellos, rodeada de sus esclavas y criadas, asida de la mano de su marido, se vino a su casa, y en entrando en ella les hizo Carrizales un sermón a todas, encargándoles la guarda de Leonora y que por ninguna vía ni en ningún modo dejasen entrar a nadie de la segunda puerta adentro, aunque fuese al negro eunuco. Y a quien más encargó la guarda y regalo de Leonora fue a una dueña de mucha prudencia y gravedad, que recibió como para aya de Leonora y para que fuese superintendente de todo lo que en la casa se hiciese y para que mandase a las esclavas y a otras dos doncellas de la misma edad de Leonora, que para que se entretuviese con las de sus mismos años asimismo habiá recebido. Prometióles que las trataría y regalaría a todas de manera que no sintiesen su encerramiento, y que los días de fiesta, todos, sin faltar ninguno, irían a oír misa; pero tan de mañana, que apenas tuviese la luz lugar de verlas.

Prometiéronle las criadas y esclavas de hacer todo aquello que les mandaba, sin pesadumbre, con prompta voluntad y buen ánimo. Y la nueva esposa, encogiendo los hombros, bajó la cabeza y dijo que ella no tenía otra voluntad que la de su esposo y señor, a quien estaba siempre obediente.

La tendre Leonora ne savait pas encore ce qui lui était advenu. Pleurant avec ses parents, elle implora leur bénédiction, prit congé d'eux, escortée de ses esclaves et servantes, et, tenant son mari par la main, entra dans sa maison. Dès cette arrivée, Carrizalès leur servit à toutes un sermon, par quoi il leur confiait la garde de Leonora, et leur recommandait de ne jamais, au grand jamais, laisser entrer personne par-delà la seconde porte, pas même le nègre eunuque. Et la personne à laquelle il confia plus particulièrement la garde et le soin de Leonora, ce fut une duègne de grande prudence et gravité, qu'il prit chez lui pour qu'elle fût une sorte de nourrice pour Leonora, et la surintendante de tout ce qui se ferait à demeure, et pour qu'elle commandât aux esclaves, et à deux autres demoiselles de l'âge de Leonora, qu'il avait prises également chez lui afin de lui fournir une compagnie ajustée à ses jeunes années. Il leur promit qu'il les traiterait toutes si bien, les choierait tant, qu'elles ne regretteraient pas leur enfermement, et que tout le monde, sans exception, les jours de fête, irait entendre la messe, mais de si bon matin que le jour aurait à peine loisir de les voir.

Les servantes et esclaves promirent de faire tout ce qu'il leur ordonnait là, sans rechigner, pleines d'entrain et le cœur à l'ouvrage. Et la jeune épousée, faisant le dos rond, baissa la tête et dit qu'elle n'avait d'autre volonté que celle de son seigneur et maître, auquel elle était soumise à jamais.

Hecha esta prevención y recogido el buen extremeño en su casa, comenzó a gozar como pudo los frutos del matrimonio, los cuales a Leonora, como no tenía experiencia de otros, ni eran gustosos ni desabridos; y así, pasaba el tiempo con su dueña, doncellas y esclavas, y ellas, por pasarle mejor, dieron en ser golosas, y pocos días se pasaban sin hacer mil cosas a quien la miel y el azúcar hacen sabrosas. Sobrábales para esto en grande abundancia lo que había menester, y no menos sobraba en su amo la voluntad de dárselo, pareciéndole que con ello las tenía entretenidas y ocupadas, sin tener lugar donde ponerse a pensar en su encerramiento. Leonora andaba a lo igual con sus criadas, y se entretenía en lo mismo que ellas, y aun dio con su simplicidad en hacer muñecas y en otras niñerías, que mostraban la llaneza de su condición y la terneza de sus años; todo lo cual era de grandísima satisfac[c]ión para el celoso marido, pareciéndole que había acertado a escoger la vida mejor que se la supo imaginar y que por ninguna vía la industria ni la malicia humana podían perturbar su sosiego. Y así, sólo se desvelaba en traer regalos a su esposa y en acordarle le pidiese todos cuantos le viniesen al pensamiento, que de todos sería servida.

Quand il eut pris ces précautions, et se fut installé à demeure, notre brave Estrémègne se mit à savourer du mieux qu'il put les fruits du mariage, que Leonora, faute d'en avoir connu d'autres, ne trouvait ni savoureux ni fades. Ainsi passait-elle son temps, avec sa duègne, ses suivantes et ses esclaves, lesquelles, pour le mieux passer, s'adonnèrent à la gourmandise, si bien qu'il ne se levait guère de jour qu'elles ne s'occupassent à ces mille petites choses que le miel et le sucre rendent succulentes. Elles avaient, pour ces confections, ce qu'il leur fallait en surabondance, tout comme surabondait en leur maître la volonté de le leur fournir : il croyait tenir ainsi leur esprit amusé et bien occupé, sans loisir aucun pour se mettre à songer à leur enfermement. Leonora vivait sur un pied d'égalité avec ses servantes et partageait leurs amusements. Sa simplicité alla même jusqu'à fabriquer des poupées et autres enfantillages, par quoi elle montrait son extrême jeunesse et naïveté. Son jaloux de mari en tirait grande satisfaction. Il lui semblait qu'il était parvenu à se doter de la meilleure vie dont il eût pu rêver, et que nulle ruse, nulle humaine malice ne pourrait perturber son repos. Le seul souci qui le tînt en éveil était donc de combler son épouse de gâteries, et de l'encourager à réclamer toutes celles qui lui viendraient à l'esprit : elles lui seraient toutes servies sur un plateau.

Los días que iba a misa, que, como está dicho, era entre dos luces, venían sus padres, y en la iglesia hablaban a su hija, delante de su marido, el cual les daba tantas dádivas que, aunque tenían lástima a su hija por la estrecheza en que vivía, la templaban con las muchas dádivas que Carrizales, su liberal yerno, les daba. Levantábase de mañana y aguardaba a que el despensero viniese, a quien de la noche antes, por una cédula que ponían en el torno, le avisaban lo que había de traer otro día; y en viniendo el despensero, salía de casa Carrizales, las más veces a pie, dejando cerradas las dos puertas, la de la calle y la de en medio, y entre las dos quedaba el negro. Íbase a sus negocios, que eran pocos, y con brevedad daba la vuelta, y, encerrándose, se entretenía en regalar a su esposa y acariciar a sus criadas, que todas le querían bien, por ser de condición llana y agradable, y, sobre todo, por mostrarse tan liberal con todas. Desta manera pasaron un año de noviciado, y hicieron profesión en aquella vida, determinándose de llevarla hasta el fin de las suyas; y así fuera si el sagaz perturbador del género humano no lo estorbara, como ahora oiréis.

Dígame ahora el que se tuviere por más discreto y recatado qué más prevenciones para su seguridad podía haber hecho el anciano Felipo,

Les matins où elle allait à la messe — c'était, comme on a dit aux premières lueurs du jour —, ses parents s'y rendaient aussi, et parlaient à leur fille à l'intérieur de l'église, en présence du mari, lequel leur faisait tant de cadeaux que toute la peine qu'ils éprouvaient de voir leur fille vivre ainsi recluse était très atténuée par les nombreux cadeaux dont Carrizalès, leur gendre libéral, les comblait. Il se levait de bon matin, et attendait la venue du dépensier, qu'on avait prévenu la veille, par un billet placé sur le tour, de ce qu'il devrait apporter le lendemain ; et, sitôt le dépensier venu, Carrizalès sortait de chez lui, le plus souvent à pied, non sans avoir bouclé les deux portes, celle de la rue et celle de l'intérieur, le nègre restant entre les deux. Il partait à ses affaires, qui étaient peu nombreuses, et ne tardait pas à rentrer, et, une fois dans ses meubles, passait le temps à choyer son épouse et à cajoler ses servantes, qui toutes le chérissaient, pour sa bonhomie, son humeur accorte, et, surtout, pour la libéralité qu'il montrait envers toutes. Ainsi passèrent-ils une année de noviciat, ainsi firent-ils profession en ce genre de vie, bien décidés à l'observer jusqu'au terme de la leur, et cela eût été, si le malicieux perturbateur du genre humain n'avait joué les empêcheurs, comme vous l'allez entendre.

Qu'il me dise à présent, celui qui se tiendrait pour l'homme le plus sage et le plus circonspect du monde, quelles précautions de plus il aurait pu prendre, le vénérable Felipo, pour sa sécurité !

pues aun no consintió que dentro de su casa hubiese algún animal que fuese varón. A los ratones della jamás los persiguió gato, ni en ella se oyó ladrido de perro; todos eran del género femenino. De día pensaba, de noche no dormía; él era la ronda y centinela de su casa y el Argos[1] de lo que bien quería. Jamás entró hombre de la puerta adentro del patio. Con sus amigos negociaba en la calle. Las figuras de los paños que sus salas y cuadras adornaban, todas eran hembras, flores y boscajes. Toda su casa olía a honestidad, recogimiento y recato : aun hasta en las consejas que en las largas noches de invierno, en la chimenea, sus criadas contaban, por estar él presente, en ninguna ningún género de lascivia se descubría. La plata de las canas del viejo a los ojos de Leonora parecían cabellos de oro puro, porque el amor primero que las doncellas tienen se les imprime en el alma como el sello en la cera. Su demasiada guarda le parecía advertido recato; pensaba y creía que lo que ella pasaba pasaban todas las recién casadas. No se desmandaban sus pensamientos a salir de las paredes de su casa, ni su voluntad deseaba otra cosa más de aquella que la de su marido quería; sólo los días que iba a misa veía las calles, y esto era tan de mañana, que, si no era al volver de la iglesia, no había luz para mirallas. No se vio monasterio tan cerrado, ni monjas más recogidas, ni manzanas de oro tan guardadas;

1. *Argos* (ou *Argus*) : prince mythique aux cent yeux, dont cinquante restaient ouverts pendant le sommeil.

Lui qui était allé jusqu'à ne souffrir chez lui aucune bête du sexe mâle ! Les souris de sa maison, jamais chat ne les poursuivit, jamais n'y fut entendu aboiement de chien, il n'y avait là que gent féminine. Le jour, il pensait, la nuit, point ne dormait. Il était le guet et la sentinelle de sa demeure, l'Argus de son cher trésor. Jamais homme ne franchit la porte donnant sur le patio. Avec ses amis, c'est dans la rue qu'il traitait les affaires. Les figures des étoffes qui ornaient pièces et salons ne montraient que femelles, fleurs et frondaisons. Toute sa maison respirait vertu, recueillement, et réclusion. Il n'est pas jusqu'aux fables que ses servantes contaient devant l'âtre pendant les longues nuits d'hiver, d'où il n'eut fait bannir, par sa présence, toute trace d'indécence. L'argent de la tête chenue du vieil homme, aux yeux de Leonora, semblait d'or pur, car le premier amour qu'éprouvent les jeunes filles s'imprime dans leur âme comme le sceau dans la cire. Son excessive vigilance lui semblait sage prudence. Elle pensait et croyait que, ce qu'elle vivait là, toutes les jeunes mariées le vivaient. Ses pensées n'extravaguaient point hors des murs de sa demeure, sa volonté ne souhaitait que cela même que désirait celle de son époux ; elle ne voyait les rues que les jours où elle allait à la messe, et de si bon matin qu'il ne faisait pas assez clair pour les regarder, ou alors seulement au retour de l'église. Jamais on ne vit monastère aussi clos, ni nonnes aussi recueillies, ni pommes d'or aussi bien gardées ;

y con todo esto, no pudo en ninguna manera prevenir ni excusar de caer en lo que recelaba; a lo menos, en pensar que había caído.

Hay en Sevilla un género de gente ociosa y holgazana, a quien comúnmente suelen llamar gente de barrio. Estos son los hijos de vecino de cada colación, y de los más ricos della; gente baldía, atildada y meliflua, de la cual y de su traje y manera de vivir, de su condicíon y de las leyes que guardan entre sí, había mucho que decir; pero por buenos respectos se deja.

Uno destos galanes, pues, que entre ellos es llamado *virote*[1] mozo soltero, que a los recién casados llaman *mantones*[2], asestó a mirar la casa del recatado Carrizales, y viéndola siempre cerrada, le tomó gana de saber quién vivía dentro; y con tanto ahínco y curiosidad hizo la diligencia que de todo vino a saber lo que deseaba. Supo la condición del viejo, de la hermosura de su esposa y el modo que tenía en guardarla; todo lo cual le encendió el deseo de ver si sería posible expuñar, por fuerza o por industria, fortaleza tant guardada. Y comunicándolo con dos virotes y un mantón sus amigos, acordaron que se pusiese por obra, que nunca para tales obras faltan consejeros y ayudadores.

Dificultaban el modo que se tendría para intentar tan dificultosa hazaña;

1. *Virote* : pour le sens de ce terme et les raisons de sa traduction ici par : Dard Pointu, voir la préface.

2. *Mantones* : voir la préface pour l'explication de ce mot et les raisons de sa traduction : Désempenné.

et, malgré tout cela, il ne put d'aucune manière se prémunir ni éviter de tomber dans ce qu'il redoutait. Ou du moins de croire qu'il y était tombé.

Il est à Séville certaine espèce d'oisifs et de fainéants, qu'on appelle communément « gens de quartier » ; ce sont les « fils de famille » des diverses paroisses, issus des plus riches de chacune : mignarde et mielleuse engeance de mauvaises graines ; sur eux, sur leurs mises et façons de vivre, leur humeur et les lois qu'ils observent entre eux, il y aurait beaucoup à dire, que, par bienséance, on taira.

Or donc, l'un de ces galants, ou « Dards Pointus » — comme ils se nomment entre eux —, jeune célibataire — car dès lors qu'ils se marient, c'est « Désempennés » qu'ils s'appellent —, avisa la maison du précautionneux Carrizalès, et, la voyant toujours fermée, il lui prit l'envie de savoir qui vivait à l'intérieur. Il mena son enquête avec tant de persévérance et de zèle qu'il finit par savoir tout, absolument tout, de ce qu'il souhaitait. Il sut l'humeur du vieux, la beauté de son épouse, et comment il s'y prenait pour la tenir sous bonne garde. Tout cela attisa en lui le désir de voir s'il parviendrait à prendre de force ou par ruse forteresse aussi bien gardée. Il s'en ouvrit à deux Dards Pointus et à un Désempenné de ses amis. Tous furent d'avis qu'il fallait passer à l'œuvre : pour œuvres de ce genre, aides et conseillers ne font jamais défaut.

La difficulté pour eux était dans la façon de tenter prouesse aussi difficile.

y habiendo entrado en bureo muchas veces, convinieron en esto : que fingiendo Loaysa, que así se llamaba el virote, que iba fuera de la ciudad por algunos días, se quitase de los ojos de sus amigos, como lo hizo ; y hecho esto, se puso unos calzones de lienzo limpio y camisa limpia ; pero encima se puso unos vestidos tan rotos y remendados, que ningún pobre en toda la ciudad los traía tan astrosos. Quitóse un poco de barba que tenía, cubrióse un ojo con un parche, vendóse una pierna estrechamente, y arrimándose a dos muletas se convirtió en un pobre tullido tal, que el más verdadero estropeado no se le igualaba.

Con este talle se ponía cada noche a la oración a la puerta de la casa de Carrizales, que ya estaba cerrada, quedando el negro, que Luis se llamaba, cerrado entre las dos puertas. Puesto allí Loaysa, sacaba una guitarrilla algo grasienta y falta de algunas cuerdas, y como él era algo músico, comenzaba a tañer algunos sones alegres y regocijados, mudando la voz por no ser conocido. Con esto, se daba priesa a cantar romances de moros y moras, a la loquesca, con tanta gracia, que cuantos pasaban por la calle se ponían a escucharle, y siempre, en tanto que cantaba, estaba rodeado de muchachos ;

Après être entrés en conférence maintes fois, ils convinrent que Loaysa — comme s'appelait notre Dard Pointu — ferait semblant de s'absenter quelques jours de la ville, et se soustrairait aux yeux de ses amis. Ce qu'il fit en effet, après quoi il mit caleçons de toile fort propre, et chemise non moins propre, mais enfila par-dessus des vêtements si loqueteux et si ravaudés qu'aucun pauvre dans toute la ville n'en portait d'aussi désastreux. Il se rasa le peu de barbe qu'il avait, se couvrit un œil d'un taffetas, se banda étroitement une jambe, et, agrippé à deux béquilles, le voilà transformé en un pauvre infirme, et si bien contrefait que le plus authentique des estropiés ne pouvait l'égaler.

Ainsi affublé, chaque soir, implorant l'aumône, il se postait devant la porte d'entrée de chez Carrizalès, laquelle était déjà fermée, cependant que le nègre, qui se nommait Luis, était enfermé dans l'entre-deux-portes. Une fois à son poste, Loaysa sortait une petite guitare, plus couverte de crasse que de cordes, et, comme il était quelque peu musicien, il se mettait à jouer des airs pleins d'entrain et de gaieté, en changeant sa voix pour ne pas être reconnu. Là-dessus, il s'empressait de chanter des *romances* d'échanges bouffons entre des maures et leurs dames, et ce de si bonne grâce que tous ceux qui passaient dans la rue prenaient place pour l'écouter, et qu'il était toujours, tout le temps qu'il chantait, entouré de gamins.

y Luis el negro, poniendo los oídos por entre las puertas, estaba colgado de la música del virote, y diera un brazo por poder abrir la puerta y escucharle más a su placer; tal es la inclinación que los negros tienen a ser músicos. Y cuando Loaysa quería que los que le escuchaban le dejasen, dejaba de cantar y recogía su guitarra y, acogiéndose a sus muletas, se iba.

Cuatro o cinco veces había dado música al negro (que por solo él la daba), pareciéndole que por donde se había de comenzar a desmoronar aquel edificio había y debía ser por el negro; y no le salió vano su pensamiento, porque llegándose una noche, como solía, a la puerta, comenzó a templar su guitarra, y sintió que el negro estaba ya atento, y llegándose al quicio de la puerta, con voz baja dijo :

— ¿Será posible, Luis, darme un poco de agua, que padezco de sed y no puedo cantar?

— No — dijo el negro —, porque no tengo la llave desta puerta, ni hay agujero por donde pueda dárosla.

— Pues ¿quién tiene la llave? — preguntó Loaysa.

— Mi amo — respondió el negro —, que es el más celoso hombre del mundo. Y si él supiese que yo estoy ahora aquí hablando con nadie, no sería más mi vida. Pero ¿quién sois vos que me pedís el agua?

Quant à Luis, le nègre, l'oreille aux aguets dans l'entre-deux-portes, il était suspendu à la musique du Dard Pointu, et eût donné un bras pour ouvrir la porte et l'écouter plus à loisir ; tant les nègres ont d'inclination à être musiciens ! Et quand Loaysa voulait cesser d'être écouté, il cessait de chanter, rentrait sa guitare, et s'en allait sur ses béquilles.

À quatre ou cinq reprises il avait ainsi servi sa musique au nègre : car c'est bien à lui seul qu'il la servait, considérant que le point par où il fallait commencer à saper tout cet édifice, c'était, ce devait être le nègre, et cette idée s'avéra fondée : un soir, en effet, où, parvenu devant la porte comme à l'accoutumée, il avait commencé d'accorder sa guitare, il sentit que le nègre était déjà tout ouïe, et, s'approchant du jambage de la porte, il lui dit tout bas :

« Serait-il possible, Luis, de me donner un peu d'eau ? Je meurs de soif et ne puis chanter.

— Non, dit le nègre, car je n'ai pas la clef de cette porte, et il n'y a pas de trou par où je vous la puisse donner.

— Qui donc a la clef ? demanda Loaysa.

— Mon maître, répondit le nègre, qui est l'homme le plus jaloux du monde. Et s'il savait que je suis là à parler avec qui que ce soit, adieu ma vie ! Mais vous qui me demandez de l'eau, qui êtes-vous ?

— Yo — respondió Loaysa — soy un pobre estropeado de una pierna, que gano mi vida pidiendo por Dios a la buena gente; y juntamente con esto, enseño a tañer a algunos morenos y a otra gente pobre, y ya tengo tres negros, esclavos de tres veinticuatros, a quien he enseñado de modo que pueden cantar y tañer en cualquier baile y en cualquier taberna, y me lo han pagado muy rebien.

— Harto mejor os lo pagara yo — dijo Luis — a tener lugar de tomar lición; pero no es posible, a causa que mi amo, en saliendo por la mañana, cierra la puerta de la calle, y cuando vuelve hace lo mismo, dejándome emparedado entre dos puertas.

— Por Dios, Luis — replicó Loaysa, que ya sabía el nombre del negro —, que si vos diésedes traza a que yo entrase algunas noches a daros lición, en menos de quince días os sacaría tan diestro en la guitarra que pudiésedes tañer sin vergüenza alguna en cualquiera esquina; porque os hago saber que tengo grandísima gracia en el enseñar, y más que he oído decir que vos tenéis muy buena habilidad, y a lo que siento y puedo juzgar por el órgano de la voz, que es atiplada, debéis de cantar muy bien.

— Moi, répondit Loaysa, je suis un pauvre estropié, infirme d'une jambe, et je gagne ma vie en demandant la charité aux bonnes gens, tout en enseignant conjointement à jouer à quelques moricauds et autres pauvres gens, et je compte déjà trois nègres, esclaves de trois échevins, que j'ai si bien enseignés qu'ils peuvent chanter et jouer dans n'importe quel bal et n'importe quelle taverne, ce dont ils m'ont, ma foi, très bien payé.

— Ah ! je vous paierais moi encore bien mieux, dit Luis, si j'avais loisir de prendre des leçons ! Mais c'est chose impossible, à cause que mon maître, dès qu'il sort le matin, ferme la porte de la rue, et fait de même quand il rentre, me laissant emmuré entre deux portes.

— Parbleu, Luis », répliqua Loaysa — car déjà il connaissait le nègre par son nom —, « si vous vous arrangiez pour me faire entrer quelques nuits pour vous donner des leçons, en moins de quinze jours je ferais de vous un si adroit guitariste que vous pourriez jouer sans la moindre vergogne à n'importe quel coin de rue ; car je vous fais savoir que je suis extrêmement doué pour l'enseignement, d'autant que j'ai entendu dire que vous avez, vous-même, beaucoup de capacités, et, à ce que j'entends et puis inférer du timbre de votre voix, qui est très haut perchée, vous devez fort bien chanter.

— No canto mal — respondió el negro —; pero ¿qué aprovecha, pues no sé tonada alguna si no es la de *La estrella de Venus*[1] y la de *Por un verde prado*[2], y aquella que ahora se usa, que dice : A los hierros de una reja la turbada mano asida ?

— Todas ésas son aire — dijo Loaysa — para las que yo os podría enseñar, porque sé todas las del moro Abindarráez, con las de su dama Jarifa, y todas las que se cantan de la historia del gran sofí Tomunibeyo[3], con las de la zarabanda a lo divino, que son tales, que hacen pasmar a los mismos portugueses ; y esto enseño con tales modos y con tanta facilidad, que aunque no os deis priesa a aprender, apenas habréis comido tres o cuatro moyos de sal cuando ya os veáis músico corriente y moliente en todo género de guitarra.

A esto suspiró el negro y dijo :

— ¿Qué aprovecha todo eso, si no sé cómo meteros en casa ?

— Buen remedio — dijo Loaysa — : procurad vos tomar las llaves a vuestro amo, y yo os daré un pedazo de cera, donde las imprimiréis de manera que queden señaladas las guardas en la cera ;

1. *La estrella de Venus* : allusion à une chanson de Lope de Vega.

2. *Por un verde prado* : début d'une vieille chanson populaire, lui servant de titre.

— Je ne chante pas mal, répondit le nègre, mais de quoi cela me sert-il, si je ne sais aucune mélodie, si ce n'est celle de *L'Étoile de Vénus*, et celle de *Dans la verte prairie*, et celle-là, si à la mode à présent, qui dit : “Aux grilles d'une fenêtre, accrochant sa main troublée” ?

— Elles ne sont que du vent, dit Loaysa, au regard de celles que moi, je pourrais vous enseigner, car je sais toutes celles du maure Abindarráez avec celles de Jarifa, sa dame, et toutes celles qui se chantent sur l'histoire du Grand Sophi Tomunibeyo, ainsi que celles de la Sarabande sur le mode sacré, qui sont de nature à faire pâmer jusqu'aux Portugais, et j'enseigne cela par de telles méthodes et si facilement que, sans même vous presser d'apprendre, vous aurez à peine mangé trois ou quatre muids de sel, que vous vous verrez déjà musicien expert en tout genre de guitare. »

D'entendre ces propos, le nègre soupira et dit : « À quoi bon tout cela, si je ne sais comment vous faire entrer céans.

— J'ai votre remède, dit Loaysa. Vous, arrangez-vous pour prendre les clefs à votre maître, et moi, je vous donnerai un morceau de cire, où vous prendrez leur empreinte de manière à bien marquer les gardes :

3. *Tomunibeyo* : ainsi transcrit par Cervantès, renvoie peut-être à Tuman-bey II, dernier sultan de la dynastie des Mamelouks.

que por la afición que os he tomado, yo haré que un cerrajero amigo mío haga las llaves, y así podré entrar dentro de noche y enseñaros mejor que al preste Juan de las Indias[1], porque veo ser gran lástima que se pierda una tal voz como la vuestra, faltándole el arrimo de la guitarra; que quiero que sepáis, hermano Luis, que la mejor voz del mundo pierde de sus quilates cuando no se acompaña con el instrumento, ora sea de guitarra o clavicímbano, de órganos o de arpa; pero el que más a vuestra voz le conviene es el instrumento de la guitarra, por ser el más mañero y menos costoso de los intrumentos.

— Bien me parece eso — replicó el negro —; pero no puede ser, pues jamás entran la llaves en mi poder, ni mi amo las suelta de la mano de día, y de noche duermen debajo de su almohada.

— Pues haced otra cosa, Luis — dijo Loaysa —, si es que tenéis gana de ser músico consumado; que si no la tenéis, no hay para qué cansarme en aconsejaros.

— ¿Y cómo si tengo gana? — replicó Luis —. Y tanta, que ninguna cosa dejaré de hacer, como sea posible salir con ella, a trueco de salir con ser músico.

1. *Preste Juan de las Indias* : personnage mythique, souvent invoqué, en concurrence avec le Grand Turc, dans les façons populaires de dire les choses au superlatif.

parce que je vous ai pris en affection, je ferai reproduire ces clefs par un serrurier de ma connaissance, et je pourrai ainsi entrer céans la nuit, et vous enseigner mieux que je ne ferais du prêtre Jean des Indes : c'est, selon moi, grand dommage que se gâche une voix comme la vôtre, faute d'avoir l'appui de la guitare, car je veux que vous sachiez, frère Luis, que la meilleure voix du monde perd de son aloi quand elle ne s'accompagne pas d'un instrument, qu'il soit guitare ou clavicorde, orgue ou bien harpe ; mais celui qui convient le mieux à votre voix, c'est l'instrument de la guitare, parce que c'est le plus maniable et le moins coûteux des instruments.

— Tout cela me plaît, répliqua le nègre, mais demeure impossible, puisque les clefs jamais n'entrent en mon pouvoir, attendu que mon maître ne les lâche pas de toute la journée, et qu'elles dorment la nuit sous son oreiller.

— Eh bien, tentez autre chose, Luis, dit Loaysa, du moins si vous brûlez d'être un musicien accompli. Sinon, je perds ma peine à vous conseiller.

— Si je brûle ? répondit Luis. Et comment ! Il n'est chose au monde que je ne tenterais, pourvu que l'accomplir me permette, en échange, d'être musicien accompli.

— Pues ansí es — dijo el virote —, yo os daré por entre estas puertas, haciendo vos lugar quitando alguna tierra del quicio; digo que os daré unas tenazas y un martillo, con que podáis de noche quitar los clavos de la cerradura de loba[1] con mucha facilidad, y con la misma volveremos a poner la chapa de modo que no se eche de ver que ha sido desclavada; y estando yo dentro, encerrado con vos en vuestro pajar, o a donde dormís, me daré tal priesa a lo que tengo de hacer, que vos veáis aún más de lo que os he dicho, con aprovechamiento de mi persona y aumento de vuestra suficiencia. Y de lo que hubiéremos de comer no tengáis cuidado, que yo llevaré matalotaje para entrambos y para más de ocho días; que discípulos tengo yo y amigos que no me dejarán mal pasar.

— De la comida — replicó el negro — no habrá de qué temer, que con la ración que me da mi amo y con los relieves que me dan las esclavas sobrará comida para otros dos. Venga ese martillo y tenazas que decís, que yo haré por junto a este quicio lugar por donde quepa, y le volveré a cubrir y tapar con barro; que puesto que dé algunos golpes en quitar la chapa, mi amo duerme tan lejos desta puerta que será milagro, o gran desgracia nuestra, si los oye.

1. *Cerradura de loba* : pour l'explication de ce terme technique, voir la préface.

— S'il en est ainsi, dit le Dard Pointu, je vous ferai passer à travers la porte, quand vous m'aurez donné lieu de le faire en ôtant un peu de terre sous le jambage, je vous ferai, dis-je, passer tenailles et marteau, afin que vous puissiez nuitamment ôter les clous de la serrure à ressort tout à votre aise ; il nous sera non moins aisé de replacer la plaque, de manière qu'on ne remarque pas qu'elle a été déclouée ; et, quand je serai à l'intérieur, enfermé avec vous dans le local, grange ou autre, qui vous sert de dortoir, je dépêcherai si bien ce que j'ai à faire que vous vous verrez très au-delà de ce que je vous ai dit, pour le plus grand bien de ma personne et le renforcement de vos capacités. Quant à la nourriture, n'ayez nul souci : j'apporterai, moi, provisions pour tous deux, et pour plus de huit jours, car tels disciples j'ai, et tels amis, qu'ils ne me laisseront pas dans la peine.

— Pour ce qui est du manger, répliqua le nègre, point de crainte à avoir : avec la ration que me donne mon maître, et les reliefs que me donnent les esclaves, j'aurais de quoi faire manger deux autres. Faites venir ce marteau et ces tenailles que vous dites ! Je saurai, moi, leur faire, en creusant sous le jambage, assez de place pour qu'ils passent, laquelle je recouvrirai et cacherai avec de la terre, et quand je devrais donner quelques coups pour ôter la plaque, mon maître dort si loin de cette porte-ci que ce sera miracle, ou plutôt grand malheur pour nous, s'il les entend.

— Pues a la mano de Dios — dijo Loaysa —: que de aquí a dos días tendréis, Luis, todo lo necesario para poner en ejecución nuestro virtuoso propósito; y advertid en no comer cosas flemosas, porque no hacen ningún provecho, sino mucho daño a la voz.

— Ninguna cosa me enronquece tanto — respondió el negro — como el vino; pero no me lo quitaré yo por todas cuantas voces tiene el suelo.

— No digo tal — dijo Loaysa —, ni Dios tal permita. Bebed, hijo Luis, bebed, y buen provecho os haga, que el vino que se bebe con medida jamás fue causa de daño alguno.

— Con medida lo bebo — replicó el negro —: aquí tengo un jarro que cabe una azumbre justa y cabal; éste me llenan las esclavas, sin que mi amo lo sepa, y el despensero, a solapo, me trae una botilla, que también cabe justas dos azumbres, con que se suplen las faltas del jarro.

— Digo — dijo Loaysa — que tal sea mi vida como eso me parece, porque la seca garganta, ni gruñe ni canta.

— Andad con Dios — dijo el negro —; pero mirad que no dejéis de venir a cantar aquí las noches que tardáredes en traer lo que habéis de hacer para entrar acá dentro, que ya me comen los dedos por verlos puestos en la guitarra.

— Y ¡cómo si vendré! — replicó Loaysa —. Y aun con tonadicas nuevas.

— Eh bien, à la grâce de Dieu, dit Loaysa. D'ici deux jours, vous aurez, Luis, tout le nécessaire pour mettre à exécution notre vertueux projet, et prenez garde à ne point manger de ces choses doucereuses, qui, loin d'être profitables, font beaucoup de tort à la voix.

— Il n'est rien, répondit le nègre, qui m'enroue autant que le vin ; mais voilà bien à quoi je ne saurais renoncer pour toutes les belles voix d'ici-bas.

— Je ne dis point cela, dit Loaysa, à Dieu ne plaise ! Buvez, Luis, buvez, mon fils, et grand bien vous fasse ! Vin qu'on boit avec mesure jamais ne fit aucun tort.

— Avec mesure je le bois, répliqua le nègre ; j'ai là un pichet, d'une pinte tout juste de contenance, que me remplissent les esclaves à l'insu de mon maître, et le dépensier m'apporte en cachette une gourde mignonne, qui contient elle aussi tout juste deux pintes, soit de quoi suppléer aux insuffisances du pichet.

— Voilà, dit Loaysa, qui me paraît vraiment à souhait : gosier mal arrosé ne sait grogner ni chanter.

— Adieu donc, dit le nègre, mais, surtout, n'oubliez pas de revenir chanter ici, les nuits que vous tarderez à apporter ce qu'il vous faut pour entrer céans. J'ai déjà les doigts qui me démangent, tant je voudrais les voir courir sur la guitare !

— Bien sûr que je reviendrai, répondit Loaysa, et avec de nouvelles chansonnettes encore !

— Eso pido — dijo Luis —; y ahora no me dejéis de cantar algo, porque me vaya a acostar con gusto; y en lo de la paga, entienda el señor pobre que le he de pagar mejor que un rico.

— No reparo en eso — dijo Loaysa —; que según yo os enseñare, así me pagaréis, y por ahora escuchad esta tonadilla, que cuando esté dentro veréis milagros.

— Sea en buen hora — respondió el negro. Y acabado este largo coloquio, cantó Loaysa un romancito agudo, con que dejó al negro tan contento y satisfecho, que ya no veía la hora de abrir la puerta.

Apenas se quitó Loaysa de la puerta, cuando, con más ligereza que el traer de sus muletas prometía, se fue a dar cuenta a sus consejeros de su buen comienzo, adivino del buen fin que por él esperaba. Hallólos, y contó lo que con el negro dejaba concertado, y otro día hallaron los instrumentos, tales, que rompían cualquier clavo como si fuera de palo. No se descuidó el virote de volver a dar música al negro, ni menos tuvo descuido el negro en hacer el agujero por donde cupiese lo que su maestro le diese, cubriéndolo de manera que a no ser mirado con malicia y sospechosamente no se podía caer en el agujero.

— Voilà mon affaire, dit Luis, et dès à présent ne laissez pas de me chanter quelque chose, afin que je m'en aille au lit tout aise, et, pour ce qui est du paiement, sachez, monsieur le pauvre, que je vous paierai mieux que ne ferait un riche.

— Je ne regarde pas à cela, dit Loaysa, vous me paierez selon le succès de mon enseignement, et dès à présent écoutez-moi cette chansonnette. Quand je serai à l'intérieur, je vous ferai voir merveilles !

— À la bonne heure ! » répondit le nègre. Ce long colloque terminé, Loaysa chanta un petit *romance* subtil, dont le nègre fut si content et si aise qu'il ne se tenait déjà plus d'attendre l'ouverture de la porte.

À peine Loaysa l'eut-il quittée, cette porte, qu'il s'en fut, d'un pas plus léger qu'on ne l'eût attendu d'un porteur de béquilles, rendre compte à ses conseillers de ce bon début, qui augurait bien de l'heureuse issue qu'il comptait lui donner. Il les trouva, et leur conta l'accord passé par lui avec le nègre. Le lendemain, ils trouvèrent les outils, qui étaient de trempe à vous briser un clou comme du bois. Notre Dard Pointu ne négligea pas de revenir offrir sa musique au nègre, pas plus que le nègre ne négligea de creuser le trou par où pût passer ce que son professeur lui donnerait. Il le recouvrit si bien qu'à moins de le regarder avec malice et suspicion, on ne pouvait le remarquer, ce trou !

La segunda noche le dio los instrumentos Loaysa, y Luis probó sus fuerzas, y casi sin poner alguna se halló rompidos los clavos, y con la chapa de la cerradura en las manos, abrió la puerta, y recogió dentro a su Orfeo y maestro, y cuando le vio con sus dos muletas, y tan andrajoso, y tan fajada su pierna, quedó admirado. No llevaba Loaysa el parche en el ojo, por no ser necesario, y así como entró, abrazó a su buen discípulo y le besó en el rostro, y luego le puso una gran bota de vino en las manos y una caja de conserva y otras cosas dulces, de que llevaba unas alforjas bien proveídas. Y dejando las muletas, como si no tuviera mal alguno, comenzó a hacer cabriolas, de lo cual se admiró más el negro, a quien Loaysa dijo :

— Sabed, hermano Luis, que mi cojera y estropeamiento no nace de enfermedad, sino de industria, con la cual gano de comer pidiendo por amor de Dios, y ayudándome della y de mi música paso la mejor vida del mundo, en el cual todos aquellos que no fueren industriosos y tracistas morirán de hambre ; y esto lo veréis en el discurso de nuestra amistad.

— Ello dirá — respondió el negro — ; pero demos orden de volver esta chapa a su lugar, de modo que no se eche de ver su mudanza.

— En buen hora — dijo Loaysa. Y sacando clavos de sus alforjas, asentaron la cerradura de suerte que estaba tan bien como de antes, de lo cual quedó contentísimo el negro ;

La seconde nuit, Loaysa lui remit les outils, et Luis essaya sa force, et, sans presque en avoir fait usage, se retrouva avec les clous rompus, et la plaque de la serrure entre les mains. Lors, il ouvrit la porte et accueillit à l'intérieur son Orphée et professeur, et quand il le vit sur ses deux béquilles, et tout déguenillé, et la jambe tout emmaillotée, il en fut ébaubi. Loaysa ne portait pas son taffetas sur l'œil, parce que ce n'était pas nécessaire, et, à peine entré, il embrassa son bon disciple et le baisa au front, et vite lui plaça une grande gourde de vin dans les mains, et une boîte de confiture, ainsi que d'autres douceurs dont il avait abondamment garni une besace. Et abandonnant ses béquilles, comme s'il n'avait mal nulle part, il se mit à faire des cabrioles, ce dont le nègre fut encore plus ébaubi. Après quoi Loaysa lui dit :

« Sachez, frère Luis, que, si je boite et suis estropié, ce n'est pas là infirmité de naissance, mais bonne ruse, par quoi j'ai mon gagne-pain, en mendiant pour l'amour de Dieu ; grâce à elle et à ma musique, je passe la meilleure vie qui puisse être en ce monde, où quiconque n'est pas rusé ni inventif est appelé à mourir de faim, comme je vous le ferai voir quand notre amitié passera plus avant.

— On verra bien, répondit le nègre, mais occupons-nous de remettre cette plaque à sa place, afin qu'on ne remarque pas qu'elle en a bougé.

— Volontiers », dit Loaysa. Avec les clous qu'ils tirèrent de sa besace, ils fixèrent la serrure si parfaitement qu'elle était vraiment comme avant. Le nègre en conçut grande joie.

y subiéndose Loaysa al aposento que en el pajar tenia el negro, se acomodó lo mejor que pudo. Encendió luego Luis un torzal de cera y, sin más aguardar, sacó su guitarra Loaysa; y tocándola baja y suavemente, suspendió al pobre negro de manera que estaba fuera de sí escuchándole. Habiendo tocado un poco, sacó de nuevo colación y diola a su discípulo, y, aunque con dulce, bebió con tan buen talante de la bota, que le dejó más fuera de sentido que la música. Pasado esto, ordenó que luego tomase lición Luis, y como el pobre negro tenía cuatro dedos de vino sobre los sesos, no acertaba traste; y con todo eso, le hizo creer Loaysa que ya sabía por lo menos dos tonadas; y era lo bueno que el negro se lo creía, y en toda la noche no hizo cosa que tañer que la guitarra destemplada y sin las cuerdas necesarias.

Durmieron lo poco que de la noche les quedaba, y a obra de las seis de la mañana bajó Carrizales y abrió la puerta de en medio, y también la de la calle, y estuvo esperando al despensero, el cual vino de allí a un poco, y dando por el torno la comida se volvió a ir, y llamó al negro, que bajase a tomar cebada para la mula, y su ración; y en tomándola, se fue el viejo Carrizales, dejando cerradas ambas puertas, sin echar de ver lo que en la de la calle se había hecho, de que no poco se alegraron maestro y discípulo.

Loaysa grimpa à l'endroit où le nègre avait son logement au grenier, et s'y installa du mieux qu'il put. Luis alluma aussitôt une torche de cire, et Loaysa, sans plus attendre, sortit sa guitare, et en joua tout bas et tout doux. Le pauvre nègre en fut si saisi qu'il demeurait extasié à l'écouter. Quand il eut joué quelque peu, il offrit de nouveau à boire à son disciple, qui s'abreuva, encore que doucement, de si bon cœur à la gourde qu'elle le laissa encore plus extasié que la musique. Après quoi, il ordonna à Luis de prendre aussitôt sa leçon, et comme le pauvre nègre avait la cervelle noyée dans quatre doigts de vin, il jouait tout faux, ce qui n'empêcha pas Loaysa de lui faire croire qu'il savait déjà pour le moins deux airs, et le meilleur c'est que le nègre le croyait sur parole, et que, de toute la nuit, il ne fit rien d'autre que gratter la guitare, désaccordée, et dépourvue des cordes nécessaires.

Le peu qu'il leur restait du temps de la nuit, ils dormirent, et, vers six heures du matin, Carrizalès descendit, et ouvrit la porte intérieure, ainsi que celle de la rue, et resta à attendre le dépensier. Une fois celui-ci arrivé, et reparti après avoir laissé les vivres sur le tour, il appela le nègre pour qu'il descendît prendre le picotin de la mule et sa propre ration, et dès qu'il l'eut prise, le vieux Carrizalès s'en fut, après avoir bouclé les deux portes, sans remarquer ce qu'on avait fait à celle de la rue, ce qui, pour professeur et disciple, ne fut pas mince joie.

Apenas salío el amo de casa, cuando el negro arrebató la guitarra y comenzó a tocar de tal manera, que todas las criadas le oyeron, y por el torno le preguntaron :

— ¿Qué es esto, Luis? ¿De cuándo acá tienes tú guitarra, o quién te la ha dado?

— ¿Quién me la ha dado? — respondió Luis —. El mejor músico que hay en el mundo, y el que me ha de enseñar en menos de seis días más de seis mil sones.

— ¿Y dónde está ese músico? — preguntó la dueña.

— No está muy lejos de aquí — respondío el negro —; y si no fuera por vergüenza y por el temor que tengo a mi señor, quizá os le enseñara luego, y a fe que os holgásedes de verle.

— ¿Y adónde puede él estar que nosotras le podamos ver — replicó la dueña —, si en esta casa jamás entró otro hombre que nuestro dueño?

— Ahora bien — dijo el negro —, no os quiero decir nada hasta que veáis lo que yo sé y él me ha enseñado en el breve tiempo que he dicho.

— Por cierto — dijo la dueña — que, si no es algún demonio el que te ha de enseñar, que yo no sé quién te pueda sacar músico con tanta brevedad.

— Andad — dijo el negro —, que lo oiréis y lo veréis algún día.

Sitôt parti le maître de maison, le nègre attrapa frénétiquement la guitare, et se mit à en jouer de telle sorte que toutes les servantes l'entendirent, et lui demandèrent à travers le tour :

« Qu'y a-t-il, Luis ? Depuis quand as-tu cette guitare ou qui te l'a donnée ?

— Qui me l'a donnée ? répondit Luis ; le meilleur musicien qui soit au monde, et qui doit m'enseigner en moins de six jours plus de six mille morceaux.

— Et où est-il, ce musicien ? demanda la duègne.

— Il n'est pas très loin d'ici, répondit le nègre, et si ne me retenait la vergogne, et la crainte que j'ai de mon maître, qui sait si je ne pourrais vous le montrer sur-le-champ ? Et je gage que vous seriez aises de le voir !

— Mais où peut-il bien être, qu'il nous soit loisible de le voir, répondit la duègne, alors que jamais n'est entré céans d'autre homme que notre maître ?

— Allons, dit le nègre, je ne veux rien vous dire, tant que vous n'aurez pas vu ce que je sais, moi, et qu'il m'a enseigné, lui, pendant le peu de temps que j'ai dit.

— Assurément, dit la duègne, à moins que ce ne soit quelque démon qui te doive enseigner, je ne sais qui saurait faire de toi un musicien en si peu de temps.

— N'ayez crainte, reprit le nègre, vous l'entendrez et le verrez un jour.

— No puede ser eso — dijo otra doncella —, porque no tenemos ventanas a la calle para poder ver ni oír a nadie.

— Bien está — dijo el negro —; que para todo hay remedio si no es para excusar la muerte; y más si vosotras sabéis o queréis callar.

— ¡Y cómo que callaremos, hermano Luis! — dijo una de las esclavas —. Callaremos más que si fuésemos mudas; porque te prometo, amigo, que me muero por oír una buena voz, que después que aquí nos emparedaron, ni aun el canto de los pajaros habemos oído.

Todas estas pláticas estaba escuchando Loaysa con grandisimo contento, pareciéndole que todas se encaminaban a la consecución de su gusto y que la buena suerte había tomado la mano en guiarlas a la medida de su voluntad.

Despidiéronse las criadas con prometerles el negro que cuando menos se pensasen las llamaría a oír una buena voz; y con temor que su amo volviese y le hallase hablando con ellas, les dejó y se recogió a su estancia y clausura. Quisiera tomar lición, pero no se atrevió a tocar de día, por que su amo no le oyese; el cual vino de allí a poco espacio, y cerrando las puertas según su costumbre, se encerró en casa. Y al dar aquel día comer por el torno al negro, dijo Luis a una negra, que se lo daba, que aquella noche, después de dormido el amo, bajasen todas al torno a oír la voz que les había prometido, sin falta alguna.

— Impossible, dit une autre demoiselle, puisque nous n'avons pas de fenêtre sur rue pour voir ni entendre qui que ce soit.

— Allons donc, dit le nègre, il y a remède à toutes choses, sauf à l'inévitable mort ; surtout si vous savez ou si vous voulez bien vous taire.

— Et comment si nous nous tairons, frère Luis ! dit l'une des esclaves, nous nous tairons plus que si nous étions muettes, car je t'assure, mon ami, que je meurs d'entendre une belle voix : depuis qu'on nous a emmurées céans, nous avons cessé d'entendre jusqu'au chant des oiseaux. »

Tous ces propos, Loaysa les écoutait avec grande joie, se disant qu'ils prenaient tous le chemin d'exaucer ses vœux, et que la bonne fortune avait saisi les rênes pour les guider ainsi selon sa volonté.

Les servantes repartirent avec la promesse du nègre que, bientôt, quand elles s'y attendraient le moins, il les inviterait à entendre une belle voix ; et, craignant que son maître ne rentrât et ne le trouvât en train de leur parler, il les laissa aller et fit retraite en son réduit. Il eût aimé prendre une leçon, mais n'osa jouer de jour, de peur d'être entendu par son maître, lequel, revenu peu après, referma les portes comme à son habitude, et s'enferma chez lui. Or, ce jour-là, au moment où l'on donnait au nègre son manger sur le tour, Luis dit à une négresse, qui le lui donnait, que cette nuit même, une fois que le maître dormirait, il leur faudrait toutes descendre au tour, sans faute, pour entendre la voix qu'il leur avait promise.

Verdad es que antes que dijese esto había pedido con muchos ruegos a su maestro fuese contento de cantar y tañer aquella noche al torno, por que él pudiese cumplir la palabra que había dado de hacer oír a las criadas una voz extremada, asegurándole que sería en extremo regalado por todas ellas. Algo se hizo de rogar el maestro de hacer lo que él más deseaba; pero al fin dijo que haría lo que su buen discípulo pedía, sólo por darle gusto, sin otro interés alguno. Abrazóle el negro y diole un beso en el carrillo, en señal del contento que le había causado la merced prometida, y aquel día dio de comer a Loaysa tan bien como si comiera en su casa, y aun quizá mejor, pues pudiera ser que en su casa le faltara.

Llegóse la noche, y en la mitad della, o poco menos, comenzaron a cecear en el torno, y luego entendió Luis que era la cáfila, que había llegado, y llamando a su maestro, bajaron del pajar, con la guitarra bien encordada y mejor templada. Preguntó Luis quién y cuántas eran las que escuchaban. Respondiéronle que todas, sino su señora, que quedaba durmiendo con su marido, de que le pesó a Loaysa; pero con todo eso, quiso dar principio a su designio y contentar a su discípulo, y tocando mansamente la guitarra, tales sones hizo, que dejó admirado al negro y suspenso el rebaño de las mujeres que le escuchaba.

Il est vrai qu'avant de dire cela, il avait instamment supplié son professeur de bien vouloir chanter et jouer cette nuit-là devant le tour, afin qu'il pût, lui, tenir sa parole de faire entendre aux servantes une voix sublime, et il l'avait assuré que cela lui vaudrait mille caresses de toutes. Pour lui accorder ce qu'il souhaitait tant, le professeur se fit un tantinet prier, mais dit finalement qu'il se plierait à la demande de son bon disciple, à seule fin de lui complaire, et sans aucun autre intérêt en l'affaire. Le nègre l'embrassa, et lui fit une bise sur la joue, en signe de la joie que lui causait cette faveur promise, et, ce jour-là, il fit manger Loaysa aussi bien qu'il eût fait chez lui, voire mieux, supposé que chez lui il n'y eût pas grande chère.

Vint la nuit, et elle en était à son milieu, ou presque, lorsque des voix, depuis le tour, firent *psitt.* Luis comprit aussitôt que c'était toute la smala qui se présentait. Il appela son professeur, et ils descendirent depuis la grange, avec la guitare, ses cordes au complet et, mieux encore, accordées. Luis demanda qui et combien étaient celles qui écoutaient. Elles répondirent que toutes étaient là, sauf leur maîtresse, qui était restée dormir avec son mari. Loaysa en fut dépité, mais voulut quand même donner commencement à son projet, et contenter son disciple : jouant tout doux de la guitare, il en tira de tels sons qu'il laissa le nègre émerveillé, et en suspens le troupeau des femmes qui l'écoutaient.

Pues ¿qué diré de lo que ellas sintieron cuando oyeron tocar el *Pésame dello*[1] y acabar con el endemoniado son de la zarabanda, nuevo entonces en España? No quedó vieja por bailar, ni moza que no se hiciese pedazos, todo a la sorda y con silencio extraño, poniendo centinelas y espías si el viejo despertaba. Cantó asimismo Loaysa coplicas de la seguida[2], con que acabó de echar el sello al gusto de las escuchantes, que ahincadamente pidieron al negro les dijese quién era tan milagroso músico. El negro les dijo que era un pobre mendigante, el más galán y gentil hombre que había en toda la pobrería de Sevilla. Rogáronle que hiciese de suerte que ellas le viesen, y que no le dejase ir en quince días de casa, que ellas le regalarían muy bien y darían cuanto hubiese menester. Preguntáronle qué modo había tenido para meterle en casa. A esto no respondío palabra; a lo demás dijo que para poderle ver hiciesen un agujero pequeño en el torno, que después lo taparían con cera; y que a lo de tenerle en casa, que él lo procuraría.

Hablólas también Loaysa, ofreciéndoseles a su servicio, con tan buenas razones, que ellas echaron de ver que no salían de ingenio de pobre mendigante.

1. *Pésame* : titre abrégé d'une danse populaire où cette formule rituelle de condoléances prenait des connotations burlesques.

2. *Seguida* : appelée aussi *seguidilla*. Il s'agit de strophes de poésie légère, d'inspiration populaire, qui ont été dansées sous

Et que dire quand elles l'entendirent jouer le *Pésame dello* et achever par le son endiablé de la sarabande, qui était alors, en Espagne, une nouveauté ? Les voilà, sans exception aucune, vieille à danser, et jeunes à se désosser ! Et tout cela en sourdine et dans un merveilleux silence, avec sentinelles et espionnes postées pour prévenir si le vieux se réveillait. Loaysa chanta également des couplets de séguedille, ce qui porta à son comble le plaisir des auditrices. Elles pressèrent le nègre de leur dire qui était ce merveilleux musicien. Le nègre leur dit que c'était un pauvre mendiant, le plus noble et galant homme de tous les bas-fonds de Séville. Elles le supplièrent de le leur faire voir, et de ne point le laisser ressortir de quinze jours, assurant qu'elles le bichonneraient et lui donneraient tout ce dont il aurait besoin. Elles lui demandèrent comment il s'y était pris pour l'introduire dans la maison. À cela il ne répondit mot. Quant au reste, il dit que, pour parvenir à le voir, elles n'avaient qu'à faire un petit trou dans le tour, qu'elles cacheraient ensuite avec de la cire ; pour ce qui était de le garder à demeure, il s'y efforcerait.

Loaysa leur parla lui aussi, et leur offrit ses services en termes si bien tournés qu'elles comprirent qu'il y avait là autre talent que celui d'un pauvre mendiant.

d'autres noms *(folias, cabezas de cantar)* bien avant l'époque où elles se voient appeler « séguédilles » (première occurrence : 1599, dans le *Guzmán de Alfarache* de Mateo Alemán, où il est dit qu'elles sont en train de détrôner la sarabande).

Rogáronle que otra noche viniese al mismo puesto; que ellas harían con su señora que bajase a escucharle, a pesar del ligero sueño de su señor, cuya ligereza no nacía de sus muchos años, sino de sus muchos celos. A lo cual dijo Loaysa que si ellas gustaban de oírle sin sobresalto del viejo, que él les daría unos polvos que le echasen en el vino, que le harían dormir con pesado sueño más tiempo del ordinario.

— ¡Jesús, valme — dijo una de las doncellas —, y si eso fuese verdad, qué buena ventura se nos habría entrado por las puertas, sin sentillo y sin merecello! No serían ellos polvos de sueño para él, sino polvos de vida para todas nosotras y para la pobre de mi señora Leonora, su mujer, que no le deja a sol ni a sombra ni la pierde de vista un solo momento. ¡Ay, señor mío de mi alma, traiga esos polvos, así Dios le dé todo el bien que desea! Vaya y no tarde; tráigalos, señor mío, que yo me ofrezco a mezclarlos en el vino y a ser la escanciadora; y pluguiese a Dios que durmiese el viejo tres días con sus noches, que otros tantos tendríamos nosotras de gloria.

— Pues yo los traeré — dijo Loaysa —; y son tales, que no hacen otro mal ni daño a quien los toma si no es provocarle un sueño pesadísimo.

Elles le supplièrent de revenir à son poste la nuit suivante : elles-mêmes convaincraient leur maîtresse de descendre l'écouter, malgré le sommeil léger du maître, légèreté qui ne venait pas de son grand âge, mais de sa grande jalousie. À cela Loaysa répondit que, si l'idée leur disait de l'entendre sans avoir à redouter le vieux, il leur donnerait, lui, certaine poudre à verser dans le vin, qui le ferait dormir d'un lourd sommeil plus longtemps qu'à l'accoutumée.

« Doux Jésus ! dit l'une des demoiselles, si c'était vrai, ah ! quelle aubaine, non pressentie ni méritée, nous serait venue par ces portes ! Ce ne serait pas là poudre de sommeil pour lui, mais poudre de vie pour nous toutes, et pour cette pauvre madame Leonora, son épouse, qu'il ne quitte pas de jour comme de nuit, et ne perd pas de vue un seul instant. Ah ! monsieur de mon cœur, apportez-la, cette poudre, et que Dieu exauce tous vos désirs ! Partez, ne tardez pas ! Rapportez-la, monsieur ! Je suis prête, moi, à la mélanger au vin, et à l'être l'échanson. Et plaise à Dieu qu'il dorme trois jours, nuits comprises, le vieux : ce serait pour nous autres autant de félicité !

— Je l'apporterai donc, dit Loaysa ; elle est ainsi fabriquée que tout le mal et dommage qu'elle fait à qui la prend, c'est de l'inciter à un sommeil de plomb. »

Todas le rogaron que los trujese con brevedad, y quedando de hacer otra noche con una barrena el agujero en el torno y de traer a su señora para que le viese y oyese, se despidieron; y el negro, aunque era casi el alba, quiso tomar lición, la cual le dio Loaysa, y le hizo entender que no había mejor oído que el suyo en cuantos discípulos tenía: ¡y no sabía el pobre negro, ni lo supo jamás, hacer un cruzado!

Tenían los amigos de Loaysa cuidado de venir de noche a escuchar por entre las puertas de la calle y ver si su amigo les decía algo o si había menester alguna cosa; y haciendo una señal que dejaron concertada, conoció Loaysa que estaban a la puerta, y por el agujero del quicio les dio breve cuenta del buen término en que estaba su negocio, pidiéndoles encarecidamente buscasen alguna cosa que provocase a sueño, para dárselo a Carrizales, que él había oído decir que había unos polvos para este efeto. Dijéronle que tenían un médico amigo que les daría el mejor remedio que supiese, si es que le había; y animándole a proseguir la empresa y prometiéndole de volver la noche siguiente con todo recaudo, apriesa se despidieron.

Vino la noche, y la banda de las palomas acudió al reclamo de la guitarra. Con ellas vino la simple Leonora, temerosa y temblando de que no despertase su marido;

Toutes le supplièrent de l'apporter sans tarder, et convinrent de percer, la nuit suivante, le trou dans le tour, avec un foret, et d'amener leur maîtresse, afin qu'elle le pût voir et entendre. Là-dessus, elles s'en furent, et le nègre, bien que l'aube fût proche, voulut prendre sa leçon, que Loaysa lui donna, non sans lui laisser entendre qu'aucun autre de ses disciples n'avait autant d'oreille que lui, alors qu'il ne savait, ni ne sut jamais, le pauvre nègre, plaquer le moindre accord !

Les amis de Loaysa prenaient soin de venir, la nuit, écouter à la porte de la rue pour voir si leur ami avait quelque chose à leur dire ou quelque besoin à leur communiquer. À un signal entre eux convenu, Loaysa comprit qu'ils étaient à la porte, et, par le trou sous le jambage, leur fit un compte succinct de la bonne tournure que prenait son affaire, les priant instamment de lui chercher quelque drogue somnifère, qu'il pût donner à Carrizalès, car il avait entendu dire qu'il y avait des poudres ayant cet effet. Ils lui dirent qu'ils avaient parmi leurs amis un médecin, qui leur donnerait le meilleur remède, s'il en était, que connût sa science. Ils l'encouragèrent à persévérer dans l'entreprise, promirent de revenir la nuit suivante sans faute avec la commande, et s'éclipsèrent.

Vint la nuit, et la bande des colombes accourut à l'appeau de la guitare. Avec elles vint la simplette Leonora, toute tremblante de la crainte que son mari ne s'éveillât ;

que aunque ella, vencida deste temor, no había querido venir, tantas cosas le dijeron sus criadas, especialmente la dueña, de la suavidad de la música y de la gallarda disposición del músico pobre (que, sin haberle visto, le alababa y le subía sobre Absalón y sobre Orfeo), que la pobre señora, convencida y persuadida dellas, hubo de hacer lo que no tenía ni tuviera jamás en voluntad.

Lo primero que hicieron fue barrenar el torno para ver al músico, el cual no estaba ya en hábitos de pobre, sino con unos calzones grandes de tafetán leonado, a la marineresca; un jubón de lo mismo con trencillas de oro, y una montera de raso de la misma color, con cuello almidonado, con grandes puntas y encaje; que de todo vino proveído en las alforjas, imaginando que se había de ver en ocasión que le conviniese mudar de traje. Era mozo y de gentil disposición y buen parecer; y como había tanto tiempo que todas tenían hecha la vista a mirar al viejo de su amo, parecióles que miraban a un ángel. Poníase una al agujero para verle, y luego otra; y por que le pudiesen ver mejor, andaba el negro paseándole el cuerpo de arriba abajo con el torzal de cera encendido.

elle avait eu beau, sous l'effet de cette peur, ne pas vouloir venir, ses servantes lui en avaient tant dit, particulièrement la duègne, sur la douceur de la musique, et sur la belle mine du pauvre musicien, le vantant et le plaçant, sans l'avoir vu, au-dessus d'Absalon et d'Orphée, que la pauvre maîtresse, par elles convaincue et persuadée, dut faire ce qui n'était et n'avait jamais été en son vouloir.

Elles n'eurent rien de plus pressé que de forer le tour, pour voir le musicien, qui n'était plus dans ses habits de pauvre, mais portait de grandes chausses de taffetas fauve, avec de larges soufflets à la matelote, pourpoint à l'avenant à petites tresses d'or, et couvre-chef en satin de même teinte, avec un col amidonné à grandes pointes et dentelles, car il s'était muni de tout cela dans sa besace, prévoyant qu'il se pourrait trouver en telle situation qu'il lui convînt de changer de costume. Jeune, bien fait, il avait belle allure ; et comme il y avait si longtemps qu'elles avaient toutes les yeux faits à regarder leur vieillard de maître, il leur sembla qu'elles regardaient un ange. L'une se postait au trou pour le voir, et puis l'autre ; et, pour qu'il leur fût plus aisé de le voir, le nègre lui promenait tout le long du corps, de haut en bas, la torche de cire allumée.

Y después que todas le hubieron visto, hasta las negras bozales, tomó Loaysa la guitarra, y cantó aquella noche tan extremadamente, que las acabó de dejar suspensas y atónitas a todas, así la vieja como a las mozas, y todas rogaron a Luis diese orden y traza como el señor su maestro entrase allá dentro, para oírle y verle de más cerca y no tan por brújula como por el agujero, y sin el sobresalto de estar tan apartadas de su señor, que podía cogerlas de sobresalto y con el hurto en las manos, lo cual no sucedería ansí si le tuviesen escondido dentro. A este contradijo su señora con muchas veras, diciendo que no se hiciese la tal cosa ni la tal entrada, porque le pesaría en el alma, pues desde allí le podían ver y oír a su salvo y sin peligro de su honra.

— ¿Qué honra? — dijo la dueña —. El Rey tiene harta. Estése vuesa merced encerrada con su Matusalén, y déjenos a nosotras holgar como pudiéremos. Cuanto más, que este señor parece tan honrado, que no querrá otra cosa de nosotras más de lo que nosotras quisiéremos.

— Yo, señoras mías — dijo a esto Loaysa —, no vine aquí sino con intención de servir a todas vuesas mercedes con el alma y con la vida, condolido de su no vista clausura y de los ratos que en este estrecho género de vida se pierden.

Et quand toutes l'eurent vu, jusqu'aux baragouineuses négresses, Loaysa prit la guitare et chanta cette nuit-là si superbement qu'il acheva de les laisser toutes en suspens et bouche bée, tant la vieille que les jeunes, et que toutes supplièrent Luis de trouver quelque astuce pour que monsieur son professeur entrât céans, afin qu'on le pût entendre et voir de plus près, sans avoir à le deviner comme quand on regardait par le trou, ni à trembler de se risquer aussi loin de leur maître, au risque d'être surprises par lui la main dans le sac, ce qui ne saurait advenir dès lors qu'on le tiendrait caché à l'intérieur. À cela leur maîtresse fit quantité d'objections très sincères, disant que pareille chose, pareille entrée ne se devait point faire, qu'elle en serait profondément chagrinée, d'autant que l'on pouvait, d'où l'on était, le voir et l'entendre en toute sécurité et sans péril pour son honneur.

« Quel honneur ? dit la duègne ; le roi en a plus qu'assez ! Restez, madame, enfermée avec votre Mathusalem, et souffrez que nous nous amusions, nous autres, de notre mieux. D'autant que ce monsieur a l'air si honnête qu'il ne voudra de nous rien de plus que ce que nous voudrons nous-mêmes.

— Moi, mesdames, dit alors Loaysa, je ne suis venu ici qu'avec l'intention de servir toutes Vos Grâces avec mon âme, avec mon souffle, parce que je m'attriste de cet enfermement jamais vu qu'est le vôtre, et des moments que l'on gâche en cet étroit genre de vie.

Hombre soy yo, por vida de mi padre, tan sencillo, tan manso y de tan buena condición, y tan obediente, que no haré más que aquello que se me mandare; y si cualquiera de vuesas mercedes dijere: «Maestro, siéntese aquí; maestro, pásese allí; echáos acá, pasaos acullá», así lo haré como el más doméstico y enseñado perro que salta por el Rey de Francia.

— Si eso ha de ser así — dijo la ignorante Leonora —, ¿qué medio se dará para que entre acá dentro el señor maeso?

— Bueno — dijo Loaysa —; vuesas mercedes pugnen por sacar en cera la llave desta puerta de en medio; que yo haré que mañana en la noche venga hecha otra tal, que nos pueda servir.

— En sacar esa llave — dijo una doncella — se sacan las de toda la casa, porque es llave maestra.

— No por eso será peor — replicó Loaysa.

— Así es verdad — dijo Leonora —: pero ha de jurar este señor, primero, que no ha de hacer otra cosa cuando esté acá dentro sino cantar y tañer cuando se lo mandaren, y que ha de ester encerrado y quedito donde le pusiéremos.

— Sí juro — dijo Loaysa.

— No vale nada ese juramento — respondió Leonora —: que ha de jurar por vida de su padre, y ha de jurar la cruz, y besalla que lo veamos todas.

Homme je suis — je le jure sur la tête de mon père — si simple, si paisible, d'humeur si débonnaire et obéissante que je ne ferai que ce qui me sera commandé ; et si l'une ou l'autre de Vos Grâces me vient dire : "Maître, asseyez-vous ici ! Passez là-bas, maître ! Couché maintenant ! Passez là, vous dis-je !", je m'exécuterai comme ferait le chien le plus docile et le mieux dressé, qui saute pour le roi de France.

— S'il en doit être ainsi, dit la naïve Leonora, quel moyen trouver pour faire entrer céans monsieur le professeur ?

— Eh bien, dit Loaysa, démenez-vous, mesdames, pour prendre sur cire l'empreinte de la clef qui ouvre la seconde porte. Je me chargerai, moi, de rapporter demain soir un double si bien fait qu'il nous puisse tirer d'affaire.

— Faire un double de cette clef, dit une demoiselle, c'est en faire un de toutes celles de la maison, parce que c'est la clef maîtresse.

— Voilà qui ne va pas si mal, répondit Loaysa.

— C'est vrai, dit Leonora, mais il faut d'abord que ce monsieur jure qu'une fois à l'intérieur, il ne fera rien d'autre que chanter et jouer, quand on le lui commandera, et qu'il se tiendra coi et reclus à l'endroit où nous le mettrons.

— Je le jure, dit Loaysa.

— Ce jurement ne vaut rien, répondit Leonora. Il faut qu'il jure sur la tête de son père, et qu'il jure sur le crucifix et le baise, au vu de nous toutes.

— Por vida de mi padre juro — dijo Loaysa —, y por esta señal de cruz, que la beso con mi boca sucia. Y haciendo la cruz con dos dedos, la besó tres veces.

Esto hecho, dijo otra de las doncellas : — Mire, señor, que no se le olvide aquello de los polvos, que es el *tuáutem* de todo.

Con esto cesó la plática de aquella noche, quedando todos muy contentos del concierto. Y la suerte, que de bien en mejor encaminaba los negocios de Loaysa, trujo a aquellas horas, que eran las dos después de la media noche, por la calle a sus amigos, los cuales, haciendo la señal acostumbrada, que era tocar una trompa de París[1], Loaysa los habló y les dio cuenta del término en que estaba su pretensión, y les pidió si traían los polvos, o otra cosa, como se la había pedido, para que Carrizales durmiese. Díjoles asimismo lo de la llave maestra. Ellos le dijeron que los polvos, o un ungüento, vendría la siguiente noche, de tal virtud que, untados los pulsos y las sienes con él, causaba un sueño profundo, sin que dél se pudiese despertar en dos dias si no era lavándose con vinagre todas las partes que se habían untado ; y que se les diese la llave en cera, que asimismo la harían hacer con facilidad.

1. *Trompa de París* : sorte de guimbarde (instrument de musique approprié pour des signaux furtifs).

— Je le jure sur la tête de mon père, dit Loaysa, et sur ce signe de croix que je baise de ma bouche impure. » Et, figurant la croix avec deux doigts, il la baisa par trois fois.

Cela fait, une autre des demoiselles s'écria : « Prenez garde, monsieur, à ne pas l'oublier, cette poudre ! C'est le hic de toute l'affaire. »

Ainsi prirent fin les pourparlers de cette nuit-là, qui laissèrent tout le monde bien content de l'accord qu'on avait passé. Et le sort, qui faisait marcher de mieux en mieux les affaires de Loaysa, lui amena à ce moment-là, c'est-à-dire deux heures après minuit, ses amis. Ceux-ci, depuis la rue, firent le signal habituel, lequel consistait à souffler dans une trompe de Paris. Loaysa leur parla, leur rendit compte du point où il en était de ses prétentions, et leur demanda s'ils apportaient la poudre, ou autre drogue, selon sa commande, pour faire dormir Carrizalès. Il leur conta aussi l'histoire de la clef maîtresse. À quoi ils répondirent que ladite poudre, ou certaine pommade, viendrait la nuit suivante, que sa vertu était telle qu'il suffisait d'en enduire les poignets, à l'endroit du pouls, et les tempes, pour créer un profond sommeil, dont on ne pouvait se réveiller de deux jours, à moins que ne fussent lavées au vinaigre toutes les parties ainsi enduites. Quant à l'empreinte sur cire de la clef, il n'était que de la leur donner : en faire fabriquer un double leur serait chose aisée.

Con esto se despidieron, y Loaysa y su discípulo durmieron lo poco que de la noche les quedaba, esperando Loaysa con gran deseo la venidera, por ver si se le cumplía la palabra prometida de la llave. Y puesto que el tiempo parece tardío y perezoso a los que en él esperan, en fin, corre a las parejas con el mismo pensamiento, y llega el término que quiere, porque nunca para ni sosiega.

Vino, pues, la noche y la hora acostumbrada de acudir al torno, donde vinieron todas las criadas de casa, grandes y chicas, negras y blancas, porque todas estaban deseosas de ver dentro de su serrallo al señor músico; pero no vino Leonora, y preguntando Loaysa por ella, le respondieron que estaba acostada con su velado, el cual tenía cerrada la puerta del aposento donde dormía, con llave, y después de haber cerrado se la ponía debajo de la almohada, y que su señora les había dicho que, en durmiéndose el viejo, haría por tomarle la llave maestra y sacarla en cera, que ya llevaba preparada y blanda, y que de allí a un poco habían de ir a requerirla por una gatera.

Maravillado quedó Loaysa del recato del viejo; pero no por esto se le desmayó el deseo; y estando en esto oyó la trompa de París. Acudió al puesto; halló a sus amigos, que le dieron un botecico de ungüento de la propiedad que le habían significado : tomólo Loaysa, y díjoles que esperasen un poco, que les daría la muestra de la llave.

Là-dessus, ils se séparèrent, et Loaysa dormit, en compagnie de son disciple, le peu de nuit qu'il leur restait. Loaysa appelait la suivante de tous ses vœux, impatient de voir si la promesse de la clef serait tenue. Et bien que le temps semble paresseux et lent à ceux qui placent en lui leur attente, il est, en fait, non moins véloce que la pensée elle-même, et finit par lui apporter le terme qu'elle souhaite, car il ne connaît ni trêve ni pause.

La nuit vint donc. Vint l'heure accoutumée du rendez-vous au tour. Y accourut toute la maisonnée : grandes et petites, noires et blanches, toutes les servantes brûlaient de voir à l'intérieur du sérail monsieur le musicien. Mais Leonora ne vint pas. Lorsque Loaysa s'inquiéta d'elle, il lui fut répondu qu'elle était allongée aux côtés de l'époux, lequel tenait fermée la porte de sa chambre au moyen d'une clef, qu'il plaçait, après fermeture, sous l'oreiller. Mais leur maîtresse leur avait dit qu'elle s'arrangerait, dès que le vieux serait endormi, pour lui soutirer cette clef maîtresse et en prendre l'empreinte sur de la cire, qu'elle avait bien préparée et malaxée. Elle la leur ferait passer sous peu, par une chatière.

Loaysa demeura pantois de cette précaution du vieux ; mais cela ne fit pas faiblir pour autant son désir. Et, sur ces entrefaites, il entendit la trompe de Paris, courut au lieu de rendez-vous, y trouva ses amis, qui lui remirent un petit pot de pommade dotée des vertus qu'ils lui avaient assignées ; Loaysa le prit et leur dit d'attendre un peu : il allait leur donner l'empreinte de la clef.

Volvióse al torno y dijo a la dueña, que era la que con más ahínco mostraba desear su entrada, que se lo llevase a la señora Leonora, diciéndole la propiedad que tenía y que procurase untar a su marido con tal tiento que no lo sientese, y que vería maravillas. Hízolo así la dueña, y, llegándose a la gatera, halló que estaba Leonora esperando tendida en el suelo de largo a largo, puesto el rostro en la gatera. Llegó la dueña y, tendiéndose de la misma manera, puso la boca en el oído de su señora, y con voz baja le dijo que traía el ungüento y de la manera que había de probar su virtud. Ella tomó el ungüento, y respondió a la dueña como en ninguna manera podía tomar la llave a su marido, porque no la tenía debajo de la almohada, como solía, sino entre los dos colchones y casi debajo de la mitad de su cuerpo; pero que dijese al maeso que si el ungüento obraba como él decía, con facilidad sacarían la llave todas las veces que quisiesen, y ansí, no sería necesario sacarla en cera. Dijo que fuese a decirlo luego, y volviese a ver lo que el ungüento obraba, porque luego luego le pensaba untar a su velado. Bajó la dueña a decirlo al maeso Loaysa, y él despidió a sus amigos, que esperando la llave estaban.

Revenu au tour, il dit à la duègne, qui de toutes montrait le désir le plus ardent de le voir entrer, de porter la chose à madame Leonora, de lui conter les vertus qu'elle avait, et de lui dire de s'arranger pour en enduire son mari d'une main si légère qu'il ne sentît rien, après quoi elle verrait merveilles. La duègne s'exécuta, et, parvenue à la chatière, trouva Leonora qui était là à attendre, couchée de tout son long par terre, et le visage collé à la chatière. La duègne s'approcha, se coucha de semblable façon, et, la bouche contre l'oreille de sa maîtresse, lui dit tout bas qu'elle apportait la pommade, et comment elle en devrait essayer les vertus. Ayant pris la pommade, Leonora répondit à la duègne qu'il lui était absolument impossible de prendre la clef à son mari, parce qu'il ne la gardait pas, contrairement à son habitude, sous l'oreiller, mais entre deux matelas, et placée presque sous le milieu du corps; mais il n'était que d'aller dire au professeur que, si la pommade était aussi opérante qu'il disait, on pourrait retirer aisément la clef aussi souvent qu'on voudrait, sans qu'il fût donc nécessaire d'en prendre l'empreinte. Elle lui dit d'aller dire cela illico, et de revenir voir si la pommade opérait, car elle comptait, elle, illico presto, en enduire son mari. La duègne redescendit informer le professeur, et Loaysa donna congé à ses amis, restés à attendre la clef.

Temblando y pasito, y casi sin osar despedir el aliento de la boca, llegó Leonora a untar los pulsos del celoso marido, y asimismo le untó las ventanas de las narices, y cuando a ellas le llegó le parecía que se estremecía, y ella quedó mortal, pareciéndole que la había cogido en el hurto. En efeto, como mejor pudo le acabó de untar todos los lugares que le dijeron ser necesarios, que fue lo mismo que haberle embalsamado para la sepultura. Poco espacio tardó el alopiado[1] ungüento en dar manifiestas señales de su virtud, porque luego comenzó a dar el viejo tan grandes ronquidos, que se pudieran oír en la calle; música a los oídos de su esposa más acordada que la del maeso de su negro; y aún mal segura de lo que veía, se llegó a él y le estremeció un poco, y luego más, y luego otro poquito más, por ver si despertaba; y a tanto se atrevió, que le volvió de una parte a otra, sin que despertase. Como vio esto, se fue a la gatera de la puerta y, con voz no tan baja como la primera, llamó a la dueña, que allí la estaba esperando, y le dijo :

— Dame albricias, hermana, que Carrizales duerme más que un muerto.

— ¿Pues a qué aguardas a tomar la llave, señora? — dijo la dueña —. Mira que está el músico aguardándola más ha de una hora.

— Espera, hermana, que ya voy por ella — respondió Leonora.

1. *Alopiado* : italianisme pour *opiado*, c'est-à-dire : mêlé d'opium.

Tremblante, à petits pas, sans presque oser laisser s'exhaler son souffle, Leonora s'en fut enduire, à l'endroit du pouls, les poignets de son jaloux mari, et, selon même méthode, lui enduisit les cloisons des narines; or, quand elle en fut là, le voilà, crut-elle, qui frissonnait, et, du coup, pâle comme la mort, elle se crut prise en flagrant délit. Finalement, du mieux qu'elle put, elle acheva d'enduire toutes les parties qu'on lui avait dit qu'il fallait enduire, et ce fut comme l'embaumer pour le préparer au tombeau. La pommade mêlée d'opium ne tarda pas à prouver ses vertus de façon éclatante, car le vieux se mit bientôt à pousser de si forts ronflements qu'on aurait pu les entendre depuis la rue, musique qui parut, aux oreilles de son épouse, plus harmonieuse encore que celle du professeur de son nègre. Et, encore peu assurée de ce qu'elle voyait, elle s'approcha de lui, et le secoua un peu, puis un peu plus, et un petit peu derechef, pour voir s'il s'éveillait; et son audace alla jusqu'à le retourner entièrement, sans qu'il s'éveillât. Voyant cela, elle se rendit à la chatière de la porte, et, à voix moins basse que la première fois, appela la duègne, qui attendait là, et lui dit!

« Félicitez-moi, ma sœur! Carrizalès dort mieux qu'un mort.

— Qu'attendez-vous donc pour prendre la clef, maîtresse? dit la duègne. Quoi! cela fait plus d'une heure que le musicien l'attend!

— Un instant, ma sœur, j'y vais », répondit Leonora.

Y volviendo a la cama, metió la mano por entre los colchones y sacó la llave de en medio dellos, sin que el viejo lo sintiese; y tomándola en sus manos, comenzó a dar brincos de contento, y sin más esperar abrió la puerta y la presentó a su dueña, que la recibió con la mayor alegría del mundo. Mandó Leonora que fuese a abrir al músico y que le trujese a los corredores, porque ella no osaba quitarse de allí, por lo que podía suceder; pero que ante todas cosas hiciese que de nuevo ratificase el juramento que había hecho de no hacer más de lo que ellas le ordenasen, y que si no le quisiese confirmar y hacer de nuevo, en ninguna manera le abriesen.

— Así será — dijo la dueña —; y a fe que no ha de entrar si primero no jura y rejura y besa la cruz seis veces.

— No le pongas tasa — dijo Leonora —; bésela él, y sean las veces que quisiere; pero mira que jure la vida de sus padres y por todo aquello que bien quiere, porque con esto estaremos seguras y nos hartaremos de oírle cantar y tañer, que en mi ánima que lo hace delica[da]mente. Y anda, no te detengas más, por que no se nos pase la noche en pláticas.

Alzóse las faldas, la buena dueña, y con no vista ligereza se puso en el torno, donde estaba toda la gente de casa esperándola;

Retournant jusqu'au lit, elle fourragea de la main entre les matelas et en retira la clef, à l'insu du vieux. Quand elle la tint entre ses mains, elle en fit des bonds de joie, et, sans plus attendre, ouvrit la porte et la présenta à la duègne, qui la reçut en grande liesse. Leonora lui commanda d'aller ouvrir au musicien, et de lui donner accès aux couloirs, elle-même n'osant bouger d'où elle était, par crainte de quelque contretemps ; mais il faudrait, avant toutes choses, lui faire renouveler le jurement de ne faire que ce qu'elles lui commanderaient. S'il refusait de le confirmer et de le renouveler, pas question de lui ouvrir.

« Il en sera ainsi, dit la duègne, il n'entrera, par ma foi, que si d'abord il jure et rejure et baise la croix six fois.

— Ne lui fixe pas le tarif ! dit Leonora. Qu'il la baise, voilà ! Quant au nombre de fois, qu'il en fasse à sa guise ! Mais prends bien garde à ce qu'il jure sur la tête de ses parents et sur tout ce qui lui est cher au monde : ainsi rassurées, nous pourrons tout notre saoul l'entendre chanter et jouer, ce qu'il fait, ma foi, fort délicatement. Allons, cours, que tardes-tu ? Nous n'allons pas passer la nuit à papoter ! »

La brave duègne ramassa ses jupes, et, avec une légèreté inouïe, rejoignit le tour, où toute la maisonnée était à l'attendre.

y habiéndoles mostrado la llave que traía, fue tanto el contento de todas, que la alzaron en peso, como a catedrático, diciendo : « ¡Viva, viva ! », y más cuando les dijo que no había necesidad de contrahacer la llave, porque según el untado viejo dormía, bien se podían aprovechar de la de casa todas las veces que la quisiesen.

— ¡Ea, pues, amiga — dijo una de las doncellas —, ábrase esa puerta y entre este señor, que ha mucho que aguarda, y démonos un verde[1] de música que no haya más que ver !

— Más ha de haber que ver — replicó la dueña — : que le hemos de tomar juramento, como la otra noche.

— Él es tan bueno — dijo una de las esclavas —, que no reparará en juramentos.

Abrió a esto la dueña la puerta, y teniéndola entreabierta llamó a Loaysa, que todo lo había estado escuchando por el agujero del torno ; el cual, llegándose a la puerta, quiso entrarse de golpe ; mas poniéndole la dueña la mano en el pecho, le dijo :

— Sabrá vuesa merced, señor mío, que, en Dios y en mi consciencia todas las que estamos dentro de las puertas desta casa somos doncellas como las madres que nos parieron, excepto mi señora ;

1. *Dar un verde* : selon Covarrubias, c'est festoyer, s'en donner à cœur joie.

Quand elle leur montra la clef par elle apportée, telle fut la joie de toutes qu'elles la portèrent en triomphe, en poussant des « Vivat, vivat ! » comme en l'honneur de quelque professeur de l'université, et plus encore quand elle leur dit qu'il n'était nullement besoin de contrefaire la clef, parce que le vieux dormait si bien sous son enduit qu'on pourrait mettre à profit celle de la maison autant de fois qu'on voudrait.

« Hardi donc, ma mie, dit l'une des demoiselles, qu'on l'ouvre, cette porte, qu'il entre, ce monsieur ! Depuis le temps qu'il patiente ! Et offrons-nous une orgie de musique comme on n'en voit pas mieux.

— Voir n'est pas le tout, répliqua la duègne, car nous devrons le faire jurer comme la nuit dernière.

— Il est si aimable, dit l'une des esclaves, qu'il ne verra pas d'inconvénient à jurer. »

Là-dessus, la duègne ouvrit la porte, et, la tenant entrebâillée, appela Loaysa, qui avait tout écouté à travers le trou du tour. Se présentant à la porte, il voulut entrer tout de go, mais la duègne lui plaça la main sur le cœur et lui dit :

« Vous saurez, monsieur, et je vous le dis sur Dieu et sur mon âme, que nous sommes, nous toutes qui vivons entre les murs de cette maison, aussi filles pucelles que les mères qui nous ont enfantées, à l'exception de ma maîtresse ;

y aunque yo debo de parecer de cuarenta años, no teniendo treinta cumplidos, porque les faltan dos meses y medio, también lo soy, mal pecado; y si acaso parezco vieja, corrimientos, trabajos y desabrimientos echan un cero a los años, y a veces dos, según se les antoja. Y siendo esto ansí, como lo es, no sería razón que a trueco de oír dos, o tres, o cuatro cantares nos pusiésemos a perder tanta virginidad como aquí se encierra; porque hasta esta negra, que se llama Guiomar, es doncella. Así [es] que, señor de mi corazón, vuesa merced nos ha de hacer primero que entre en nuestro reino un muy solene juramento de que no ha de hacer más de lo que nosotras le ordenaremos; y si le parece que es mucho lo que se le pide, considere que es mucho más lo que se aventura. Y si es que vuesa merced viene con buena intención, poco le ha de doler el jurar, que al buen pagador no le duelen prendas.

— Bien y rebién ha dicho la señora Marialonso — dijo una de las doncellas —; en fin, como persona discreta y que está en las cosas como se debe; y si es que el señor no quiere jurar, no entre acá dentro.

A esto dijo Guiomar la negra, que no era muy ladina :

— Por mí, más que nunca jura, entre con todo diablo; que aunque más jura, si acá estás, todo olvida.

et que moi-même, pécaïre, j'en suis une, bien qu'on me doive donner quarante ans, alors qu'il me manque deux mois et demi pour atteindre la trentaine, et si d'aventure j'ai l'air d'être vieille, c'est que les avanies, épreuves et contrariétés ajoutent un zéro aux années, voire deux, quand cela leur chante. Et, les choses étant en l'état que je dis, il y aurait mécompte si, pour entendre deux ou trois ou quatre chansons, il nous advenait en échange de perdre toute la virginité qui se trouve ici enfermée, car il n'est pas jusqu'à cette négresse, nommée Guiomar, qui ne soit pucelle. C'est pourquoi il vous faut, monsieur de mon cœur, devant que d'entrer dans notre royaume, nous faire un très solennel jurement, comme quoi vous ne ferez que ce que nous vous commanderons, nous autres ; et s'il vous semble que c'est là beaucoup vous demander, considérez que nous prenons, nous, beaucoup plus de risques. Et si vous venez ici avec de bonnes intentions, jurer ne vous saurait être douloureux : *le bon payeur donne des gages sans douleur.*

— Bravo, bravo, elle a très bien parlé, madame Marialonso, dit l'une des suivantes ; en personne sage qu'elle est, et qui s'y entend comme il faut aux choses de ce monde ! Et si ce monsieur ne veut pas jurer, qu'il n'entre pas céans ! »

Ce qui fit dire à Guiomar, la négresse, malhabile à parler :

« Pour moi, même qu'i jure pas, n'a qu'à entrer avec tout le diable ! Car même qu'i jure, si entrer, tout oublier ! »

Oyó con gran sosiego Loaysa la arenga de la señora Marialonso, y con grave reposo y autoridad respondió :

— Por cierto, señoras hermanas y compañeras mías, que nunca mi intento fue, es, ni será otro que daros gusto y contento en cuanto mis fuerzas alcanzaren, y así, no se me hará cuesta arriba este juramento que me piden; pero quisiera yo que se fiara algo de mi palabra, porque dada de tal persona como yo soy, era lo mismo que hacer una obligación guarentigia; y quiero hacer saber a vuesa merced que debajo del sayal hay ál[1], y que debajo de mala capa suele estar un buen bebedor. Mas para que todas estén seguras de mi buen deseo, determino de jurar como católico y buen varón; y así, juro por la intemerata eficacia, donde más santa y largamente se contiene, y por las entradas y salidas del santo Líbano monte, y por todo aquello que en su proemio encierra la verdadera historia de Carlomagno, con la muerte del gigante Fierabrás, de no salir ni pasar del juramento hecho y del mandamiento de la más mínima y desechada destas señoras, so pena que si otra cosa hiciere o quisiere hacer, desde ahora para entonces y desde entonces para ahora lo doy por nulo y no hecho ni valedero.

Aquí llegaba con su juramento el buen Loaysa, cuando una de las dos doncellas, que con atención le había estado escuchando, dio una gran voz diciendo :

1. *Debajo del sayo hay al* : très vieux proverbe, comme l'atteste la forme archaïque *al*, au sens de « autre chose ».

Loaysa avait écouté fort calmement la harangue de madame Marialonso. Fort posément et avec beaucoup d'autorité, il répondit :

« Assurément, mesdames, ô vous mes sœurs et mes compagnes, jamais mon intention ne fut, n'est, ni ne sera autre, que de vous donner plaisir et contentement aussi loin que mes forces le pourront. Aussi n'a-t-il pour moi rien de trop ardu, ce jurement qu'on me réclame. Mais j'aimerais qu'on fît un peu confiance à ma parole : quand c'est quelqu'un comme moi qui la donne, c'est comme si vous aviez un engagement sous garantie, et je vous fais savoir, madame, que l'habit ne fait pas le moine, et que sous plus d'un haillon se trouve un joyeux luron. Mais pour que vous soyez toutes assurées de la valeur de mon désir, je décide de jurer en catholique et vaillant garçon : je jure donc, au nom du sacré bout qui s'est écrit sur l'efficace de la chose, et sur les entrées et sorties des monts sacrés du Liban, et sur tout ce que contient, en son prologue, la véritable histoire de Charlemagne, avec la mort du géant Fierabrás, de ne point excéder ni outrepasser le jurement ainsi fait, ni les commandements de la plus menue et délaissée de ces dames, sous peine, au cas où j'agirais, ou voudrais agir autrement, de le tenir, comme je le fais, dès maintenant et jusqu'alors, et dès lors jusqu'à maintenant, pour nul et non avenu ni valable. »

Le valeureux Loaysa en était là de son jurement, quand l'une des deux demoiselles, qui l'avait écouté très attentivement, poussa un grand cri et dit :

— ¡Este sí que es juramento para enternecer las piedras! ¡Mal haya yo si más quiero que jures, pues con sólo lo jurado podías entrar en la misma sima de Cabra! Y asiéndole de los gregüescos, le metió dentro, y luego todas las demás se le pusieron a la redonda. Luego fue a dar las nuevas a su señora, la cual estaba haciendo centinela al sueño de su esposo, y cuando la mensajera le dijo que ya subía el músico se alegró y se turbó en un punto y preguntó si había jurado. Respondióle que sí, y con la más nueva forma de juramento que en su vida había visto.

— Pues si ha jurado — dijo Leonora —, asido le tenemos. ¡Oh, qué avisada que anduve en hacelle que jurase!

En esto llegó toda la caterva junta, y el músico en medio, alumbrándolos el negro y Guiomar la negra. Y viendo Loaysa a Leonora, hizo muestras de arrojársele a los pies para besarle las manos. Ella, callando, y por señas le hizo levantar, y todas estaban como mudas, sin osar hablar, temerosas que su señor las oyese; lo cual considerado por Loaysa, les dijo que bien podían hablar alto, porque el ungüento con que estaba untado su señor tenía tal virtud que, fuera de quitar la vida, ponía a un hombre como muerto.

« Ah ! même les pierres seraient attendries d'un jurement comme celui-ci ! Que je sois maudite si je veux que tu jures davantage ! Ce que tu viens de jurer suffirait à te faire entrer jusqu'au profond des gouffres de Cabra. » Et, l'empoignant par ses hauts-de-chausses, elle le fourra à l'intérieur. Et vite voilà toutes les autres en cercle autour de lui. Et vite l'une d'elles alla porter la nouvelle à sa maîtresse, qui montait la garde auprès du mari endormi. Quand la messagère lui dit qu'enfin le musicien montait, elle en fut, au même instant, réjouie et troublée, et demanda s'il avait juré. « Oui, lui fut-il répondu, et selon une forme de jurement neuve entre toutes et jamais vue au monde.

— Or donc, s'il a juré, dit Leonora, c'est fait : nous le tenons. Oh ! que j'ai été bien inspirée de le faire jurer ! »

Survint là-dessus tout l'escadron, et le musicien au milieu, qu'éclairaient aux chandelles le nègre et Guiomar, la négresse. Quand Loaysa vit Leonora, il fit mine de se jeter à ses pieds pour lui baiser les mains. Elle, sans dire mot et par signes, le fit se relever, et elles restaient toutes là, comme muettes, sans oser parler, de peur d'être entendues par le maître. Ce que voyant, Loaysa leur dit qu'elles pouvaient bien parler tout haut, parce que l'onguent dont on avait enduit leur maître avait telle vertu, que, sans aller jusqu'à ôter la vie, il vous laissait un homme comme mort.

— Así lo creo yo — dijo Leonora —; que si así no fuera, ya él hubiera despertado veinte veces, según le hacen de sueño sus muchas indisposiciones; pero después que le unté, ronca como un animal.

— Pues eso es así — dijo la dueña —, vámonos a aquella sala frontera, donde podremos oír cantar aquí al señor y regocijarnos un poco.

— Vamos — dijo Leonora —; pero quédese aquí Guiomar por guarda, que nos avise si Carrizales despierta.

A lo cual respondío Guiomar :

— ¡Yo, negra, quedo; blancas, van : Dios perdone a todas !

Quedóse la negra; fuéronse a la sala, donde había un rico estrado, y cogiendo al señor en medio, se sentaron todas. Y tomando la buena Marialonso una vela, comenzó a mirar de arriba abajo al bueno del músico, y una decía :

« ¡Ay, qué copete que tiene tan lindo y tan rizado ! »

Otra : « ¡Ay, qué blancura de dientes ! ¡Mal año para piñones mondados que más blancos ni más lindos sean ! »

Otra : « ¡Ay, qué ojos tan grandes y tan rasgados ! Y por el siglo de mi madre que son verdes, que no parecen sino que son de esmeraldas ! »

Ésta alababa la boca, aquélla los pies, y todas juntas hicieron dél una menuda anatomía y pepitoria.

« C'est ce que je crois, dit Leonora, car, si ce n'était pas le cas, il se serait déjà réveillé vingt fois, tant son sommeil est rendu léger par ses nombreuses indispositions. Mais depuis que je l'ai enduit, il ronfle comme une bête.

— Puisqu'il en est ainsi, dit la duègne, allons dans le salon d'en face. Nous pourrons y écouter chanter ce monsieur et prendre un peu de bon temps.

— Allons-y, dit Leonora, mais que Guiomar reste ici en sentinelle, afin de nous prévenir si Carrizalès se réveille. »

À quoi Guiomar répondit :

« Moi, négresse, rester ; blanches, aller ; Dieu pardonne à toutes ! »

La négresse resta, elles allèrent au salon, où il y avait une riche estrade à coussins, et, mettant le monsieur au milieu, elles s'y assirent toutes. La brave Marialonso prit une chandelle, et se mit à inspecter de haut en bas le brave musicien.

« Ah ! s'écriait l'une, la belle houppe que voilà, mignonne et frisée comme tout !

— Ah ! disait une autre, quelle blancheur de dents ! Malheur à pignons qui seraient plus blancs et plus mignons sous la dent. »

Une autre encore :

« Ah ! quels grands yeux en amande ! Ils sont d'un de ces verts, madame ! On dirait de vraies émeraudes ! »

Qui louant la bouche, qui les pieds, elles le détaillèrent, entre elles toutes, comme pièce d'anatomie ou recette de fricassée ;

Sola Leonora callaba, y le miraba, y le iba pareciendo de mejor talle que su velado.

En esto, la dueña tomó la guitarra, que tenía el negro, y se la puso en las manos de Loaysa, rogándole que la tocase y que cantase unas coplillas que entonces andaban muy validas en Sevilla, que decían : Madre, la mi madre, guardas me ponéis. Cumplióle Loaysa su deseo. Levantáronse todas, y se comenzaron a hacer pedazos bailando. Sabía la dueña las coplas, y cantólas con más gusto que buena voz, y fueron estas :

Madre, la mi madre,
guardas me ponéis,
que si yo no me guardo,
no me guardaréis.

Dicen que está escrito,
y con gran razón,
ser la privación
causa de apetito ;
crece en infinito
encerrado amor ;
por eso es mejor
que no me encerréis ;
que si yo, etc.

Si la voluntad
por sí no se guarda,
no la harán guarda
miedo o calidad :
romperá, en verdad,
por la misma muerte,

1 Portrait de Miguel de Cervantes par José Segrelles (1885-1969), coll. Espasa Calpe, Madrid.

2

« … il mit caleçons de toile fort propre, et chemise non moins propre, mais enfila par-dessus des vêtements si loqueteux et si ravaudés qu'aucun pauvre dans toute la ville n'en portait d'aussi désastreux. Il se rasa le peu de barbe qu'il avait, se couvrit un œil d'un taffetas, se banda étroitement une jambe, et, agrippé à deux béquilles, le voilà transformé en un pauvre infirme, et si bien contrefait que le plus authentique des estropiés ne pouvait l'égaler. »

3

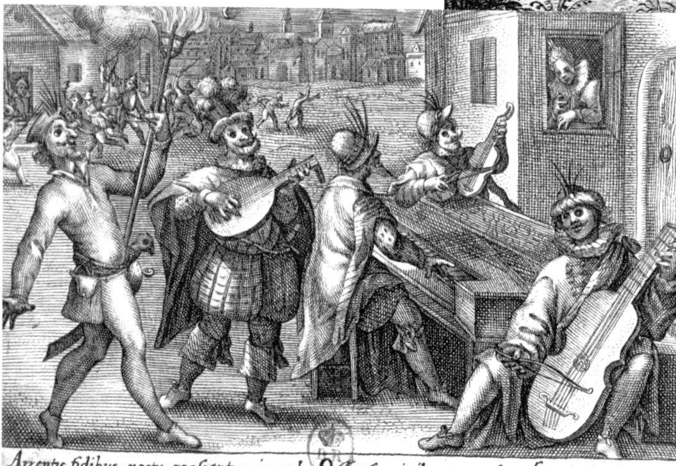

2 *L'Amour*, gravure allégorique d'après Martin de Vos, 1591, Bibliothèque nationale de France, Paris.

3 « Hommes masqués donnant la sérénade à une jeune fille », gravure du XVIe siècle, Bibliothèque nationale de France, Paris.

4 *Intérieur de harem*, esquisse par Théodore Chassériau (1819-1859), huile sur toile, musée du Louvre, Paris.

« … celui qui se tiendrait pour l'homme le plus sage et le plus circonspect du monde, quelles précautions de plus il aurait pu prendre, le vénérable Filippo, pour sa sécurité ! Lui qui était allé jusqu'à ne souffrir chez lui aucune bête du sexe mâle ! »

« Notre passager était pensif. Il tournait et retournait dans sa mémoire les divers et multiples périls qu'il avait connus durant les années de ses pérégrinations... »

5 Navire de la flotte de Gênes au XVIe siècle, aquarelle anonyme, Madrid, Musée naval.

6 Scène du *Barbier de Séville* de Beaumarchais, dessin du XVIIIe siècle, Bibliothèque nationale de France, Paris.

« Cette petite est belle, et, si j'en juge par l'aspect de cette maison, elle ne doit pas être riche. C'est une enfant, son jeune âge a de quoi rassurer nos soupçons ; je m'en vais l'épouser, l'enfermer, la faire à mes façons, par quoi elle n'aura d'autre humeur que celle que je lui enseignerai… »

7 *L'École des femmes* de Molière, gravure extraite d'une édition de la pièce datée du XVIIe siècle, Bibliothèque nationale de France, Paris.

F·C. fec.
B.R
L'ESCOLE DES FEMMES

8

8 *Le Verrou*, peinture de Jean-Honoré Fragonard (1732-1806), musée du Louvre, Paris.

9 *Le donneur de sérénade* (mezetin), peinture de Jean Antoine Watteau, vers 1715, Chantilly, musée Condé.

9

« N'eût-il pas été bon, en pareille circonstance, de demander à Carrizalès, si l'on ne savait qu'il dormait, où donc étaient passés ses soigneuses précautions, ses méfiances, ses soins, ses manœuvres dissuasives, les hauts murs de sa maison, inaccessible à l'ombre même de quiconque avait renom d'être mâle… »

10 Ramón Bayeu y Subías (1746-1793), *Hommage champêtre*, musée du Prado, Madrid.

11 *Jeune homme parlant à des jeunes femmes*, dessin à la plume et lavis de Jacques Bellange, musée du Louvre, Paris.

12 *Deux jeunes femmes*, dessin à l'encre brune d'Adam Elsheimer (1578-1610), musée du Louvre, Paris.

11

12

« La vue servit de truchement et d'intermédiaire à la parole, la parole aux déclarations de son désir, son désir à l'éveil du mien. À quoi vint s'ajouter tout – promesses, serments, larmes, soupirs… »

13 *Femme à côté d'un vieillard*, dessin d'Amico Aspertini (1474-1552), musée du Louvre, Paris.

« C'est moi qui, tel le ver à soie, ai fabriqué la maison qui me devait être fatale, et ce n'est pas toi que j'incrimine, ô fillette mal conseillée ! »

« C'était un étrange spectacle que de les voir : les uns tout nus ; d'autres affublés des guenilles crasseuses des bandits ; ceux-ci pleurant de se voir détroussés; ceux-là riant d'en voir d'autres si étrangement accoutrés… »

14

14 *Voleurs attaquant des voyageurs*, peinture d' Izaack van Oosten (1631-1661), musée des Beaux-Arts d'Orléans.

15 *Embarquement des galériens dans le port de Gênes*, peinture d'Alessandro Magnasco (1667-1749), musée du Louvre, Paris.

15

16 *La Reddition de Breda*, peinture de Vélasquez (1599-1660), musée du Prado, Madrid.

« Or, à peine arrivés au rivage, ils y virent quantité d'épées dégainées et quantité de gens occupés à se pourfendre sans la moindre pitié. »

17

18

17 *Allégorie : trois personnages (ou le vieillard amoureux)*, dessin de Hendrick Goltzius, musée du Louvre, Paris.

18 *Vue de Séville*, dessin d'Ignacio de Iriarte, 1669, musée du Louvre, Paris.

« … le résultat de ce que j'ai pu dire et faire, c'est que ce matin, au lever, j'ai trouvé celle-ci, venue au monde pour ruiner mon repos et achever ma vie – et de désigner son épouse – dans les bras d'un jeune gaillard… »

« Après avoir accompli leur vœu le plus dévotement du monde, ils ne voulurent point quitter leurs habits de pèlerins jusqu'à ce qu'ils fussent dans les murs de leurs maisons... »

19 Procession des pèlerins à Saint-Jacques-de-Compostelle ; Espagne, Madrid, coll. Espasa Calpe. Gravure du XVIIe siècle, Bibliothèque nationale de France.

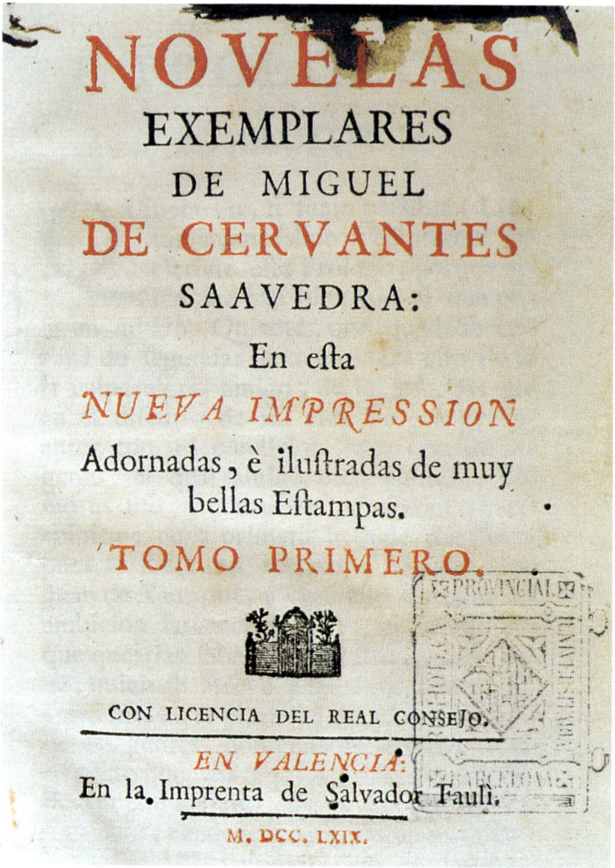

NOVELAS
EXEMPLARES
DE MIGUEL
DE CERVANTES
SAAVEDRA:
En esta
NUEVA IMPRESSION
Adornadas, è ilustradas de muy
bellas Estampas.
TOMO PRIMERO.

CON LICENCIA DEL REAL CONSEJO.

EN VALENCIA:
En la Imprenta de Salvador Fauli.

M. DCC. LXIX.

20 Page de titre des *Novelas exemplares*, 1714, Biblioteca Universidad, Barcelona.

Crédits photographiques

1 : Artephot/Oroñoz. 2, 3, 6, 7, 19 : Roger Viollet. 4 : RMN-Lewandowski. 5, 14 : Dagli Orti. 8 : RMN-Arnaudet. 9, 18 : RMN-Blot. 10, 16 : Archivio Scala, Florence. 11, 12, 13 : RMN-Berizzi. 15 : RMN-Danvers. 17 : RMN-Bellot. 20 : Bridgeman-Giraudon.

seule Leonora se taisait, et le regardait, et, tout bien vu, le trouvait mieux fait que son époux.

Là-dessus la duègne prit la guitare que tenait le nègre et la plaça entre les mains de Loaysa, le priant d'en jouer, et de chanter certains petits couplets qui étaient alors fort prisés à Séville, et qui disaient : « Mère, ma bonne mère, qui m'entourez de gardes. » Loaysa exauça son désir et les voilà qui toutes se lèvent, et dansent à se désosser. La duègne savait les couplets, et les chanta, avec plus de plaisir que de voix, de la sorte :

Mère, ma bonne mère,
qui m'entourez de gardes,
si moi je ne me garde,
point ne me garderez !

On dit qu'il est écrit,
non sans bonnes raisons,
que c'est la privation
qui cause l'appétit.
L'amour, d'être enfermé,
infiniment grandit.
C'est pourquoi il ne sied
que vous m'enfermiez :
si moi je, etc.

Si le cœur ne se fait
de lui-même gardien,
ne le garderont point
ni peur, ni qualité.
Il fraiera son chemin
même à travers la mort

hasta hallar la suerte
que vos no entendéis;
que si yo, etc.

Quien tiene costumbre
de ser amorosa,
como mariposa
se irá tras su lumbre,
aunque muchedumbre
de guardas le pongan,
y aunque más propongan
de hacer lo que hacéis;
que si yo, etc.

Es de tal manera
la fuerza amorosa,
que a la más hermosa
la vuelve en quimera:
el pecho de cera,
de fuego la gana,
las manos de lana,
de fieltro los pies;
que si yo no me guardo,
mal me guardaréis.

Al fin llegaban de su canto y baile el corro de las mozas, guiado por la buena dueña, cuando llegó Guiomar, la centinela, toda turbada, hiriendo de pie y de mano como si tuviera alferecía, y, con voz entre ronca y baja, dijo :

— ¡Despierto señor, señora; y, señora, despierto señor, y levantas y viene!

jusqu'à trouver le sort
qui pour vous n'est plus rien :
si moi je, etc.

Qui tient, ancrée dans l'âme,
l'amoureuse passion,
pareille au papillon,
volera vers sa flamme,
quand ils seraient légion,
les gardiens qu'on lui met,
et quand plus ils feraient
comme il vous semble bon :
si moi je, *etc.*

D'Amour la force est telle,
que son pouvoir magique
transforme la plus belle
en être chimérique ;
en cire sa poitrine,
en feu sa volonté,
ses mains en molle laine,
et en feutre ses pieds :
si moi je ne me garde,
bien mal me garderez.

Comme allaient s'achever les chants et danses des jeunes filles, dont la brave duègne guidait la farandole, survint Guiomar, la sentinelle, toute troublée, et battant des pieds et des mains comme si elle avait le haut mal. Elle leur dit, d'une voix non moins rauque que basse :

« Maître réveillé, maîtresse ; eh ! maîtresse, réveillé maître, lui se lever et le v'là ! »

Quien ha visto banda de palomas estar comiendo en el campo sin miedo lo que ajenas manos sembraron, que al furioso estrépito de disparada escopeta se azora y levanta, y olvidada del pasto, confusa y atónita cruza por los aires, tal se imagine que quedó la banda y corro de las bailadoras, pasmadas y temerosas, oyendo la no esperada nueva que Guiomar había traído; y procurando cada una su disculpa y todas juntas su remedio, cuál por una y cuál por otra parte, se fueron a esconder por los desvanes y rincones de la casa, dejando solo al músico, el cual, dejando la guitarra y el canto, lleno de turbación, no sabía qué hacerse. Torcía Leonora sus hermosas manos; abofeteábase el rostro, aunque blandamente, la señora Marialonso; en fin, todo era confusión, sobresalto y miedo. Pero la dueña, como más astuta y reportada, dio orden que Loaysa se entrase en un aposento suyo, y que ella y su señora se quedarían en la sala, que no faltaría excusa que dar a su señor si allí las hallase.

Escondióse luego Loaysa, y la dueña se puso atenta a escuchar si su amo venía, y no sintiendo rumor alguno, cobró ánimo, y poco a poco, paso ante paso, se fue llegando al aposento donde su señor dormía, y oyó que roncaba como primero, y asegurada de que dormía, alzó las faldas y volvió corriendo a pedir albricias a su señora del sueño de su amo, la cual se las mandó de muy entera voluntad.

Comme on voit bande de colombes, qui picoraient sans crainte les champs ensemencés par la main d'autrui, soudain, au furieux fracas d'une décharge d'escopette, s'envoler en grand émoi, et, oublieuses de leur pâture, fendre les airs en tous sens, éperdues, ainsi faut-il s'imaginer que demeura la bande et farandole des danseuses, effarées, hagardes, à l'annonce de la nouvelle inattendue que Guiomar leur avait apportée. Et les voilà, chacune à chercher quelque excuse, et toutes à chercher leur salut, qui se cachent, l'une de-ci, l'autre de-là, aux quatre coins et greniers de la maison, laissant seul le musicien, lequel, délaissant guitare et chant, désemparé, ne savait que faire. Leonora tordait ses belles mains. Madame Marialonso se giflait, encore que mollement, le visage. Bref tout n'était que désarroi, alarmes, épouvante. Mais la duègne, en femme plus rusée qui gardait son aplomb, fit entrer Loaysa dans sa chambre à elle, et décida qu'elle resterait elle-même avec sa maîtresse au salon : si son maître les y trouvait, on lui saurait bien servir quelque excuse.

Vite Loaysa se cacha, et la duègne resta à guetter si le maître venait. Comme elle n'entendait aucun bruit, elle reprit courage, et, progressivement, pas à pas, s'approcha de la chambre où dormait son maître, et l'entendit ronfler comme devant; lors, assurée qu'il dormait, elle ramassa ses jupes et revint en courant réclamer, pour ce sommeil du maître de maison, des étrennes à sa maîtresse, que celle-ci lui décerna bien volontiers.

No quiso la buena dueña perder la coyuntura que la suerte le ofrecía de gozar, primero que todas, las gracias que ésta se imaginaba que debía tener el músico; y así, diciéndole a Leonora que esperase en la sala en tanto que iba a llamarlo, la dejó y se entró donde él estaba, no menos confuso que pensativo, esperando las nuevas de lo que hacía el viejo untado. Maldecía la falsedad del ungüento y quejábase de la credulidad de sus amigos y del poco advertimiento que había tenido en no hacer primero la experiencia en otro antes de hacerla en Carrizales.

En esto llegó la dueña, y le aseguró que el viejo dormía a más y mejor. Sosegó el pecho y estuvo atento a muchas palabras amorosas que Marialonso le dijo, de las cuales coligió la mala intención suya, y propuso en sí de ponerla por anzuelo para pescar a su señora.

Y estando los dos en sus pláticas, las demás criadas, que estaban escondidas por diversas partes de la casa, una de aquí y otra de allí, volvieron a ver si era verdad que su amo había despertado; y viendo que todo estaba sepultado en silencio, llegaron a la sala donde habían dejado a su señora, de la cual supieron el sueño de su amo; y preguntándole por el músico y por la dueña, les dijo dónde estaban, y todas, con el mismo silencio que habían traído, se llegaron a escuchar por entre las puertas lo que entrambos trataban.

La brave duègne ne voulut pas gâcher l'occasion que le sort lui offrait de jouir avant toute autre de tous les attraits qu'elle prêtait en imagination au musicien ; aussi dit-elle à Leonora de l'attendre au salon, pendant qu'elle l'irait quérir. Elle la quitte, entre en sa chambre, l'y trouve, qui attendait, non moins troublé que perplexe, de savoir ce qu'il pouvait bien faire, le vieux, sous son enduit. Il maudissait la fausseté de la pommade, et se plaignait de la crédulité de ses amis et de sa propre imprévoyance : que n'avait-il fait un premier essai sur quelqu'un d'autre, avant que de le faire sur Carrizalès !

Arrivée sur ces entrefaites, la duègne le rassura : le vieux dormait à poings fermés. Rasséréné, il écouta le flot d'amoureuses paroles que Marialonso lui servit, y décela de vicieuses intentions, et résolut secrètement de se servir d'elle comme d'un hameçon pour pêcher sa maîtresse.

Tandis qu'ils devisaient ainsi tous deux, les autres servantes, qui se tenaient cachées aux quatre coins de la maison, l'une sortant d'ici, l'autre de là, revinrent voir si le maître s'était vraiment réveillé. Voyant que tout était enseveli dans le silence, elles gagnèrent le salon où elles avaient laissé leur maîtresse, qui leur apprit le sommeil du maître. « Et le musicien, et la duègne ? » demandèrent-elles. On leur dit où ils étaient. Alors, toujours en silence, elles allèrent toutes épier à travers la porte ce qu'ils se disaient, ces deux-là !

No faltó de la junta Guiomar la negra; el negro sí, porque así como oyó que su amo había despertado, se abrazó con su guitarra y se fue a esconder en su pajar, y, cubierto con la manta de su pobre cama, sudaba y trasudaba de miedo; y con todo eso, no dejaba de tentar las cuerdas de la guitarra : tanta era (encomendalo él sea a Satanás) la afición que tenía a la música.

Entreoyeron las mozas los requiebros de la vieja, y cada una le dijo el nombre de las Pascuas[1]; ninguna la llamó vieja que no fuese con su epitecto y adjetivo de hechicera y de barbuda, de antojadiza y de otros que por buen respecto se callan; pero lo que más risa causara a quien entonces las oyera, eran las razones de Guiomar la negra, que, por ser portuguesa y no muy ladina, era extraña la gracia con que la vituperaba. En efeto, la conclusión de la plática de los dos fue que él condecendería con la voluntad della cuando ella primero le entregase a toda su voluntad a su señora. Cuesta arriba se le hizo a la dueña ofrecer lo que el músico pedía; pero a trueco de cumplir el deseo que ya se le había apoderado del alma y de los huesos y medula[2] del cuerpo, le prometiera los imposibles que pudieran imaginarse.

1. *Decirle a uno el nombre de las Pascuas* : injurier quelqu'un, le traiter de tous les noms.

2. *Medula* : ce mot n'était pas accentué sur l'antépénultième au Siècle d'Or.

Guiomar, la négresse, fut de l'expédition. Seul le nègre fit défaut : car, dès qu'il avait entendu que le maître s'était réveillé, étreignant sa guitare, il était parti se cacher dans sa grange, et, blotti sous la couverture de son grabat, était resté là à suer de peur toute l'eau de son corps, sans laisser pourtant d'essayer un peu les cordes de la guitare, tant il avait — qu'il aille au diable, le maudit ! — d'inclination pour la musique !

Aux oreilles des jeunes parvinrent à demi les galanteries de la vieille. Chacune alors de l'appeler par tous les noms ! Pas une ne manqua d'adjoindre à celui de vieille les qualificatifs de sorcière, et de barbue, et de convoiteuse, et de bien d'autres encore, que par bienséance on taira. Mais ce qui eût paru le plus drôle à qui les eût alors entendus, c'étaient les propos de Guiomar, la négresse. Portugaise comme elle était, et malhabile à parler, elle mettait dans ses invectives toute la plus étrange drôlerie du monde. Bref, l'épilogue de l'entretien qu'ils eurent, ces deux-là, ce fut qu'il acceptait d'en passer par toutes ses volontés, sous réserve que, d'abord, elle livrât à tout son bon vouloir la maîtresse des lieux. La duègne trouva fort scabreuse l'offre de services que le musicien exigeait, mais, pour assouvir son désir, qui déjà avait atteint son âme et gagné jusqu'aux os et jusqu'à la moelle de son corps, elle eût promis les choses les plus impossibles du monde.

Dejóle, y salió a hablar a su señora; y como vio su puerta rodeada de todas las criadas, les dijo que se recogiesen a sus aposentos, que otra noche habría lugar para gozar con menos o con ningún sobresalto del músico, que ya aquella noche el alboroto les había aguado el gusto. Bien entendieron todas que la vieja se quería quedar sola; pero no pudieron dejar de obedecerla, porque las mandaba a todas. Fuéronse las criadas, y ella acudió a la sala a persuadir a Leonora acudiese a la voluntad de Loaysa, con una larga y tan concertada arenga, que pareció que de muchos días la tenía estudiada. Encarecióle su gentileza, su valor, su donaire y sus muchas gracias. Pintóle de cuánto más gusto le serían los abrazos del amante mozo que los del marido viejo, asegurándole el secreto y la duración del deleite, con otras cosas semejantes a éstas, que el demonio le puso en la lengua, llenas de colores retóricos, tan demonstrativos y eficaces, que movieran no sólo el corazón tierno y poco advertido de la simple e incauta Leonora, sino el de un endurecido mármol. ¡Oh dueñas, nacidas y usadas en el mundo para perdición de mil recatadas y buenas intenciones! ¡Oh, luengas y repulgadas tocas, escogidas para autorizar las salas y los estrados de señoras principales, y cuán al revés de lo que debíades usáis de vuestro casi ya forzoso oficio!

Elle le quitta et ressortit pour aller parler à sa maîtresse. Découvrant toutes les servantes alentour de sa porte, elle leur dit de se retirer dans leurs chambres : la nuit suivante, avec peu, voire point du tout d'alarmes, on aurait tout loisir de jouir du musicien ; le remue-ménage de la présente nuit avait douché leur plaisir. Elles saisirent toutes fort bien que la vieille voulait rester seule, mais ne purent se dispenser de lui obéir, parce qu'elle commandait à toutes. Les servantes parties, elle se rendit au salon pour persuader Leonora de se rendre aux exigences de Loaysa, lui tenant pour cela une harangue si longue et si bien bâtie qu'on eût dit qu'elle l'avait répétée depuis des jours et des jours. Elle lui vanta sa noblesse, sa valeur, son esprit et ses nombreux talents. Elle lui représenta combien plus plaisantes lui seraient les étreintes du jeune amant que celles du vieux mari, lui promettant secret et durée en ces délices, y ajoutant d'autres choses du même genre, que le démon lui mit sur la langue, pleines de couleurs rhétoriques, si démonstratives et efficaces qu'elles auraient remué non seulement le cœur tendre et peu averti de la simplette et imprudente Leonora, mais celui d'un marbre endurci. Ô duègnes, venues et utilisées en ce monde pour la perdition de mille prudentes et vertueuses intentions ! Ô longues coiffes ourlées, choisies pour rehausser de votre autorité les salons et coussins des dames de qualité, quel usage, inverse de celui que vous devriez en faire, faites-vous de votre office, désormais presque forcé !

En fin, tanto dijo la dueña, tanto persuadió la dueña, que Leonora se rindió, Leonora se engañó y Leonora se perdió, dando en tierra con todas las prevenciones del discreto Carrizales, que dormía el sueño de la muerte de su honra. Tomó Marialonso por la mano a su señora, y casi por fuerza, preñados de lágrimas los ojos, la llevó donde Loaysa estaba, y echándoles la bendición con una risa falsa de demonio, cerrando tras sí la puerta, los dejó encerrados, y ella se puso a dormir en el estrado, o, por mejor decir, a esperar su contento de recudida. Pero como el desvelo de las pasadas noches la venciese, se quedó dormida en el estrado.

Bueno fuera en esta sazón preguntar a Carrizales, a no saber que dormía, que adónde estaban sus advertidos recatos, sus recelos, sus advertimientos, sus persuasiones, los altos muros de su casa, el no haber entrado en ella, ni aun en sombra, alguien que tuviese nombre de varón, el torno estrecho, las gruesas paredes, las ventanas sin luz, el encerramiento notable, la gran dote en que a Leonora había dotado, los regalos continuos que la hacía, el buen tratamiento de sus criadas y esclavas, el no faltar un punto a todo aquello que él imaginaba que habían menester, que podían desear. Pero ya queda dicho que no había para qué preguntárselo, porque dormía más de aquello que fuera menester;

Bref, elle en dit tant, la duègne, elle en fit tant, la duègne, pour emporter le morceau, que Leonora se rendit, que Leonora se méprit, et que Leonora succomba, faisant s'effondrer avec elle toutes les précautions du sage Carrizalès, occupé cependant à dormir d'un sommeil de mort pour son honneur ! Marialonso prit sa maîtresse par la main, et, presque de force — elle avait les larmes aux yeux —, la mena retrouva Loaysa. Avec un rire perfide de démon, elle leur jette sa bénédiction, referme la porte derrière elle, et les laisse enfermés, tandis qu'elle-même s'installe sur les coussins de l'estrade, pour y dormir, ou, plutôt, pour y attendre sa ristourne de plaisir. Mais, éreintée par les veilles des nuits précédentes, elle s'endormit sur les coussins.

N'eût-il pas été bon, en pareille circonstance, de demander à Carrizalès, si l'on ne savait qu'il dormait, où donc étaient passées ses soigneuses précautions, ses méfiances, ses soins, ses manœuvres dissuasives, les hauts murs de sa maison, inaccessible à l'ombre même de quiconque avait renom d'être mâle ; le tour étroit, les murs épais, les fenêtres sans jour, l'enfermement admirable, la grosse dot dont il avait doté Leonora, les incessantes cajoleries qu'il lui faisait, sa bienveillance envers servantes et esclaves, sa promptitude sans faille à satisfaire tous les besoins qu'il leur supposait, tous leurs possibles et imaginables désirs ? Mais il vient d'être dit que de telles questions étaient sans objet, parce qu'il dormait plus qu'il n'était nécessaire.

y si él lo oyera y acaso respondiera, no podía dar mejor respuesta que encoger los hombros y enarcar las cejas y decir : « ¡Todo aqueso derribó por los fundamentos la astucia, a lo que yo creo, de un mozo holgazán y vicioso, y la malicia de una falsa dueña, con la inadvertencia de una muchacha rogada y persuadida ! »

Libre Dios a cada uno de tales enemigos, contra los cuales no hay escudo de prudencia que defienda ni espada de recato que corte. Pero, con todo esto, el valor de Leonora fue tal, que en el tiempo que más le convenía, le mostró contra las fuerzas villanas de su astuto engañador, pues no fueron bastantes a vencerla, y él se cansó en balde, y ella quedó vencedora, y entrambos dormidos.

Y, en esto, ordenó el cielo que, a pesar del ungüento, Carrizales despertase, y como tenía costumbre, tentó la cama por todas partes, y no hallando en ella a su querida esposa, saltó de la cama despavorido y atónito, con más ligereza y denuedo que sus muchos años prometían. Y cuando en el aposento no halló a su esposa, y le vio abierto y que le faltaba la llave de entre los colchones, pensó perder el juicio. Pero, reportándose un poco, salió al corredor, y de allí, andando pie ante pie por no ser sentido, llegó a la sala donde la dueña dormía, y viéndola sola, sin Leonora, fue al aposento de la dueña,

Et, du reste, les eût-il entendues, et leur eût-il répondu, qu'aurait-il pu faire de mieux, en guise de réponse, que de courber l'échine, de hausser les sourcils, et de dire : « Ce qui a tout renversé de fond en comble, m'est avis que c'est la ruse d'un jeune débauché fainéant, et la malice d'une duègne perfide, aidée par l'inadvertance d'une enfant qu'on a fléchie et circonvenue » ?

Que Dieu garde chacun de pareils ennemis ! Contre eux, la prudence n'a pas de bouclier assez fort, la circonspection, d'épée assez tranchante. Il n'empêche, pourtant, que Leonora eut assez de valeur pour en faire preuve, au moment le plus opportun, contre les viles forces de son rusé séducteur, puisque celles-ci ne suffirent pas à vaincre sa résistance, si bien qu'il se fatigua en vain, qu'elle triompha de lui, et que tous deux succombèrent au sommeil.

Là-dessus, le Ciel voulut qu'en dépit de la pommade, Carrizalès se réveillât. Comme à son ordinaire, il tâta le lit de toutes parts, et, n'y trouvant pas son épouse chérie, sauta à bas du lit, épouvanté, hagard, avec plus de légèreté et de fougue qu'on n'en eût attendu de son grand âge. Pas d'épouse dans la chambre, et celle-ci ouverte, quand il vit cela, et que la clef avait disparu d'entre les matelas, il crut perdre la raison. Mais, reprenant un peu ses esprits, il sortit dans le couloir, et, de là, marchant à pas de loup pour ne pas être entendu, il gagna le salon où dormait la duègne, et, la voyant seule sans Leonora, se rendit à la chambre de la duègne.

y abriendo la puerta muy quedo vio lo que nunca quisiera haber visto, vio lo que diera por bien empleado no tener ojos para verlo. Vio a Leonora en brazos de Loaysa, durmiendo tan a sueño suelto como si en ellos obrara la virtud del ungüento y no en el celoso anciano.

Sin pulsos quedó Carrizales con la amarga vista de lo que miraba; la voz se le pegó a la garganta, los brazos se le cayeron de desmayo, y quedó hecho una estatua de mármol frío; y aunque la cólera hizo su natural oficio, avivándole los casi muertos espíritus, pudo tanto el dolor, que no le dejó tomar aliento. Y, con todo eso, tomara la venganza que aquella grande maldad requería si se hallara con armas para poder tomarla; y así, determinó volverse a su aposento a tomar una daga, y volver a sacar las manchas de su honra con sangre de sus dos enemigos, y aun con toda aquella de toda la gente de su casa. Con esta determinación honrosa y necesaria volvió, con el mismo silencio y recato que había venido, a su estancia, donde le apretó el corazón tanto el dolor y la angustia que, sin ser poderoso a otra cosa, se dejó caer desmayado sobre el lecho.

Llegóse en esto el día, y cogió a los nuevos adúlteros enlazados en la red de sus brazos. Despertó Marialonso, y quiso acudir por lo que, a su parecer, le tocaba; pero viendo que era tarde, quiso dejarlo para la venidera noche.

Il ouvrit la porte tout doucement, et vit ce qu'il eût aimé n'avoir jamais vu ; il vit ce qu'il se serait félicité de n'avoir point d'yeux pour le voir ; il vit Leonora entre les bras de Loaysa, tous deux dormant aussi profondément que si c'était sur eux qu'agissait la vertu de l'onguent, et non sur le vieux jaloux !

Quand il découvrit cet amer spectacle, le pouls de Carrizalès cessa de battre, sa voix resta collée à sa gorge, ses bras tombèrent, défaillants : il ne fut plus qu'une statue de marbre froid. Et la colère eut beau faire son naturel office, et raviver ses esprits presque morts, si puissante fut la douleur qu'elle ne lui permit pas de reprendre son souffle. Malgré tout, il eût tiré d'un tel méfait la vengeance qui s'imposait, s'il avait eu à portée de main des armes pour le faire ; aussi résolut-il de retourner dans sa chambre pour y prendre une dague, et revenir laver les taches de son honneur dans le sang de ses deux ennemis, voire dans celui de toute la maisonnée. Poussé par cette digne et nécessaire résolution, il retourna, avec les mêmes précautions silencieuses qu'à l'aller, dans sa chambre, où son cœur fut si oppressé par la douleur et l'angoisse qu'il ne put que se laisser choir, évanoui, sur sa couche.

Le jour vint là-dessus, et surprit les nouveaux adultères dans la nasse que faisaient leurs bras enlacés. Marialonso se réveilla, et voulut courir chercher ce qui lui semblait être sa quote-part ; mais, voyant qu'il était trop tard, elle décida de remettre la chose à la nuit suivante.

Alborotóse Leonora viendo tan entrado el día, y maldijo su descuido y el de la maldita dueña, y las dos, con sobresaltados pasos, fueron donde estaba su esposo, rogando entre dientes al cielo que le hallasen todavía roncando; y cuando le vieron encima de la cama callando, creyeron que todavía obraba la untura, pues dormía, y con gran regocijo se abrazaron la una a la otra. Llegóse Leonora a su marido, y asiéndole de un brazo le volvió de un lado a otro, por ver si despertaba sin ponerles en necesidad de lavarle con vinagre, como decían era menester para que en sí volviese. Pero con el movimiento volvió Carrizales de su desmayo, y dando un profundo suspiro, con una voz lamentable y desmayada dijo :

— ¡Desdichacho de mí, y a qué tristes términos me ha traído mi fortuna!

No entendió bien Leonora lo que dijo su esposo; mas como le vio despierto y que hablaba, admirada de ver que la virtud del ungüento no duraba tanto como habían significado, se llegó a él, y poniendo su rostro con el suyo, teniéndole estrechamente abrazado, le dijo :

— ¿Qué tenéis, señor mío, que me parece que os estáis quejando?

Oyó la voz de la dulce enemiga suya el desdichado viejo, y abriendo los ojos desencasadamente, como atónito y embelesado, los puso en ella, y con grande ahinco, sin mover pestaña, la estuvo mirando una gran pieza, al cabo de la cual le dijo :

Leonora fut bouleversée de voir le jour si avancé : elle maudit sa négligence, et celle de la maudite duègne, et toutes deux, à pas craintifs, regagnèrent la chambre de l'époux, non sans marmotter des prières au Ciel pour qu'il y fût toujours occupé à ronfler, et quand elles le virent étendu, bouche cousue, sur le lit, elles crurent que l'onguent faisait toujours son effet, puisqu'il dormait, et, transportées de joie, se serrèrent dans les bras l'une de l'autre. Leonora s'approcha de son mari, lui saisit un bras, fit pivoter son corps de-ci de-là, pour voir s'il se réveillait, sans qu'il leur fallût le laver au vinaigre, comme on disait qu'il fallait faire pour qu'il reprît ses esprits. Mais ce remuement tira Carrizalès de son évanouissement : lors, poussant un profond soupir, d'une voix pitoyable et défaillante, il dit :

« Las, pauvre de moi, à quel funeste sort m'a réduit ma fortune ! »

Leonora ne comprit pas bien ce qu'avait dit là son époux, mais, le voyant réveillé et en train de parler, stupéfaite de voir que la vertu de l'onguent n'opérait pas autant qu'on avait dit, elle s'approcha de lui, joignit son visage au sien, le serra fort entre ses bras, et lui dit :

« Qu'avez-vous, monsieur mon époux ? Vous me semblez tout dolent ! »

Il entendit la voix de sa douce ennemie, l'infortuné vieillard ! Alors, ouvrant des yeux exorbités, comme hébété ou ahuri, il les posa sur elle, et, très fixement, sans ciller, demeura à la regarder un long moment, au bout duquel il lui dit :

— Hacedme placer, señora, que luego luego enviéis a llamar a vuestros padres de mi parte, porque siento no sé qué en el corazón, que me da grandísima fatiga, y temo que brevemente me va a quitar la vida, y querríalos ver antes que me muriese.

Sin duda creyó Leonora ser verdad lo que su marido le decía, pensando antes que la fortaleza del ungüento, y no lo que había visto, la tenía en aquel trance; y respondiéndole que haría lo que la mandaba, mandó al negro que luego al punto fuese a llamar a sus padres, y abrazándose con su esposo, le hacía las mayores caricias que jamás le había hecho, preguntándole qué era lo que sentía, con tan tiernas y amorosas palabras como si fuera la cosa del mundo que más amaba. Él la miraba con el embelesamiento que se ha dicho, siéndole cada palabra o caricia que le hacía una lanzada que le atravesaba el alma.

Ya la dueña había dicho a la gente de casa y a Loaysa la enfermedad de su amo, encareciéndoles que debía de ser de momento, pues se le había olvidado de mandar cerrar las puertas de la calle cuando el negro salió a llamar a los padres de su señora; de la cual embajada asimismo se admiraron, por no haber entrado ninguno dellos en aquella casa después que casaron a su hija.

« Faites-moi, madame, le plaisir d'envoyer sur-le-champ quérir vos parents de ma part, car je sens là je ne sais quoi au cœur, qui me cause une fatigue extrême ; je crains qu'elle ne m'ôte la vie sous peu, et je voudrais les voir avant de mourir. »

Leonora n'hésita pas à croire que ce que son mari lui disait était vrai, parce qu'elle crut que c'était la force de l'onguent, plutôt que ce qu'il avait vu, qui le mettait ainsi à toute extrémité. Elle lui répondit qu'elle ferait selon sa volonté, et ordonna au nègre d'aller sur-le-champ quérir ses parents. Là-dessus, serrant son époux dans ses bras, la voilà qui lui fait les plus grandes caresses qu'elle lui ait jamais faites, tout en lui demandant de quoi il souffre. Ses paroles étaient si tendres, si amoureuses qu'on eût dit qu'il était ce qu'elle avait de plus cher au monde. Lui la regardait avec l'ahurissement qu'on a dit, cependant que chaque parole ou caresse qu'elle lui adressait était un coup de lance qui lui transperçait l'âme.

La duègne, déjà, avait annoncé à toute la maisonnée et à Loaysa la maladie du maître, leur représentant combien il fallait qu'elle fût grave pour qu'il eût oublié de faire fermer la porte de la rue lorsque le nègre était parti quérir les parents de sa maîtresse. Lesquels, de leur côté, s'étonnèrent fort d'une telle ambassade, parce qu'ils n'avaient jamais mis les pieds, ni l'un ni l'autre, dans cette maison, depuis qu'ils avaient marié leur fille.

En fin, todos andaban callados y suspensos, no dando en la verdad de la causa de la indisposición de su amo, el cual de rato en rato, tan profunda y dolorosamente suspiraba, que con cada suspiro parecía arrancársele el alma. Lloraba Leonora por verle de aquella suerte, y reíase él con una risa de persona que estaba fuera de sí, considerando la falsedad de sus lágrimas.

En esto llegaron los padres de Leonora, y como hallaron la puerta de la calle y la del patio abiertas y la casa sepultada en silencio y sola, quedaron admirados con no pequeño sobresalto. Fueron al aposento de su yerno, y halláronle, como se ha dicho, siempre clavados los ojos en su esposa, a la cual tenía asida de las manos, derramando los dos muchas lágrimas; ella, con no más ocasión de verlas derramar a su esposo; él, por ver cuán fingidamente ella las derramaba. Asi como sus padres entraron, habló Carrizales, y dijo :

— Siéntense aquí vuesas mercedes, y todos los demás dejen desocupado este aposento, y sólo quede la señora Marialonso.

Hiciéronlo así, y quedando solos los cinco, sin esperar que otro hablase, con sosegada voz, limpiándose los ojos, desta manera dijo Carrizales :

— Bien seguro estoy, padres y señores míos, que no será menester traeros testigos para que me creáis una verdad que quiero deciros.

Bref, tous en suspens, ils songeaient en silence, sans jamais rencontrer la vraie raison du malaise du maître, lequel, de loin en loin, soupirait si profondément et si douloureusement que chaque soupir semblait lui arracher l'âme. Leonora pleurait de le voir de la sorte, et lui, à la vue de larmes aussi fourbes, riait du rire de quelqu'un transporté hors de soi.

Là-dessus arrivèrent les parents de Leonora. Comme ils trouvèrent ouvertes la porte de la rue et celle du patio, et la maison ensevelie dans le silence et solitaire, ils en conçurent beaucoup d'étonnement, non dépourvu d'appréhension. Ils se rendirent dans la chambre de leur gendre, l'y trouvèrent dans l'état qu'on a dit, les yeux toujours rivés sur son épouse, les mains agrippées aux siennes, et versant tous deux force larmes, elle du seul fait qu'elle voyait son époux en verser, lui de voir quelle comédie elle lui jouait en les versant. Dès que ses parents furent entrés, Carrizalès prit la parole.

« Asseyez-vous, leur dit-il, et vous autres, quittez tous cette chambre, à l'exception de madame Marialonso. »

On fit comme il disait. Quand ils ne furent plus qu'à cinq, Carrizalès, devançant tout autre, prit la parole, après s'être essuyé les yeux, pour déclarer d'une voix raffermie :

« J'ai la certitude, mes chers parents, qu'il ne sera pas besoin de vous produire des témoins pour que vous croyiez certaine vérité que je veux vous dire.

Bien se os debe acordar, que no es posible se os haya caído de la memoria, con cuánto amor, con cuán buenas entrañas, hace hoy un año, un mes, cinco días y nueve horas que me entregastes a vuestra querida hija por legítima mujer mía. También sabéis con cuánta liberalidad la doté, pues fue tal la dote que más de tres de su misma calidad se pudieran casar con opinión de ricas. Asimismo se os debe acordar la diligencia que puse en vestirla y adornarla de todo aquello que ella se acertó a desear y yo alcancé a saber que la convenía. Ni más ni menos habéis visto, señores, cómo, llevado de mi natural condición y temeroso del mal de que, sin duda, he de morir, y experimentado por mi mucha edad en los extraños y varios acaescimientos del mundo, quise guardar esta joya, que yo escogí y vosotros me diste[i]s, con el mayor recato que me fue posible. Alcé las murallas desta casa, quité la vista a las ventanas de la calle, doblé las cerraduras de las puertas, púsele torno, como a monasterio; desterré perpetuamente della todo aquello que sombra o nombre de varón tuviese. Dile criadas y esclavas que la sirviesen; ni les negué a ellas ni a ella cuanto quisieron pedirme; hícela mi igual; communiquéle mis más secretos pensamientos; entreguéle toda mi hacienda.

Vous devez bien vous rappeler — car cela ne saurait vous être sorti de mémoire — avec quel amour, quel élan venu du fond du cœur, voici aujourd'hui un an, un mois, cinq jours et neuf heures, vous m'avez accordé votre fille chérie pour légitime épouse. Vous savez aussi avec quelle libéralité je l'ai dotée, puisque la dot fut telle qu'elle eût permis à plus de trois filles de même rang de se marier avec la réputation d'être riches. Il doit pareillement vous souvenir de l'empressement que j'ai mis à la vêtir et à l'orner de tout ce qu'elle a pu désirer, ou que j'ai pu savoir qui lui conviendrait. Vous avez tout autant observé, chers parents, comment mon humeur naturelle, la crainte du mal dont, sans nul doute, je dois mourir, l'expérience des étrangetés et vicissitudes de ce monde, acquise au fil de ma longue vie, ont fait que j'ai voulu placer ce joyau, par moi choisi, et par vous accordé, sous la meilleure garde possible : j'ai rehaussé les murailles de cette maison, privé de vue les fenêtres de la rue, doublé les serrures des portes ; je lui ai mis un tour comme à un monastère, j'ai banni d'elle à perpétuité tout ce qui pouvait avoir ombre ou renom d'être du sexe mâle ; je lui ai donné servantes et esclaves pour la servir ; je n'ai jamais refusé ce qu'elles ont voulu me demander, tant elles que leur maîtresse, dont j'ai fait mon égale, à qui j'ai communiqué mes plus secrètes pensées, et que j'ai voulue dépositaire de tous mes biens.

Todas éstas eran obras para que, si bien lo considerara, yo viviera seguro de gozar sin sobresalto lo que tanto me había costado y ella procurara no darme ocasión a que ningún género de temor celoso entrara en mi pensamiento. Mas como no se puede prevenir con diligencia humana el castigo que la voluntad divina quiere dar a los que en ella no ponen del todo en todo sus deseos y esperanzas, no es mucho que yo quede defraudado en las mías y que yo mismo haya sido el fabricador del veneno que me va quitando la vida. Pero porque veo la suspensión en que todos estáis, colgados de las palabras de mi boca, quiero concluir los largos preámbulos desta plática con deciros en una palabra lo que no es posible decirse en millares dellas. Digo, pues, señores, que todo lo que he dicho y hecho ha parado en que esta madrugada hallé a ésta, nacida en el mundo para perdición de mi sosiego y fin de mi vida — y esto, señalando a su esposa —, en los brazos de un gallardo mancebo, que en la estancia desta pestífera dueña ahora está encerrado.

Apenas acabó estas últimas palabras Carrizales cuando a Leonora se le cubrió el corazón, y en las mismas rodillas de su marido se cayó desmayada. Perdió la color Marialonso, y a las gargantas de los padres de Leonora se les atravesó un nudo que no les dejaba hablar palabra. Pero prosiguiendo adelante Carrizales, dijo :

Toutes ces œuvres étaient faites pour me permettre, pourvu qu'elle les prît en bonne part, de vivre assuré de jouir sans alarmes de ce qui m'avait tant coûté, et pour qu'elle s'efforçât de ne donner occasion à aucune sorte de crainte jalouse d'entrer dans ma pensée. Mais comme l'humaine diligence ne saurait prévenir le châtiment que la volonté divine entend infliger à ceux qui ne placent pas en elle le tout de leurs désirs et de leurs espoirs, il n'est pas étonnant que les miens tournent court, et que j'aie été moi-même le fabricateur du venin qui me coûte à présent la vie. Mais puisque je vous vois là tous en attente, suspendus aux paroles de ma bouche, je veux mettre fin aux longs préambules de ce discours, et vous dire en un seul mot ce que des milliers ne suffiraient pas à dire. Je vous dis donc ceci : le résultat de tout ce que j'ai pu dire et faire, c'est que ce matin, au lever, j'ai trouvé celle-ci, venue au monde pour ruiner mon repos et achever ma vie — et de désigner son épouse — dans les bras d'un jeune gaillard, qui dans la chambre de cette duègne pestifère est à cette heure enfermé. »

À peine Carrizalès eut-il achevé ces derniers mots, qu'une nuit recouvrit le cœur de Leonora, et qu'elle tomba évanouie sur les genoux mêmes de son mari. Marialonso devint livide, et les gorges des parents de Leonora se nouèrent au point de ne pouvoir dire mot. Mais Carrizalès poursuivit de la sorte :

— La venganza que pienso tomar desta afrenta no es ni ha de ser de las que ordinariamente suelen tomarse, pues quiero que, así como yo fui estremado en lo que hice, así sea la venganza que tomaré, tomándola de mí mismo como del más culpado en este delito; que debiera considerar que mal podían estar ni compadecerse en uno los quince años desta muchacha con los casi ochenta míos. Yo fui el que, como el gusano de seda, me fabriqué la casa donde muriese, y a ti no te culpo ¡oh niña mal aconsejada! — y diciendo esto se inclinó y besó el rostro de la desmayada Leonora —; no te culpo, digo, porque persuasiones de viejas taimadas y requiebros de mozos enamorados fácilmente vencen y triunfan del poco ingenio que los pocos años encierran. Mas por que todo el mundo vea el valor de los quilates de la voluntad y fe con que te quise, en este último trance de mi vida quiero mostrarlo de modo que quede en el mundo por ejemplo, si no de bondad, al menos de simplicidad jamás oída ni vista; y así, quiero que se traiga luego aquí un escribano, para hacer de nuevo mi testamento, en el cual mandaré doblar la dote a Leonora y le rogaré que después de mis días, que serán bien breves, disponga su voluntad, pues lo podrá hacer sin fuerza, a casarse con aquel mozo, a quien nunca ofendieron las canas deste lastimado viejo;

« La vengeance que j'entends tirer de cet affront n'est pas, ni ne doit être du genre de celles qu'on tire d'ordinaire. Car je veux, moi qui ai poussé à l'extrême tout ce que j'ai fait, observer même style pour tirer ma vengeance : c'est de moi-même que je la vais tirer, puisque le plus fautif en ce délit, c'est moi. Car enfin j'aurais dû considérer que n'étaient point compatibles et ne pouvaient faire bon ménage les quinze années de cette enfant et celles, proches de quatre-vingts, que je compte. C'est moi qui, tel le ver à soie, ai fabriqué la maison qui me devait être fatale, et ce n'est pas toi que j'incrimine, ô fillette mal conseillée ! — et, disant cela, il se pencha et baisa au visage Leonora, toujours évanouie —, ce n'est pas toi, non, que j'incrimine : persuasives manœuvres de vieilles retorses, et galanteries de jeunes amoureux n'ont pas de mal à vaincre et terrasser le peu de jugement que contiennent peu d'années. Mais pour que l'univers entier voie de quel aloi fut l'élan du cœur et la foi avec laquelle je t'ai aimée, je veux, moi qui touche à ma dernière heure, en faire telle démonstration que l'univers la garde comme exemple, sinon de bonté, tout au moins de simplicité jamais entendue ni vue. Je veux donc qu'on m'amène ici, séance tenante, un greffier, pour refaire mon testament, où je vais ordonner que soit doublée la dot de Leonora, et où je lui demanderai qu'après ma mort, qui ne saurait tarder, elle se dispose — et cela ne saurait lui faire violence — à épouser ce jeune galant, à qui jamais ne fit tort le vieillard chenu que je suis.

y así verá que, si viviendo, jamás salí un punto de lo que pude pensar ser su gusto, en la muerte hago lo mismo, y quiero que le tenga con el que ella debe de querer tanto. La demás hacienda mandaré a otras obras pías, y a vosotros, señores míos, dejaré con que podáis vivir honradamente lo que de la vida os queda. La venida del escribano sea luego, porque la pasión que tengo me aprieta de manera, que a más andar me va acortando los pasos de la vida.

Esto dicho, le sobrevino un terrible desmayo, y se dejó caer tan junto de Leonora, que se juntaron los rostros : ¡extraño y triste espectáculo para los padres, que a su querida hija y a su amado yerno miraban! No quiso la mala dueña esperar a las reprehensiones que pensó le darían los padres de su señora, y así, se salió del aposento y fue a decir a Loaysa todo lo que pasaba, aconsejándole que luego al punto se fuese de aquella casa, que ella tendría cuidado de avisarle con el negro lo que sucediese, pues ya no había puertas ni llaves que lo impidiesen. Admiróse Loaysa con tales nuevas, y tomando el consejo, volvió a vestirse como pobre y fuese a dar cuenta a sus amigos del extraño y nunca visto suceso de sus amores.

En tanto, pues, que los dos estaban transportados, el padre de Leonora envió a llamar a un escribano amigo suyo, el cual vino a tiempo que ya habían vuelto hija y yerno en su acuerdo.

Ainsi verra-t-elle que si, de mon vivant, jamais je n'ai manqué un seul instant à ce que j'ai pu croire être son bon plaisir, au moment de mourir je fais de même, et veux qu'elle le prenne avec celui qu'elle doit tant chérir. Le reste de mes biens, je le destinerai à d'autres œuvres pies. Quant à vous, chers parents, je vous laisserai de quoi vivre honorablement le restant de vos jours. Qu'il vienne sur l'heure, ce greffier ! Le mal que je ressens me presse tant, qu'au train où il va il aura tôt fait de m'ôter la vie. »

Sur ces mots, il fut pris d'une terrible défaillance. Il tomba tout contre Leonora, si près que leurs visages se joignirent : étrange et funeste spectacle pour les parents, qui regardaient là leur fille chérie et leur gendre bien-aimé. La mauvaise duègne ne voulut pas attendre les réprimandes auxquelles elle s'attendait de la part des parents de sa maîtresse ; elle quitta donc la chambre et s'en fut prévenir Loaysa de ce qui se passait. Elle lui conseilla de quitter aussitôt cette maison-là. Elle prendrait soin de l'informer, avec l'aide du nègre, de ce qui pourrait arriver, maintenant qu'il n'y avait plus portes ni clefs pour s'y opposer. Ces nouvelles laissèrent Loaysa pantois. Il suivit le conseil, se rhabilla en pauvre, et s'en fut rendre compte à ses amis du tour étrange et inouï qu'avaient pris ses amours.

Or donc, tandis que les deux époux gisaient sans connaissance, le père de Leonora fit appeler un greffier de ses amis, qui arriva à un moment où déjà fille et gendre étaient revenus à eux.

Hizo Carrizales su testamento en la manera que había dicho, sin declarar el yerro de Leonora, más de que por buenos respectos la pedía y rogaba se casase, si acaso él muriese, con aquel mancebo que él la había dicho en secreto. Cuando esto oyó Leonora, se arrojó a los pies de su marido y, saltándole el corazón en el pecho, le dijo :

— Vivid vos muchos años, mi señor y mi bien todo, que puesto caso que no estáis obligado a creerme ninguna cosa de las que os dijere, sabed que no os he ofendido sino con el pensamiento. Y comenzando a disculparse y a contar por extenso la verdad del caso, no pudo mover la lengua, y volvió a desmayarse.

Abrazóla así desmayada el lastimado viejo; abrazáronla sus padres; lloraron todos tan amargamente, que obligaron y aun forzaron a que en ellas les acompañase el escribano que hacía el testamento, en el cual dejó de comer a todas las criadas de casa, horras las esclavas y el negro, y a la falsa de Marialonso no le mandó otra cosa que la paga de su salario; mas, sea lo que fuere, el dolor le apretó de manera, que al seteno día le llevaron a la sepultura.

Quedó Leonora viuda, llorosa y rica; y cuando Loaysa esperaba que cumpliese lo que ya él sabía que su marido en su testamento dejaba mandado, vio que dentro de una semana se entró monja en uno de los más recogidos monasterios de la ciudad.

Carrizalès fit son testament de la façon qu'il avait dite, sans faire état du faux pas de Leonora, si ce n'est que, pour certaines bonnes raisons, il lui demandait, la priait d'épouser, au cas où il mourrait, le jeune homme qu'elle savait : celui dont il lui avait secrètement parlé. Quand Leonora entendit ces mots, elle se jeta aux pieds de son mari, et, le cœur battant à tout rompre, lui dit :

« Vivez, vous, de longues années, ô mon maître et seul bien au monde ! Bien que vous ne soyez pas obligé de rien croire de tout ce que je puis vous dire, sachez que je ne vous ai offensé qu'en pensée. » Et, comme elle commençait à se disculper et à conter par le menu la vérité de la chose, elle ne put mouvoir sa langue, et, à nouveau, s'évanouit.

Ah ! comme il l'embrassa, ainsi évanouie, le malheureux vieillard ! Comme ils l'embrassèrent, ses parents ! Les voilà tous à pleurer si amèrement qu'ils obligèrent et forcèrent même le greffier qui faisait le testament à mêler ses larmes aux leurs. Carrizalès laissa de quoi vivre à toutes les servantes de la maison, affranchit les esclaves et le nègre. Quant à cette traîtresse de Marialonso, il ne lui légua que le règlement de ses gages. Mais son mal, quel qu'il pût être, le pressa de telle sorte qu'au septième jour il fut mené au tombeau.

Voilà Leonora veuve, éplorée, et riche. Or, alors que Loaysa s'attendait à la voir accomplir les volontés testamentaires de son époux, dont il avait déjà eu vent, ce qu'il vit c'est que, moins d'une semaine après, elle prit le voile dans l'un des monastères les plus reclus de la ville.

Él, despechado y casi corrido, se pasó a las Indias. Quedaron los padres de Leonora tristísimos, aunque se consolaron con lo que su yerno les había dejado y mandado por su testamento. Las criadas se consolaron con lo mismo, y las esclavas y esclavo, con la libertad; y la malvada de la dueña, pobre y defraudada de todos sus malos pensamientos. Y yo quedé con el deseo de llegar al fin deste suceso, ejemplo y espejo de lo poco que hay que fiar de llaves, tornos y paredes cuando queda la voluntad libre, y de lo menos que hay que confiar de verdes y pocos años, si les andan al oído exhortaciones destas dueñas de monjil negro y tendido y tocas blancas y luengas. Sólo no sé qué fue la causa que Leonora no puso más ahínco en desculparse y dar a entender a su celoso marido cuán limpia y sin ofensa había quedado en aquel suceso; pero la turbación le ató la lengua, y la priesa que se dio a morir su marido no dio lugar a su disculpa.

Alors lui, dépité et presque penaud, s'embarqua pour les Indes. Les parents de Leonora furent bien affligés, mais le legs que leur gendre leur avait laissé par volonté testamentaire les consola. Pour semblables raisons, voilà les servantes consolées, libres les esclaves et le nègre, pauvre et bien mal payée de toutes ses vicieuses pensées, cette traîtresse de duègne ! Et moi, désireux d'atteindre la fin de cette aventure, exemple et miroir du peu de confiance que méritent clefs, tours de couvent, murailles, du moment que le cœur garde sa liberté, et de la confiance encore moindre qu'il convient d'accorder à un jeune tendron, si parviennent à ses oreilles les sollicitations de ces duègnes qui vous déploient de haut en bas leurs noirs habits de nonnes, et leurs coiffes blanches de bas en haut. Ce que je ne sais pas, c'est pourquoi Leonora n'insista pas davantage pour se disculper et faire comprendre à son jaloux de mari combien elle était restée innocente et pure dans toute l'affaire. Mais langue trop troublée pour se mouvoir, et mari trop pressé de mourir lui ôtèrent le loisir de se disculper.

Las dos doncellas
Les Deux Jeunes Filles

Cinco leguas de la ciudad de Sevilla está un lugar que se llama Castilblanco, y en uno de muchos mesones que tiene, a la hora que anochecía, entró un caminante sobre un hermoso cuartago[1] extranjero. No traía criado alguno, y sin esperar que le tuviesen el estribo, se arrojó de la silla con gran ligereza. Acudío luego el huésped, que era hombre diligente y de recato, mas no fue tan presto que no estuviese ya el caminante sentado en un poyo que en el portal había, desabrochándose muy apriesa los botones del pecho, y luego dejó caer los brazos a una y a otra parte, dando manifiesto indicio de desmayarse.

La huéspeda, que era caritativa, se llegó a él, y rociándole con agua el rostro le hizo volver en su acuerdo;

1. *Cuartago* : petit cheval « courtaud », parfois appelé « ragot » en français. Mais aussi, selon César Oudin, « un roussin de moyenne taille ». Il paraît probable, surtout en terre andalouse,

À cinq lieues de la ville de Séville se trouve une bourgade, nommée Castilblanco, qui compte plusieurs auberges-relais. Dans l'une d'elles, à la nuit tombante, entra un voyageur qui montait un superbe petit alezan étranger. Nul serviteur ne l'accompagnait. Sans attendre qu'on lui tînt l'étrier, il sauta à bas de sa monture avec grande agilité. Aussitôt l'aubergiste, en homme diligent et serviable, accourut, mais il eut beau faire vite, voilà déjà le voyageur, assis sur un banc, au porche d'entrée, qui dégrafe en toute hâte son pourpoint, et, là-dessus, laisse ses bras retomber, ballants, comme qui, de toute évidence, défaille.

La patronne, femme charitable, s'approcha. En lui aspergeant d'eau le visage, elle le fit revenir à lui.

que ce cheval, déclaré «étranger» dans le texte, soit d'origine arabe. Aussi traduit-on par «alezan», terme plus élégant que «ragot».

y él, dando muestras que le había pesado de que así le hubiesen visto, se volvío a abrochar, pidiendo que le diesen luego un aposento donde se recogiese y que, si fuese posible, fuese solo.

Díjole la huéspeda que no había más de uno en toda la casa, y que tenía dos camas, y que era forzoso, si algún huésped acudiese, acomodarle en la una.

A lo cual respondió el caminante que él pagaría los dos lechos, viniese o no huésped alguno; y sacando un escudo de oro, se le dio a la huéspeda, con condición que a nadie diese el lecho vacío.

No se descontentó la huéspeda de la paga; antes se ofreció de hacer lo que pedía, aunque el mismo deán de Sevilla[1] llegase aquella noche a su casa. Preguntóle si quería cenar, y respondió que no; mas que sólo quería que se tuviese gran cuidado de su cuartago. Pidío la llave del aposento, y llevando consigo unas bolsas grandes de cuero, se entró en él y cerró tras si la puerta con llave, y aun, a lo que después pareció, arrimó a ella dos sillas.

Apenas se hubo encerrado, cuando se juntaron a consejo el huésped y la huéspeda, y el mozo que daba la cebada, y otros dos vecinos que acaso allí se hallaron, y todos trataron de la grande hermosura y gallarda disposición del nuevo huésped, concluyendo que jamás tal belleza habían visto. Tanteáronle la edad, y se resolvieron que tendría de diez y seis a diez y siete años.

1. *Deán de Sevilla* : doyen au sens ecclésiastique du terme, c'est-à-dire ici le chef du chapitre de la cathédrale de Séville.

Alors, manifestement chagrin d'avoir été surpris dans cet état, il reboutonna son pourpoint et demanda une chambre où se retirer sans attendre, et, autant que possible, seul.

La patronne lui dit que, dans tout son logis, il ne lui en restait qu'une, et à deux lits. Si quelque autre client se présentait, force serait de lui en donner un.

En réponse, le voyageur dit qu'il les voulait payer, lui, ces deux lits, qu'un autre client se présentât ou non. Sortant un écu d'or, il le donna à la patronne, sous la condition qu'elle ne laisserait personne occuper le lit vacant.

Ce paiement fut loin de déplaire à la patronne, qui s'offrit à faire ce qu'il lui demandait, quand bien même se présenterait chez elle, cette nuit-là, le Doyen de Séville en personne. Elle lui demanda s'il voulait dîner. Il répondit que non : tout ce qu'il voulait, c'est qu'on prît grand soin de son alezan. Il demanda la clef de sa chambre, y entra chargé de grandes sacoches de cuir, boucla derrière lui la porte, contre laquelle — comme cela apparut par la suite — il cala même deux chaises.

À peine se fut-il ainsi claquemuré, que le patron et la patronne tinrent conseil, en compagnie du valet chargé du picotin, et de deux autres voisins que le hasard avait mis là. Les voilà tous à débattre de la grande beauté et de la fière allure du nouvel hôte, pour conclure unanimement qu'ils n'avaient jamais vu pareille beauté. Ils cherchèrent à deviner son âge, et décidèrent qu'il devait avoir entre seize et dix-sept ans.

Fueron y vinieron y dieron y tomaron, como suele decirse, sobre qué podía haber sido la causa del desmayo que le dio; pero como no la alcanzaron, quedáronse con la admiración de su gentileza.

Fuéronse los vecinos a sus casas, y el huésped a pensar el cuartago, y la huéspeda a aderezar algo de cenar por si otros huéspedes viniesen. Y no tardó mucho cuando entró otro de poca más edad que el primero y no de menos gallardia; y apenas le hubo visto la huéspeda, cuando dijo : — ¡Válame Dios, y qué es esto! ¿Vienen, por ventura, esta noche a posar ángeles a mi casa?

— ¿Por qué dice eso la señora huéspeda? — dijo el caballero[1].

— No lo digo por nada, señor — respondió la mesonera —; sólo digo que vuesa merced no se apee, porque no tengo cama que darle, que dos que tenía las ha tomado un caballero que está en aquel aposento, y me las ha pagado entrambas, aunque no había menester más de la una sola, por que nadie le entre en el aposento, y es que debe de gustar de la soledad; y en Dios y en mi ánima que no sé yo por qué, que no tiene él cara ni disposición para esconderse sino para que todo el mundo le vea y le bendiga.

— ¿Tan lindo es, señora huéspeda? — replicó el caballero.

— ¡Y cómo si es lindo! — dijo ella —; y aún más que relindo.

1. *Caballero* : gentilhomme, mais ici, dans le contexte particulier d'une auberge-relais, on choisit de traduire par « cavalier ».

Ils battirent la campagne, coupèrent par-ci, prirent par-là — comme on dit — pour tenter de trouver la raison de sa défaillance, mais, faute d'y parvenir, en restèrent à l'émerveillement que causait sa prestance.

Les voisins s'en furent rejoindre leurs logis, le patron donner à manger à l'alezan, et la patronne préparer de quoi dîner, pour le cas où d'autres clients se présenteraient. Ce qui ne tarda guère : fit son entrée un nouveau venu, à peine plus âgé que le premier, et d'aussi fière allure. À sa vue, la patronne s'écria : « Grand Dieu, qu'arrive-t-il ? Serait-ce que cette nuit viennent céans loger des anges ?

— Pourquoi dites-vous cela, madame l'aubergiste ? demanda le noble cavalier.

— Pour rien, mon bon monsieur, répondit la patronne. Tout ce que je dis, c'est qu'il ne faut pas mettre ici pied à terre, parce que je n'ai pas de lit à vous offrir. J'en avais deux, et un cavalier qui est là-bas, dans cette chambre, me les a payés tous deux, bien qu'un seul lui eût suffi. Il ne veut de personne dans cette chambre, et c'est qu'il doit aimer la solitude, et moi, sur Dieu et sur mon âme, je ne vois pas pourquoi ! Quand on a la mine qu'il a, et qu'on est bâti comme il l'est, on n'a pas à se cacher : on est fait pour être vu et béni de l'univers entier !

— Il est donc si joli garçon, madame l'aubergiste ? s'enquit le cavalier.

— Et comment ! répondit-elle. Tout ce qu'il y a de plus joli !

— Ten aquí, mozo — dijo a esta sazón el caballero —, que aunque duerma en el suelo tengo de ver hombre tan alabado. Y dando el estribo a un mozo de mulas que con él venía, se apeó, y hizo que le diesen luego de cenar, y así fue hecho. Y estando cenando entró un alguacil del pueblo, como de ordinario en los lugares pequeños se usa, y sentóse a conversación con el caballero en tanto que cenaba, y no dejó, entre razón y razón, de echar abajo tres cubiletes de vino, y de roer una pechuga y una cadera de perdiz que le dio el caballero. Y todo se lo pagó el alguacil con preguntarle nuevas de la Corte y de las guerras de Flandes y bajada del turco, no olvidándose de los sucesos del Transilvano[1], que nuestro Señor guarde.

El caballero cenaba y callaba, porque no venía de parte que le pudiese satisfacer a sus preguntas. Ya en esto había acabado el mesonero de dar recado al cuartago, y sentóse a hacer tercio en la conversación y a probar de su mismo vino no menos tragos que el alguacil; y a cada trago que envasaba volvía y derribaba la cabeza sobre el hombro izquierdo, y alababa el vino, que le ponía en las nubes, aunque no se atrevía a dejarle mucho en ellas por que no se aguase.

De lance en lance volvieron a las alabanzas del huésped encerrado, y contaron de su desmayo y encerramiento y de que no había querido cenar cosa alguna.

1. *Transilvano* : Philippe II, en fin de règne, apporta son soutien à Sigismond Bathory, prince de Transylvanie, contre les Turcs.

— Ça, mon gars, tiens-moi ! dit alors le cavalier. Quelqu'un dont on fait de tels éloges, il faut que je le voie, quand je devrais coucher par terre. » Et, confiant l'étrier à un valet muletier qui l'accompagnait, il mit pied à terre et commanda aussitôt à dîner. On le servit. Tandis qu'il dînait, entra un alguazil du coin — bien du style de ceux qu'on rencontre dans les petits villages. Il s'assit pour faire causette avec le cavalier pendant qu'il dînait, et, de propos en propos, trouva l'occasion de descendre trois gobelets de vin, et de ronger les cuisses et le blanc d'une perdrix, le tout offert par le cavalier. En guise de paiement, l'alguazil lui demanda des nouvelles de la Cour, et des guerres de Flandres, et de la descente du Turc, sans oublier les événements de Transylvanie, et de son prince (que Dieu le garde !).

Le cavalier dînait sans piper mot, car, venant d'où il venait, il n'était pas en mesure de satisfaire à de telles questions. Entre-temps, le patron, qui avait fini de donner sa pitance à l'alezan, vint s'asseoir en tiers, pour prendre part à la causette, et goûter de son propre vin, dont il s'envoya non moins de rasades que l'alguazil. Et, à chaque rasade, basculant la tête de guingois sur l'épaule gauche, il faisait l'éloge du vin, qu'il portait aux nues, sans trop oser l'y laisser cependant, de peur de le couper d'eau.

De fil en aiguille, ils se remirent à chanter les louanges de l'hôte qui s'était enfermé, et à conter sa défaillance et cette façon qu'il avait eue de s'enfermer sans rien vouloir prendre pour dîner.

Ponderaron el aparato de las bolsas y la bondad del cuartago y del vestido vistoso que de camino traía; todo lo cual requería no venir sin mozo que le sirviese. Todas estas exageraciones pusieron nuevo deseo de verle, y rogó al mesonero hiciese de modo como él entrase a dormir en la otra cama, y le daría un escudo de oro. Y puesto que la codicia del dinero acabó con la voluntad del mesonero de dársela, halló ser imposible a causa que estaba cerrado por de dentro, y no se atrevía a despertar al que dentro dormía y que tan bien tenía pagados los dos lechos.

Todo lo cual facilitó el alguacil diciendo : — Lo que se podrá hacer es que yo llamaré a la puerta diciendo que soy la justicia, que por mandado del señor alcalde traigo a aposentar a este caballero a este mesón, y que no habiendo otra cama, se le manda dar aquélla. A lo cual ha de replicar el huésped que se le hace agravio, porque ya está alquilada y no es razón quitarla al que la tiene. Con esto quedará el mesonero desculpado y vuesa merced conseguirá su intento.

A todos les pareció bien la traza del alguacil, y por ella le dio el deseoso cuatro reales.

Ils vantèrent la magnificence des sacoches, et l'excellence du cheval et du splendide costume de voyage qu'il portait. Tout cela eût voulu qu'il ne vînt pas sans accompagnement de serviteur. Tant d'hyperboliques propos rendirent le voyageur encore plus désireux de le voir. Il pria l'aubergiste de faire en sorte qu'il pût, lui, aller dormir sur l'autre lit. Il lui donnerait pour cela un écu d'or. La convoitise de la pièce eut beau venir à bout des réticences du patron, il estima la chose impossible, pour la bonne raison que la chambre était fermée du dedans, et qu'il n'osait pas réveiller celui qui dormait à l'intérieur, et qui avait payé les deux lits d'un si bon prix.

Toutes ces difficultés, l'alguazil les leva en disant : « Voici ce qu'on pourra faire : je frapperai, moi, à la porte en disant que c'est la justice, et que je viens, sur ordre de monsieur l'alcade, installer dans cette chambre le voyageur que voici, et qu'en l'absence de tout autre lit, ordre est donné de lui attribuer celui-là. L'aubergiste, alors, ne manquera pas de crier qu'on lui fait tort, et que, le lit étant déjà loué, il n'est pas juste de l'ôter à qui l'a réservé. Comme cela, l'aubergiste sauvera la face, et vous, mon beau monsieur, vous obtiendrez ce que vous désirez. »

Tout le monde se félicita du stratagème de l'alguazil, et celui dont on exauçait les désirs lui donna, en récompense, quatre réaux.

Púsose luego por obra; y en resolución, mostrando gran sentimiento, el primer huésped abrió a la justicia, el segundo, pidiéndole perdón del agravio que al parecer se le había hecho, se fue [a] acostar en el lecho desocupado. Pero ni el otro le respondió palabra, ni menos se dejó ver el rostro, porque apenas hubo abierto se fue a su cama, y vuelta la cara a la pared, por no responder, hizo que dormía. El otro se acostó, esperando cumplir por la mañana su deseo, cuando se levantasen.

Eran las noches de las perezosas y largas de diciembre, y el frío y el cansancio del camino forzaba[n] a procurar pasarlas con reposo; pero como no le tenía el huésped primero, a poco más de la media noche comenzó a suspirar tan amargamente que con cada suspiro parecía despedírsele el alma; y fue de tal manera que, aunque el segundo dormía, hubo de despertar al lastimero son del que se quejaba. Y admirado de los sollozos con que acompañaba los suspiros, atentamente se puso a escuchar lo que al parecer entre sí murmuraba.

Estaba la sala escura y las camas bien desviadas, pero no por esto dejó de oír, entre otras razones, éstas, que, con voz debilitada y flaca, el lastimado huésped primero decía : —¡Ay sin ventura! ¿Adónde me lleva la fuerza incontrastable de mis hados? ¿Qué camino es el mío o qué salida espero tener del intrincado laberinto donde me hallo? ¡Ay pocos y mal experimentados años, incapaces de toda buena consideración y consejo!

On passa aux actes sans attendre. Ce qui fit que le premier hôte, bien contre son gré, ouvrit à la justice, et que le second, lui demandant pardon de la contrariété que, manifestement, on lui avait causée, s'en fut s'étendre sur le lit vacant. Mais l'autre ne répondit mot. Encore moins laissa-t-il voir son visage. Sitôt qu'il eut ouvert, il regagna son lit, et, le visage tourné vers le mur, afin de ne pas répondre, fit mine de dormir. L'autre se coucha, espérant que son désir serait exaucé à l'aube, quand ils se lèveraient.

C'était par une de ces nuits paresseuses et longues de décembre que le froid et la fatigue du voyage contraignaient à passer, autant que possible, au repos. Mais comme le premier hôte n'en trouvait pas, peu après minuit, il se mit à soupirer si amèrement que chaque soupir semblait lui arracher l'âme. Tant et si bien que le second, tout endormi qu'il fût, ne put qu'être réveillé par les accents pitoyables de celui qui gémissait. Étonné par les sanglots dont s'accompagnaient les soupirs, il se mit à écouter attentivement ce que l'autre, semblait-il, se murmurait à lui-même.

La pièce était sombre, les lits fort distants l'un de l'autre, mais cela ne l'empêcha pas d'entendre, entre autres propos, ce qui suit, prononcé par le malheureux premier hôte d'une voix languissante et faible : « Malheur à moi ! Où donc me mène la force irrépressible de mon destin ? Quelle route est la mienne ? Ou quelle issue espérer au labyrinthe inextricable où je suis ? Hélas, jeunes années inexpérimentées, incapables de toute saine considération et prévoyance !

¿Qué fin ha de tener esta no sabida peregrinación mía? ¡Ay honra menospreciada; ay amor mal agradecido; ay respectos de honrados padres y parientes atropellados, y ay de mí una y mil veces, que tan a rienda suelta me dejé llevar de mis deseos! ¡Oh palabra fingidas, que tan de veras me obligastes a que con obras os respondiese! Pero ¿de quién me quejo, cuitada? ¿Yo no soy la que quise engañarme? ¿No soy yo la que tomó el cuchillo con sus mismas manos, con que corté y eché por tierra mi crédito, con el que de mi valor tenían mis ancianos padres? ¡Oh fementido Marco Antonio! ¿Cómo es posible que en las dulces palabras que me decías viniese mezclada la hiel de tus descortesías y desdenes? ¿Adónde estás, ingrato; adónde te fuiste, desconocido? Respóndeme, que te hablo; espérame, que te sigo; susténtame, que descaezco; págame lo que me debes; socórreme, pues por tantas vías te tengo obligado.

Calló en diciendo esto, dando muestra en los ayes y suspiros que no dejaban los ojos de derramar tiernas lágrimas. Todo lo cual con sosegado silencio estuvo escuchando el segundo huésped, coligiendo por las razones que había oído que sin duda alguna era mujer la que se quejaba, cosa que le avivó más el deseo de conocella,

Quelle fin doivent trouver les inouïes vicissitudes qui m'atteignent ? Hélas, honneur méprisé, amour mal payé de retour, respect dû aux parents, à toute une honnête famille, hélas, foulé aux pieds ! Malheur, oui, mille fois malheur à moi, qui ai lâché si inconsidérément la bride à mes désirs ! Ô paroles mensongères, qui sûtes si bien vous feindre sincères pour me faire franchir le pas ! Mais de qui dois-je me plaindre, malheureuse que je suis ? N'est-ce pas moi qui me voulus leurrer moi-même ? N'est-ce pas moi qui pris de mes propres mains le couteau qui me fit trancher et jeter par terre mon crédit, et celui que mes vieux parents portaient à ma vertu ? Ô perfide Marco Antonio ! Comment put se mêler aux douces paroles que tu me disais le fiel de tes grossiers dédains ? Où es-tu, ingrat ? Où t'en es-tu allé, insensible ? Réponds-moi, je te parle ; attends-moi, je te suis ; soutiens-moi, je défaille ; rends-moi ce que tu me dois ; viens à mon secours, toi que de tant de manières j'ai lié à moi ! »

Le premier hôte se tut, là-dessus, non sans montrer, par ses plaintes et ses soupirs, que ses yeux ne cessaient de répandre de tendres larmes. Tout cela fut écouté dans un silence recueilli par le second, qui conclut des propos par lui entendus que, sans nul doute, c'était une femme qui se plaignait là, ce qui aviva encore plus son désir de faire sa connaissance.

y estuvo muchas veces determinado de irse a la cama de la que creía ser mujer; y hubiéralo hecho si en aquella sazón no le sintiera levantar, y abriendo la puerta de la sala dio voces al huésped de casa que le ensillase el cuartago, porque quería partirse.

A lo cual, al cabo de un buen rato que el mesonero se dejó llamar, le respondió que se sosegase, porque aún no era pasada la media noche, y que la escuridad era tanta, que sería temeridad ponerse en camino.

Quietóse con esto, y volviendo a cerrar la puerta se arrojó en la cama de golpe, dando un recio suspiro.

Parecióle al que escuchaba que sería bien hablarle, y ofrecerle para su remedio lo que de su parte podía, por obligarle con esto a que se descubriese y su lastimera historia le contase, y así le dijo :

— Por cierto, señor gentilhombre, que si los suspiros que habéis dado y las palabras que habéis dicho no me hubieran movido a condolerme del mal de que os quejáis, entendiera que carecía de natural sentimiento o que mi alma era de piedra y mi pecho de bronce duro; y si esta compasión que os tengo y el presupuesto que en mí ha nacido de poner mi vida por vuestro remedio, si es que vuestro mal le tiene, merece alguna cortesía, en recompensa ruégoos que la uséis conmigo declarándome, sin encubrirme cosa, la causa de vuestro dolor.

Maintes fois il faillit se diriger vers le lit de ce qui lui semblait être une femme, et il aurait fini par le faire si, entre-temps, il n'avait entendu l'autre se lever, ouvrir la porte de la salle d'accueil, appeler l'aubergiste à grands cris, lui disant de seller son cheval, car il voulait partir.

Le patron se laissa appeler un bon moment, avant de lui répondre de rester tranquille : on était encore en plein milieu de la nuit, et il faisait si noir qu'il serait risqué de prendre la route.

Ces mots calmèrent le premier hôte, qui, refermant la porte, alla se jeter tout d'une pièce sur sa couche, en poussant un grand soupir.

Celui qui écoutait estima le moment venu de lui parler et de s'offrir à faire tout son possible pour son réconfort, afin de l'amener par là à dévoiler son identité et à conter sa pitoyable histoire. C'est pourquoi il lui dit :

« En vérité, monsieur le gentilhomme, si les soupirs que vous avez poussés et les paroles que vous avez prononcées ne m'avaient pas rendu compatissant envers le mal dont vous vous plaignez, j'aurais lieu de me croire naturellement insensible, et doté d'une âme de pierre et d'un cœur de bronze dur. Et si cette pitié que j'éprouve pour vous, et qui me prédispose, je le sens, à risquer jusqu'à ma vie pour votre remède — s'il en est un à votre mal —, mérite en récompense quelque courtoisie, je vous prie d'en user envers moi, en me révélant, sans m'en rien cacher, la raison de votre douleur.

— Si él no me hubiera sacado de sentido — respondió el que se quejaba —, bien debiera yo de acordarme que no estaba solo en este aposento, y así hubiera puesto más freno a mi lengua y más tregua a mis suspiros; pero en pago de haberme faltado la memoria en parte donde tanto me importaba tenerla, quiero hacer lo que me pedís, porque renovando la amarga historia de mis desgracias, podría ser que el nuevo sentimiento me acabase. Mas si queréis que haga lo que me pedís, habéisme de prometer, por la fe que me habéis mostrado en el ofrecimiento que me habéis hecho y por quien vos sois, que a lo que en vuestras palabras mostráis prometéis mucho, que por cosas que de mi oigáis en lo que os dijere no os habéis de mover de vuestro lecho ni venir al mío, ni preguntarme más de aquello que yo quisiere deciros; porque si al contrario de este hiciéredes, en el punto que os sienta mover, con una espada que a la cabecera tengo me pasaré el pecho.

Esotro, que mil imposibles prometiera por saber lo que tanto deseaba, le respondió que no saldría un punto de lo que le había pedido, afirmándoselo con mil juramentos.

— Con ese seguro, pues — dijo el primero —, yo haré lo que hasta ahora no he hecho, que es dar cuenta de mi vida a nadie, y así, escuchad :

— Si elle ne m'avait fait perdre l'esprit, répondit la personne qui se plaignait, j'aurais dû me souvenir que je n'étais pas seul dans cette chambre, et j'aurais, du coup, réfréné davantage mes propos, et mieux maîtrisé mes soupirs. Mais pour payer cette défaillance, si déplacée, de ma mémoire, je veux faire ce que vous me demandez : qui sait si, de revivre l'amère histoire de mes malheurs passés, mon chagrin, ainsi renouvelé, ne viendra pas à bout de moi ! Mais si vous voulez que je fasse ce que vous me demandez, il faut que vous me promettiez, sur la foi que vous m'avez montrée par vos offres, et sur ce que vous devez à votre personne — de laquelle, à en juger par vos paroles, on peut attendre beaucoup —, que rien de ce que vous m'entendrez dire ne vous fera bouger de votre couche, ni venir vers la mienne, ni me demander davantage que ce que je voudrai bien vous dire. Sans quoi, vous sentir bouger et me percer le cœur avec une épée que j'ai à mon chevet sera tout un. »

L'autre, qui eût promis mille choses impossibles pour savoir ce qui l'intriguait tant, lui répondit alors qu'il respecterait en tout point ce qui lui était demandé, et le confirma par mille serments.

« Fort de cette assurance, dit le premier, je vais donc faire ce que je n'ai encore fait avec qui que ce soit : rendre compte de ma vie. Écoutez ce récit :

Habéis de saber, señor, que yo que en esta posada entré, como sin duda os habrán dicho, en traje de varón, soy una desdichada doncella, a lo menos una que lo fue no ha ocho días y lo dejó de ser por inadvertida y loca y por creerse de palabras compuestas y afeitadas de fementidos hombres. Mi nombre es Teodosia; mi patria, un principal lugar desta Andalucía, cuyo nombre callo, porque no os importa a vos tanto el saberlo como a mí el encubrirlo; mis padres son nobles y más que medianamente ricos, los cuales tuvieron un hijo y una hija : él para descanso y honra suya y ella para todo lo contrario. A él enviaron a estudiar a Salamanca; a mí me tenían en su casa, adonde me criaban con el recogimiento y recato que su virtud y nobleza pedían, y yo, sin pesadumbre alguna, siempre les fui obediente, ajustando mi voluntad a la suya sin discrepar un solo punto, hasta que mi suerte menguada o mi mucha demasía me ofreció a los ojos de un hijo de un vecino nuestro, más rico que mis padres y tan noble como ellos.

La primera vez que le miré no sentí otra cosa que fuese más de una complacencia de haberle visto; y no fue mucho, porque su gala, gentileza, rostro y costumbres eran de los alabados y estimados del pueblo, con su rara discreción y cortesía.

« Sachez, monsieur, que moi qui ai fait mon entrée dans cette auberge — comme on vous l'aura sûrement dit — en habit masculin, je suis une infortunée jeune fille, ou, du moins, quelqu'un qui l'était encore, il y a moins de huit jours, et cessa de l'être par imprudence et folie, et pour avoir cru aux paroles que fabrique et enjolive la perfidie des hommes. Mon nom est Teodosia, mon pays natal certain chef-lieu de notre Andalousie, dont je tairai le nom, parce qu'il vous importe moins à vous de le savoir qu'à moi de le tenir caché. Mes parents sont nobles, et plus que moyennement riches. Ils eurent un fils et une fille, lui pour leur honneur et repos, elle pour tout le contraire. Lui, ils l'envoyèrent étudier à Salamanque ; moi, ils me gardaient à la maison, et m'y élevaient selon la chaste réserve que réclamaient leur noblesse et leur vertu. Et moi, je ne trouvais nullement pesant de leur obéir en toute occasion, et de régler ma volonté sur la leur, sans m'en écarter d'un pouce, jusqu'au jour où mon funeste destin, ou bien ma trop débordante nature, offrit à ma vue le fils d'un de mes voisins, plus riche que mes parents et non moins noble qu'eux.

« La première fois que je posai mon regard sur lui, tout ce que je ressentis, de l'avoir vu, ce fut une sorte de bien-être. Rien d'étonnant à cela : son élégance, sa noble allure, sa bonne mine et ses manières étaient de celles que les gens du lieu prisaient et célébraient, à quoi s'ajoutait la distinction rare de son esprit et de sa courtoisie.

Pero ¿de qué me sirve alabar a mi enemigo ni ir alargando con razones el suceso tan desgraciado mío, o, por mejor decir, el principio de mi locura? Digo, en fin, que él me vio una y muchas veces desde una ventana que frontero de otra mía estaba. Desde allí, a lo que me pareció, me envió el alma por los ojos, y los míos con otra manera de contento que el primero gustaron de miralle, y aun me forzaron a que creyese que eran puras verdades cuanto en sus ademanes y en su rostro leía. Fue la vista la intercesora y medianera de la habla, la habla de declarar su deseo, su deseo de encender el mío y de dar fe al suyo.

Llegóse a todo esto las promesas, los juramentos, las lágrimas, los suspiros y todo aquello que a mi parecer puede hacer un firme amador para dar a entender la entereza de su voluntad y la firmeza de su pecho, y en mi, desdichada (que jamás en semejantes ocasiones y trances me había visto), cada palabra era un tiro de artillería que derribaba parte de la fortaleza de mi honra; cada lágrima era un fuego en que se abrasaba mi honestidad; cada suspiro, un furioso viento que el incendio aumentaba de tal suerte que acabó de consumir la virtud que hasta entonces aún no había sido tocada y,

Mais à quoi bon faire ainsi l'éloge de mon ennemi, à quoi bon prolonger le discours de ce qui vint signer mon infortune, ou, plus exactement, déchaîner ma folie. Disons, pour abréger, qu'il me vit, lui, une et maintes fois, depuis une fenêtre qui faisait face à la mienne. C'est depuis là, me sembla-t-il, qu'il m'envoya son âme par les yeux, et que les miens, trouvant un bien-être encore plus grand que la première fois à jouir de sa vue, en vinrent à me faire croire que tout ce que je lisais dans ses gestes et sur son visage était sincérité pure. La vue servit de truchement et d'intermédiaire à la parole, la parole aux déclarations de son désir, son désir à l'éveil du mien, et à la foi que j'accordai au sien.

« À quoi vint s'ajouter tout — promesses, serments, larmes, soupirs —, oui, tout ce que peut faire, me semble-t-il, celui qui aime sincèrement, pour donner à entendre l'élan de sa volonté et la sincérité de son cœur. Pour moi, malheureuse, qui n'avais jamais été exposée à d'aussi pressants dangers, chaque parole était un tir d'artillerie, qui emportait tout un pan de la forteresse de mon honneur ; chaque larme était un incendie où s'embrasait mon honnêteté ; chaque soupir un vent furibond qui attisait le brasier, tant et si bien qu'il acheva de consumer la vertu jusqu'alors intouchée.

finalmente, con la promesa de ser mi esposo, a pesar de sus padres, que para otra le guardaban, di con todo mi recogimiento en tierra, y sin saber cómo me entregué en su poder a hurto de mis padres, sin tener otro testigo de mi desatino que un paje de Marco Antonio, que éste es el nombre del inquietador de mi sosiego; y apenas hubo tomado de mí la posesión que quiso, cuando de allí a dos días desapareció del pueblo, sin que sus padres ni otra persona alguna supiesen decir ni imaginar dónde había ido.

Cuá yo quedé, dígalo quien tuviere poder para decirlo, que yo no sé ni supe más de sentillo. Castigué mis cabellos, como si ellos tuvieran la culpa de mi yerro; martiricé mi rostro, por parecerme que él había dado toda la ocasión a mi desventura; maldije mi suerte, acusé mi presta determinación, derramé muchas e infinitas lágrimas, vime casi ahogada entre ellas y entre los suspiros que de mi lastimado pecho salían, quejéme en silencio al cielo, discurrí con la imaginación, por ver si descubría algún camino o senda a mi remedio, y la que hallé fue vestirme en hábito de hombre, y ausentarme de la casa de mis padres, y irme a buscar a este segundo engañador Eneas, a este cruel y fementido Vireno[1], a este defraudador de mis buenos pensamientos y legítimas y bien fundadas esperanzas.

1. *Vireno* : personnage du *Roland furieux* de l'Arioste (chant X) qui abandonne Olimpia sur une plage.

Bref, quand il m'eut promis de m'épouser, contre le gré de ses parents qui le destinaient à une autre, toute ma retenue vint à terre, et me voilà, sans savoir comment, qui me livre à lui, en cachette de mes parents, et sans autre témoin de ma déraison qu'un page de Marco Antonio — comme s'appelle le perturbateur de mon repos. Or, à peine eut-il pris de moi pleine possession, que, deux jours après, il disparut du lieu. Impossible à ses parents et à qui que ce fût de dire ni d'imaginer où il était parti.

« Quel fut alors mon état, le dise qui le pourra ! Quant à moi, je ne sais ni ne sus qu'en pâtir. Je mis ma chevelure au supplice, comme si elle était responsable de mon faux pas ; je martyrisai mon visage, l'estimant à l'origine de mon infortune ; je maudis mon destin ; je m'en voulus de ma légèreté ; je répandis d'interminables flots de larmes, qui faillirent m'étouffer sous elles, et sous les soupirs de ma poitrine blessée. En silence je me plaignis au Ciel ; mon imagination vagabonda en tous sens, en quête de quelque chemin ou sentier par où trouver remède, et celui que je choisis, ce fut de m'habiller en homme, et de disparaître de chez mes parents, pour partir à la recherche de ce second Énée trompeur, de ce cruel et fourbe Birène, de cet abuseur de mes bonnes intentions et de mes espérances légitimes et fondées.

Y así, sin ahondar mucho en mis discursos, ofreciéndome la ocasión un vestido de camino de mi hermano y un cuartago de mi padre que yo ensillé, una noche escurísima salí de casa con intención de ir a Salamanca, donde, según después se dijo, creían que Marco Antonio podía haber venido, porque también es estudiante y camarada del hermano mío que os he dicho. No dejé asimismo de sacar cantidad de dineros en oro para todo aquello que en mi impensado viaje pueda sucederme. Y lo que más me fatiga es que mis padres me han de seguir y hallar por las señas del vestido y del cuartago que traigo, y cuando esto no tema, temo a mi hermano, que está en Salamanca, del cual, si soy conocida, ya se puede entender el peligro en que está puesta mi vida; porque aunque él escuche mis disculpas, el menor punto de su honor pasa a cuantas yo pudiera darle.

Con todo esto, mi principal determinación es, aunque pierda la vida, buscar al desalmado de mi esposo, que no puede negar el serlo sin que le desmientan las prendas que dejó en mi poder, que son una sortija de diamantes con unas cifras que dicen : «Es Marco Antonio esposo de Teodosia.»

Si bien que, sans plus approfondir, je saisis l'occasion que m'offraient un costume de voyage de mon frère et un alezan de mon père. Par une nuit très noire, je me mis en selle, je quittai ma maison. Mon intention était d'aller à Salamanque, où l'on pensait, comme le bruit s'en répandit par la suite, que Marco Antonio avait pu se rendre. Car il est, lui aussi, étudiant, et partage la chambre de ce mien frère dont je vous ai parlé. Je n'oubliai pas non plus d'emporter une somme en pièces d'or pour tous les imprévus de cette subite équipée. Et ce qui me tracasse le plus, c'est que mes parents vont me poursuivre et me trouver, d'après le signalement de l'habit et de l'alezan que je monte. Et, quand je ferais fi de cette crainte, c'est mon frère que je crains, lui qui est à Salamanque. Quel danger je cours à cause de lui, si l'on me reconnaît, on l'imagine aisément ! Quand bien même il écouterait mes excuses, toutes celles que je lui pourrais présenter ne seraient rien au regard de son sens pointilleux de l'honneur.

« Et pourtant je demeure fermement résolue, dussé-je y perdre la vie, à le rechercher, ce sans-cœur qu'est mon époux ! Il ne saurait se défendre de l'être sans que le démentent les gages qu'il a laissés en mon pouvoir, à savoir une bague de diamants, gravée de cette inscription : "Marco Antonio est l'époux de Teodosia".

Si le hallo, sabré dél qué halló en mí que tan presto le movió a dejarme; y en resolución, haré que me cumpla la palabra y fe prometida, o le quitaré la vida, mostrándome tan presta a la venganza como fui fácil al dejar agraviarme; porque la nobleza de la sangre que mis padres me han dado va despertando en mí bríos que me prometen o ya remedio, o ya venganza de mi agravio. Esta es, señor caballero, la verdadera y desdichada historia que deseábades saber, la cual será bastante disculpa de los suspiros y palabras que os despertaron. Lo que os ruego y suplico es que, ya que no podáis darme remedio, a lo menos me deis consejo con que pueda huir los peligros que me contrastan, y templar el temor que tengo de ser hallada, y facilitar los modos que he de usar para conseguir lo que tanto deseo y he menester.

Un gran espacio de tiempo estuvo sin responder palabra el que había estado escuchando la historia de la enamorada Teodosia, y tanto, que ella pensó que estaba dormido y que ninguna cosa le había oído, y para certificarse de lo que sospechaba le dijo : — ¿Dormís, señor? Y no sería malo que durmiésedes, porque el apasionado que cuenta sus desdichas a quien no las siente, bien es que causen en quien las escucha más sueño que lástima.

— No duermo — respondió el caballero —; antes estoy tan despierto y siento tanto vuestra desventura, que no sé si diga que en el mismo grado me aprieta y duele que a vos misma,

Si je le retrouve, je saurai par lui ce qu'il a pu trouver en moi qui l'ait poussé si brusquement à me quitter, et je finirai bien par lui faire tenir sa parole, la foi qu'il m'a promise, ou alors je lui ôterai la vie, et me montrerai aussi prompte à la vengeance que je fus facile à me laisser outrager, parce que la noblesse du sang que mes parents m'ont léguée éveille en moi une fougue irrésistible, dont je me puis promettre soit mon remède soit la vengeance de mon outrage. Telle est, monsieur le cavalier, la véridique et malheureuse histoire que vous désiriez savoir. Elle sera excuse suffisante aux soupirs et aux paroles qui vous ont réveillé. Ce dont je vous supplie instamment, c'est de m'offrir, à défaut de remède, à tout le moins quelque conseil, qui me permette d'atténuer ma peur d'être retrouvée, et de faciliter les moyens à mettre en œuvre pour obtenir ce qui m'est si nécessaire, et si cher à mon désir. »

L'auditeur de l'histoire de l'amoureuse Teodosia demeura longtemps sans répondre, si longtemps qu'elle crut qu'il s'était endormi et n'avait pas entendu un traître mot. Pour s'en assurer, elle lui dit : « Quoi, monsieur, vous dormez ? Certes, voilà qui ne serait pas si malséant. Quand une âme passionnée conte ses infortunes à qui ne les ressent pas, elle peut bien inspirer à cet auditeur plus de sommeil que de pitié.

— Non, non, je ne dors pas, répondit le cavalier. Je suis, au contraire, si réveillé et si sensible à votre infortune que j'oserais dire qu'elle m'oppresse et m'afflige presque autant que vous.

y por esta causa el consejo que me pedís, no sólo ha de parar en aconsejaros, sino en ayudaros con todo aquello que mis fuerzas alcanzaren; que puesto que en el modo que habéis tenido en contarme vuestro suceso se ha mostrado el raro entendimiento de que sois dotada, y que conforme a esto os debió de engañar más vuestra voluntad rendida que las persuasiones de Marco Antonio, todavía quiero tomar por disculpa de vuestro yerro vuestros pocos años, en los cuales no cabe tener experiencia de los muchos engaños de los hombres. Sosegad, señora, y dormid, si podéis, lo poco que debe de quedar de la noche; que en viniendo el día nos aconsejaremos los dos y veremos qué salida se podrá dar a vuestro remedio.

Agradecióselo Teodosia lo mejor que supo, y procuró reposar un rato por dar lugar a que el caballero durmiese, el cual no fue posible sosegar un punto, antes comenzó a volcarse por la cama y a suspirar de manera que le fue forzoso a Teodosia preguntarle qué era lo que sentía, que si era alguna pasión a quien ella pudiese remediar lo haría con la voluntad misma que él a ella se le había ofrecido.

A esto respondió el caballero : — Puesto que sois vos, señora, la que causa el desasosiego que en mí habéis sentido, no sois vos la que podáis remedialle, que, a serlo, no tuviera yo pena alguna.

C'est pourquoi le conseil que vous me demandez devra consister, non seulement à vous conseiller, mais à vous aider autant que mes forces le pourront. Votre façon de conter votre histoire a beau montrer quelle rare finesse d'esprit est la vôtre, et les manœuvres persuasives de Marco Antonio vous avoir leurrée beaucoup moins, sans doute, que ne l'a fait la soumission de votre cœur, je veux pourtant admettre, comme excuse à votre faux pas, votre jeune âge, incapable encore d'avoir pris la mesure des milles fourberies des hommes. Calmez-vous, madame, et dormez, si vous le pouvez, le peu de temps qu'il doit rester de la nuit. Dès que le jour viendra, nous prendrons conseil l'un de l'autre, et verrons comment vous tirer d'affaire. »

Teodosia le remercia du mieux qu'elle put, et s'efforça de prendre un peu de repos, afin de laisser le cavalier dormir. Mais celui-ci, loin de connaître le moindre instant de paix, se mit à s'agiter sur sa couche, et à soupirer de telle sorte que Teodosia ne put que lui demander ce qu'il avait. S'il souffrait de quelque passion à laquelle elle pût remédier, elle s'y emploierait aussi volontiers qu'il l'avait fait lui-même envers elle.

À quoi le cavalier répondit : « Bien que la cause de l'émoi que vous avez perçu en moi, ce soit vous, madame, ce n'est pas vous qui y pouvez remédier : car si c'était le cas, je serais tiré de peine. »

No pudo entender Teodosia adónde se encaminaban aquellas confusas razones; pero todavía sospechó que alguna pasión amorosa le fatigaba, y aun pensó ser ella la causa, y era de sospechar y de pensar, pues la comodidad del aposento, la soledad y la escuridad, y el saber que era mujer, no fuera mucho haber despertado en él algún mal pensamiento. Y, temerosa desto, se vistió con grande priesa y con mucho silencio, y se ciñó su espada y daga, y de aquella manera, sentada sobre la cama, estuvo esperando el día, que de allí a poco espacio dio señal de su venida con la luz que entraba por los muchos lugares y entradas que tienen los aposentos de los mesones y ventas. Y lo mismo que Teodosia había hecho el caballero, y apenas vio estrellado al aposento con la luz del día, cuando se levantó de la cama diciendo :

— Levantaos, señora Teodosia, que yo quiero acompañaros en esta jornada y no dejaros de mi lado hasta que como legítimo esposo tengáis en el vuestro a Marco Antonio, o que él o yo perdamos las vidas ; y aquí veréis la obligación y voluntad en que me ha puesto vuestra desgracia.

Y diciendo esto abrió las ventanas y puertas del aposento.

Estaba Teodosia deseando ver la claridad, para ver con la luz qué talle y parecer tenía aquél con quien había estado hablando toda la noche.

Teodosia ne put comprendre à quoi tendaient des propos aussi confus, mais elle persista à le croire tourmenté par quelque passion amoureuse. Elle se dit même qu'elle en était, elle, la cause, comme elle avait sujet de le soupçonner et de le croire : car enfin tout s'y prêtait, la chambre, la solitude, l'obscurité, le fait qu'il sût, lui, qu'elle était une femme. Rien d'étonnant, après cela, si s'était éveillée en lui quelque vilaine pensée. Prise de peur, elle s'habilla en toute hâte et, en grand silence, ceignit son épée et sa dague, et demeura de la sorte, assise sur le lit, à attendre le jour. Lequel donna bientôt le signe de sa venue par la clarté qui envahissait les nombreux endroits par où accède la lumière dans les relais et autres auberges. Le cavalier avait fait de même, et, à peine vit-il la chambre s'iriser de la clarté du jour, qu'il se leva de son lit en disant :

« Levez-vous, madame Teodosia. Je veux, moi, vous accompagner en votre équipée, et ne vous point quitter d'un pouce, jusqu'à ce que vous ayez pour légitime époux votre Marco Antonio, ou bien que nous perdions la vie, lui ou moi, par quoi vous verrez quelle obligation et quelle détermination me seront venues de votre malheur. »

Tout en disant cela, il ouvrit les fenêtres et les portes de la chambre.

Teodosia l'appelait de tous ses vœux, cette clarté du jour, afin qu'elle pût voir la mine et l'aspect de celui avec qui elle avait passé toute la nuit à converser !

Mas cuando le miró y le conoció quisiera que jamás hubiera amanecido, sino que allí en perpetua noche se le hubieran cerrado los ojos; porque apenas hubo el caballero vuelto los ojos a mirarla (que también deseaba verla), cuando ella conoció que era su hermano, de quien tanto se temía, a cuya vista casi perdió la de sus ojos, y quedó suspensa, y muda, y sin color en el rostro; pero sacando del temor esfuerzo y del peligro discreción, echando mano a la daga, la tomó por la punta y se fue a hincar de rodillas delante de su hermano, diciendo con voz turbada y temerosa:

— Toma, señor y querido hermano mío, y haz con este hierro el castigo del que he cometido, satisfaciendo tu enojo, que para tan grande culpa como la mía no es bien que ninguna misericordia me valga. Yo confieso mi pecado, y no quiero que me sirva de disculpa mi arrepentimiento; sólo te suplico que la pena sea de suerte que se extienda a quitarme la vida y no la honra, que puesto que yo la he puesto en manifiesto peligro ausentándome de casa de mis padres, todavía quedará en opinión si el castigo que me dieres fuere secreto.

Mais quand elle l'avisa, quand elle le reconnut, elle eût voulu que le jour ne se fût jamais levé pour elle, et qu'on lui eût, à l'endroit même, fermé les yeux pour l'éternelle nuit. Car, à peine le cavalier, désireux, lui aussi, de la voir, eut-il fait face pour la dévisager, qu'elle reconnut en lui son frère dont elle craignait le pire. À sa vue, elle faillit perdre celle de ses yeux, et demeura hébétée et muette, le visage livide. Mais, retournant son effroi en sursaut courageux, et le danger en présence d'esprit, elle attrape sa dague, la saisit par la pointe, et va s'agenouiller devant son frère, en disant d'une voix craintive et tremblante :

« Tiens, prends-la, ô mon seigneur et cher frère, inflige avec ce fer le châtiment que mérite ma conduite, assouvis ton courroux. Pour une faute aussi énorme que la mienne, il ne sied pas qu'aucune compassion vienne à mon secours. Je confesse mon péché, et ne veux pas que mon repentir me serve d'excuse. Ma seule supplique, c'est que ma peine aille jusqu'à la perte de la vie, mais non de l'honneur. Bien que je l'aie mis en danger manifeste en m'enfuyant de chez mes parents, sa réputation sera sauve si le châtiment que tu m'infliges demeure secret. »

Mirábala su hermano, y aunque la soltura de su atrevimiento le incitaba a la venganza, las palabras tan tiernas y tan eficaces con que manifestaba su culpa le ablandaron de tal suerte las entrañas, que con rostro agradable y semblante pacífico la levantó del suelo y la consoló lo mejor que pudo y supo, diciéndole, entre otras razones, que por no hallar castigo igual a su locura le suspendía por entonces; y así por esto como por parecerle que aún no había cerrado la fortuna de todo en todo las puertas a su remedio, quería antes procurársele por todas las vías posibles, que no tomar venganza del agravio que de mucha liviandad en él redundaba.

Con estas razones volvió Teodosia a cobrar los perdidos espíritus; tornó la color a su rostro y revivieron sus casi muertas esperanzas.

No quiso más don Rafael (que así se llamaba su hermano) tratarle de su suceso. Sólo le dijo que mudase el nombre de Teodosia en Teodoro, que diesen luego la vuelta a Salamanca los dos juntos a buscar a Marco Antonio, puesto que él imaginaba que no estaba en ella, porque siendo su camarada le hubiera hablado; aunque podía ser que el agravio que le hubiera hecho le enmudeciese y le quitase la gana de verle.

Ah ! comme il la regardait, son frère ! L'inconduite de sa sœur avait beau l'inciter à la vengeance, sa façon si tendre et si efficace de dire sa faute lui remua si profondément les entrailles que, d'un visage souriant et amène, il la releva de terre et la réconforta du mieux qu'il put, lui disant, entre autres propos, que, faute de trouver un châtiment à la mesure de la folie qu'elle avait commise, il le suspendait provisoirement, et que, pour ce motif, et parce qu'il lui semblait que la fortune n'avait pas interdit tout accès à son remède, il préférait rechercher celui-ci par toutes les voies possibles, plutôt que de tirer vengeance de l'outrage dont elle l'avait éclaboussé par son inconduite.

À entendre de tels propos, Teodosia reprit possession de ses défaillants esprits, les couleurs revinrent à son visage, ses espoirs presque éteints ressuscitèrent.

Don Rafael — comme s'appelait son frère — ne voulut pas discourir davantage sur son aventure. Il lui dit seulement qu'il fallait changer son nom de Teodosia en celui de Teodoro, et qu'ils allaient devoir tous deux prendre la route de Salamanque, pour y chercher Marco Antonio. Mais y était-il seulement ? Il avait, lui, idée que non. Car enfin, il lui aurait bien parlé, lui qui partageait sa chambre ! À moins que l'outrage commis à son encontre ne l'eût rendu muet et peu désireux de le voir.

Remitióse el nuevo Teodoro a lo que su hermano quiso. Entró en esto el huésped, al cual ordenaron que les diese algo de almorzar, porque querían partirse luego.

Entre tanto que el mozo de mulas ensillaba y el almuerzo venía, entró en el mesón un hidalgo que venía de camino, que de don Rafael fue conocido luego. Conocíale también Teodoro, y no osó salir del aposento por no ser visto. Abrazáronse los dos, y preguntó don Rafael al recién venido qué nuevas había en su lugar.

A lo cual respondió que él venía del Puerto de Santa María, adonde dejaba cuatro galeras de partida para Nápoles, y que en ellas había visto embarcado a Marco Antonio Adorno, el hijo de don Leonardo Adorno, con las cuales nuevas se holgó don Rafael, pareciéndole que, pues tan sin pensar había sabido nuevas de lo que tanto le importaba, era señal que tendría buen fin su suceso. Rogóle a su amigo que trocase con el cuartago de su padre (que él muy bien conocía) la mula que él traía, no diciéndole que venía, sino que iba a Salamanca, y que no quería llevar tan buen cuartago en tan largo camino.

El otro, que era comedido y amigo suyo, se contentó del trueco y se encargó de dar el cuartago a su padre. Almorzaron juntos, y Teodoro solo, y llegado el punto de partirse, el amigo tomó el camino de Cazalla[1], donde tenía una rica heredad.

1. *Cazalla* : Cazalla de la Sierra, situé entre Guadalcanal et Castilblanco de los Arroyos.

Le nouveau Teodoro s'en remit aux volontés de son frère. Sur ces entrefaites, l'aubergiste entra. Ils lui dirent de leur servir à déjeuner : ils voulaient partir sur l'heure.

Pendant que le valet muletier sellait les chevaux, et qu'on servait le déjeuner, un hidalgo entra dans le relais. Ce voyageur fut aussitôt reconnu par don Rafael. Teodoro le reconnut également, mais n'osa pas sortir de sa chambre, de peur d'être vue. Les deux hommes s'embrassèrent, et don Rafael demanda au nouveau venu les nouvelles de l'endroit d'où il venait.

Il répondit qu'il arrivait de Puerto de Santa María, où il avait laissé quatre galères sur le point de partir pour Naples, et qu'il avait vu monter à bord Marco Antonio Adorno, le fils de don Leonardo Adorno. Don Rafael se réjouit fort de pareille nouvelle : il se dit qu'obtenir ainsi, au débotté, des nouvelles de ce qui lui importait tant, augurait bien de l'issue de l'aventure. Il pria son ami d'échanger contre l'alezan de son père, bien connu de lui, la mule qu'il montait, lui disant, non pas qu'il venait de Salamanque, mais qu'il y allait, et qu'il ne voulait pas emmener si bon alezan sur un si long trajet.

L'autre, par courtoisie et vieille amitié, accepta l'échange, et la mission de remettre l'alezan à son père. Ils déjeunèrent ensemble, et Teodoro à l'écart. Venu l'instant du départ, l'ami prit la route de Cazalla, où il avait une riche propriété.

No partió don Rafael con él, que por hurtarle el cuerpo le dijo que le convenía volver aquel día a Sevilla; y así como le vio ido, estando en orden las cabalgaduras, hecha la cuenta y pagado al huésped, diciendo adiós, se salieron de la posada, dejando admirados a cuantos en ella quedaban de su hermosura y gentil disposición, que no tenía para hombre menor gracia, brío y compostura don Rafael que su hermana belleza y donaire. Luego, en saliendo, contó don Rafael a su hermana las nuevas que de Marco Antonio le habían dado, y que le parecía que con la diligencia posible caminasen la vuelta de Barcelona, donde de ordinario suelen parar algún día las galeras que pasan a Italia o vienen a España, y que si no hubiesen llegado podían esperarlas, y allí sin duda hallarían a Marco Antonio.

Su hermana le dijo que hiciese todo aquello que mejor le pareciese, porque ella no tenía más voluntad que la suya.

Dijo don Rafael al mozo de mulas, que consigo llevaba, que tuviese paciencia, porque le convenía pasar a Barcelona, asegurándole la paga a todo su contento del tiempo que con él anduviese.

El mozo, que era de los alegres del oficio y que conocía que don Rafael era liberal, respondió que hasta el cabo del mundo le acompañaría y serviría.

Preguntó don Rafael a su hermana qué dineros llevaba.

Don Rafael ne s'en alla pas avec lui : pour lui fausser compagnie, il lui dit qu'il devait s'en retourner, ce jour-là, à Séville. Dès qu'il le vit parti, les montures étant prêtes, les comptes faits et réglés à l'aubergiste, sur un « Adieu ! » ils quittèrent le relais, non sans laisser émerveillés de leur beauté et fière allure tous ceux qui restaient, car don Rafael, sur le mode viril, n'avait pas moins de grâce, de fougue et de prestance que sa sœur n'avait de beauté et de charme. Au sortir du relais, don Rafael conta à sa sœur les nouvelles qu'on lui avait données de Marco Antonio. Il estimait nécessaire, dit-il, de prendre à marche forcée la route de Barcelone, où font quelque temps escale les galères qui se rendent en Italie ou bien reviennent en Espagne. Si elles n'y étaient pas encore arrivées, on pourrait les y attendre, et sans doute y retrouverait-on aussi Marco Antonio.

Sa sœur lui dit de faire tout ce qui lui semblait être le mieux. Elle n'avait d'autre volonté que la sienne.

Don Rafael dit au valet muletier qui l'accompagnait de prendre patience : il fallait aller à Barcelone. Il lui promit de le payer largement, tout le temps qu'il serait avec lui.

Le valet, qui était un joyeux drille comme en compte la profession, et qui connaissait la générosité de don Rafael, répondit qu'il l'accompagnerait et servirait jusqu'au bout du monde.

Don Rafael demanda à sa sœur quelle somme elle portait sur elle.

Respondió que no los tenía contados y que no sabía más de que en el escritorio de su padre había metido la mano siete o ocho veces y sacádola llena de escudos de oro, y según aquello imaginó don Rafael que podía llevar hasta quinientos escudos, que con otros do[s]cientos que él tenía y una cadena de oro que llevaba, le pareció no ir muy desacomodado, y más persuadiéndose que había de hallar en Barcelona a Marco Antonio.

Con esto se dieron priesa a caminar sin perder jornada, y sin acaescerles desmán o impedimento alguno, llegaron a dos leguas de un lugar, que está nueve de Barcelona, que se llama Igualada. Habían sabido en el camino como un caballero que pasaba por embajador a Roma estaba en Barcelona esperando las galeras, que aún no había llegado, nueva que les dio mucho contento. Con este gusto caminaron hasta entrar en un bosquecillo que en el camino estaba, del cual vieron salir un hombre corriendo y mirando atrás, como espantado.

Púsosele don Rafael delante, diciéndole : — ¿Por qué huís, buen hombre, o qué cosa os ha acontecido, que con muestras de tanto miedo os hace parecer tan ligero ?

— ¿No queréis que corra apriesa y con miedo — respondió el hombre —, si por milagro me he escapado de una compañía de bandoleros que queda en ese bosque ?

— Malo — dijo el mozo de mulas —; ¡malo, vive Dios ! ¿Bandoleritos a estas horas ?

Elle répondit qu'elle ne l'avait pas comptée : tout ce qu'elle savait, c'est qu'elle avait fourré la main sept ou huit fois dans le secrétaire de son père, et qu'elle l'en avait retirée pleine d'écus d'or. Don Rafael en inféra qu'elle devait avoir sur elle cinq cents écus environ. S'ajoutant aux deux cents qu'il avait lui-même, et à une chaîne d'or qu'il portait sur lui, voilà qui lui parut non médiocre viatique. Surtout pour qui était bien persuadé de retrouver à Barcelone Marco Antonio !

Là-dessus, ils pressèrent le pas, sans perdre de journée, et, sans rencontrer de mésaventure ni d'obstacle, ils parvinrent à deux lieues d'une localité nommée Igualada, elle-même à neuf lieues de Barcelone. En cours de route, ils avaient appris que certain gentilhomme, qui devait se rendre à Rome comme ambassadeur, se trouvait à Barcelone à attendre les galères, qui n'étaient pas encore arrivées, nouvelle qui les réjouit fort. Tout à cette joie, ils s'étaient engagés dans un petit bois qui se trouvait sur leur route, quand ils en virent sortir un homme qui courait, et qui regardait derrière lui avec une sorte d'effroi.

Don Rafael lui barra la route, en disant : « Pourquoi fuyez-vous, mon bon ? Que vous est-il donc arrivé, qui vous fasse décamper avec tant d'effroi ?

— Comment voulez-vous que je ne détale pas, et que je n'aie pas peur, répondit l'homme, quand je viens par miracle d'échapper à une troupe de bandits, restée là-bas, dans ce bois ?

— Sale affaire ! dit le valet muletier, sale affaire, vive Dieu ! Des brigands à une heure pareille !

Para mi santiguada que ellos nos pongan como nuevos.

— No os acongojéis hermano — replicó el del bosque —, que ya los bandoleros se han ido y han dejado atados a los árboles deste bosque más de treinta pasajeros, dejándolos en camisa. A solo un hombre dejaron libre para que desatase a los demás después que ellos hubiesen traspuesto una montañuela que le dieron por señal.

— Si eso es —dijo Calvete, que así se llamaba el mozo de mulas —, seguros podemos pasar, a causa que al lugar donde los bandoleros hacen el salto no vuelven por algunos días, y puedo asegurar esto como aquel que ha dado dos veces en sus manos y sabe de molde su usanza y costumbres.

— Así es — dijo el hombre. Lo cual oído por don Rafael, determinó pasar adelante, y no anduvieron mucho cuando dieron en los atados, que pasaban de cuarenta, que los estaba desatando el que dejaron suelto.

Era extraño espectáculo el verlos : unos, desnudos del todo; otros vestidos con los vestidos astrosos de los bandoleros; unos, llorando de verse robados; otros, riendo de ver los extraños trajes de los otros; éste contaba por menudo lo que le llevaban; aquél decía que le pesaba más de una caja de *agnus*[1] que de Roma traía que de otras infinitas cosas que llevaban. En fin, todo cuanto allí pasaba eran llantos y gemidos de los miserables despojados.

1. *Agnus* : abréviation d'Agnus Dei pour désigner une sainte relique.

Par tous les saints, ils vont nous mettre en bel état !

— Du calme, frère ! répliqua l'homme sorti du bois. Les bandits sont déjà repartis. Ils ont laissé attachés aux arbres de ce bois plus de trente voyageurs, qu'ils ont mis en chemise. Ils n'en ont laissé qu'un en liberté, qu'ils ont chargé de détacher les autres, une fois qu'ils auraient franchi une petite crête, qu'ils lui ont fixée comme repère.

— S'il en est ainsi », dit Calvete — comme s'appelait le valet muletier —, « nous pouvons passer en toute sécurité, parce que les bandits restent plusieurs jours sans revenir au lieu où ils ont fait leur coup. Je peux vous le garantir, parce que je connais leurs us et coutumes sur le bout des doigts, pour être tombé par deux fois entre leurs mains.

— C'est vrai », confirma l'homme. Tout cela décida Rafael à poursuivre. Ils n'eurent guère cheminé qu'ils découvrirent les personnes attachées. Elles étaient plus de quarante. Celui qu'on avait laissé libre était en train de les détacher.

C'était un étrange spectacle que de les voir ; les uns tout nus ; d'autres affublés des guenilles crasseuses des bandits ; ceux-ci pleurant de se voir détroussés ; ceux-là riant d'en voir d'autres si étrangement accoutrés ; tel énumérait par le menu ce qu'on lui avait pris ; tel autre disait que ce qu'il regrettait, bien plus que tout le reste de son fourniment, c'était l'*Agnus* qu'il avait rapporté de Rome dans une boîte. Bref, ce n'étaient que pleurs et gémissements des malheureux détroussés.

Todo lo cual miraban, no sin mucho dolor, los dos hermanos, dando gracias al cielo que de tan grande y tan cercano peligro los había librado. Pero lo que más compasión les puso, especialmente a Teodoro, fue ver al tronco de una encina atado un muchacho de edad al parecer de diez y seis años, con solo la camisa y unos calzones de lienzo, pero tan hermoso de rostro que forzaba y movía a todos que le mirasen.

Apeóse Teodoro a desatarle, y él le agradeció con muy corteses razones el beneficio, y por hacérsele mayor, pidió a Calvete, el mozo de mulas, le prestase su capa hasta que en el primer lugar comprasen otra para aquel gentil mancebo. Diola Calvete, y Teodoro cubrió con ella al mozo, preguntándole de dónde era, de dónde venía y a dónde caminaba.

A todo esto estaba presente don Rafael, y el mozo respondió que era del Andalucía y de un lugar que, en nombrándole, vieron que no distaba del suyo sino dos leguas. Dijo que venía de Sevilla y que su designio era pasar a Italia a probar ventura en el ejercicio de las armas, como otros muchos españoles acostumbraban; pero que la suerte suya había salido azar con el mal encuentro de los bandoleros, que le llevaban una buena cantidad de dineros y tales vestidos que no se compraran tan buenos con tre[s]cientos escudos;

Le frère et la sœur regardaient tout cela, non sans grande affliction, et rendaient grâces au Ciel de les avoir soustraits à un si terrible et proche danger. Mais ce qui éveilla le plus leur compassion, surtout chez Teodoro, ce fut de voir, attaché au tronc d'un chêne vert, un jeune garçon, auquel on pouvait donner seize ans, et qui ne portait que sa chemise et des caleçons de drap, mais dont le visage était si beau qu'il forçait l'attention et remuait le cœur de quiconque le regardait.

Teodoro mit pied à terre pour le détacher, et fut remercié en termes forts civils de ce geste charitable, qu'il voulut redoubler en priant Calvete, le muletier, de lui prêter sa cape jusqu'à ce qu'ils en achètent une autre, au prochain village, pour ce noble garçon. Calvete la donna, et Teodoro en couvrit le jeune homme, tout en lui demandant quel était son pays natal, d'où il venait, et où il allait.

Le jeune homme répondit, tout cela en présence de don Rafael, qu'il était d'Andalousie, et de certaine bourgade, qu'ils situèrent, dès qu'il l'eut nommée, à moins de deux lieues de la leur. Il dit qu'il venait de Séville, et qu'il avait l'intention de se rendre en Italie, pour y tenter sa chance dans le métier des armes, comme tant d'autres Espagnols ont coutume de le faire; mais sa fortune à lui était devenue hasardeuse, avec cette maudite rencontre des bandits, qui lui avaient pris une belle somme d'argent, et des habits d'une telle qualité que trois cents écus ne suffiraient pas pour en racheter de semblables;

pero que con todo eso pensaba proseguir su camino, porque no venía de casta que se le había de helar al primer mal suceso el calor de su fervoroso deseo.

Las buenas razones del mozo, junto con haber oído que era tan cerca de su lugar, y más con la carta de recomendación que en su hermosura traía, pusieron voluntad en los dos hermanos de favorecerle en cuanto pudiesen. Y repartiendo entre los que más necesidad a su parecer tenían, algunos dineros, especialmente entre frailes y clérigos, que había más de ocho, hicieron que subiese el mancebo en la mula de Calvete, y sin deternerse más, en poco espacio se pusieron en Igualada, donde supieron que las galeras, el día antes, habían llegado a Barcelona, y que de allí a dos días se partirían, si antes no los forzaba la poca seguridad de la playa. Estas nuevas hicieron que la mañana siguiente madrugasen antes que el sol, puesto que aquella noche no la durmieron toda, sino con más sobresalto de los dos hermanos que ellos se pensaron, causado de que, estando a la mesa, y con ellos el mancebo que habían desatado, Teodoro puso[1] ahincadamente los ojos en su rostro, y mirándole algo curiosamente, le pareció que tenía las orejas horadadas, y en esto y en un mirar vergonzoso que tenía sospechó que debía de ser mujer,

1. *Puso* : prétérit, mais qu'il faut traduire, de même que les autres prétérits qui lui font suite dans ce passage rétrospectif, par le plus-que-parfait. Exemple rarissime dans les *Nouvelles exemplaires* d'interruption du récit linéaire par une « analepse » interne.

mais cela ne l'empêchait pas de songer à poursuivre sa route, parce qu'il n'était pas de la race de ceux qui, à la première déconvenue, laissent geler la chaleur de leur bouillant désir.

Ces belles paroles du jeune homme, le fait d'avoir appris que sa bourgade était si proche de la leur, et surtout les lettres de crédit que lui faisait sa beauté décidèrent le frère et la sœur à l'aider de leur mieux. Ils distribuèrent un peu d'argent à ceux qui leur semblaient les plus nécessiteux, en particulier à des moines et ecclésiastiques, qui étaient plus de huit, firent monter le jeune homme sur la mule de Calvete, et, sans plus s'arrêter, gagnèrent en peu de temps Igualada, où ils apprirent que les galères étaient arrivées la veille à Barcelone, et en devaient repartir, au plus tard, deux jours après, voire avant, si les mauvaises conditions de la côte les y contraignaient. Ces nouvelles les firent devancer, le matin suivant, le lever du soleil, sans avoir pour autant dormi leur nuit tout d'une traite. Le frère et la sœur étaient, en effet, plus en souci qu'ils ne s'y attendaient, pour la raison que voici : comme ils étaient attablés en compagnie du jeune homme qu'ils avaient détaché, Teodoro avait dévisagé celui-ci, et, à force de l'observer, avait cru discerner qu'il avait les oreilles percées. Elle en avait conçu un soupçon, renforcé par cette façon timide qu'il avait de regarder : ce devait être une femme.

y deseaba acabar de cenar para certificarse a solas de su sospecha. Y entre la cena le preguntó don Rafael que cúyo[1] hijo era, porque él conocía toda la gente principal de su lugar, si era aquél que había dicho. A lo cual respondió el mancebo que era hijo de don Enrique de Cárdenas, caballero bien conocido.

A esto dijo don Rafael que él conocía bien a don Enrique de Cárdenas, pero que sabía y tenía por cierto que no tenía hijo alguno; mas que si lo había dicho por no descubrir sus padres, que no importaba y que nunca más se lo preguntaría.

— Verdad es — replicó el mozo — que don Enrique no tiene hijos; pero tiénelos un hermano suyo que se llama don Sancho.

— Ese tampoco — respondió don Rafael — tiene hijos, sino una hija sola, y aun dicen que es de las más hermosas doncellas que hay en la Andalucía, y esto no lo sé más de por fama, que aunque muchas veces he estado en su lugar, jamás la he visto.

— Todo lo que, señor, decís es verdad — respondió el mancebo —, que don Sancho no tiene más de una hija; pero no tan hermosa como su fama dice, y si yo dije que era hijo de don Enrique, fue porque me tuviésedes, señores, en algo, pues no lo soy sino de un mayordomo de don Sancho, que ha muchos años que le sirve,

1. *Cúyo* : usage aujourd'hui disparu de ce relatif au sens de *de quién* dans une interrogation.

La voilà du coup à souhaiter la fin du souper, pour vérifier son soupçon seule à seule. Or, au cours du souper, don Rafael avait demandé à l'autre de qui il était le fils, car il connaissait, lui, tous les gens de qualité de son pays natal, si c'était bien celui qu'il avait dit. À quoi le jeune homme avait répondu qu'il était le fils de don Enrique de Cárdenas, gentilhomme bien connu.

À cela don Rafael avait répondu qu'il connaissait, lui, fort bien don Enrique de Cárdenas, mais qu'il savait, et tenait pour chose assurée, qu'il n'avait pas du tout de fils ; toutefois s'il avait dit cela pour ne pas dévoiler qui étaient ses parents, cela n'avait pas d'importance, et il ne lui poserait plus jamais la question.

« Il est exact, répliqua le jeune homme, que don Enrique n'a pas de fils, mais un de ses frères, qui s'appelle don Sancho, en a.

— Celui-là non plus, répondit don Rafael, n'a pas de fils, mais une fille unique, dont on dit même que c'est l'une des plus belles demoiselles d'Andalousie ; et cela, je ne le sais que par ouï-dire, parce que j'ai eu beau aller souvent dans sa bourgade, je ne l'y ai jamais vue.

— Tout ce que vous dites là est exact, répondit le jeune homme. Don Sancho n'a, en effet, qu'une fille, moins belle toutefois que ne le dit sa réputation ; et si je vous ai dit, moi, que j'étais le fils de don Enrique, c'est, messieurs, pour que vous fassiez cas de moi. Car je ne suis le fils que d'un majordome de don Sancho, qui est à son service depuis de longues années.

y yo nací en su casa, y por cierto enojo que di a mi padre, habiéndole tomado buena cantidad de dineros, quise venirme a Italia, como os he dicho, y seguir el camino de la guerra, por quien vienen, según he visto, a hacerse ilustres aun los de escuro linaje.

Todas estas razones y el modo con que las decía notaba atentamente Teodoro, y siempre se iba confirmando en su sospecha.

Acabóse la cena, alzáronse los manteles, y en tanto que don Rafael se desnudaba, habiéndole dicho lo que del mancebo sospechaba, con su parecer y licencia se apartó con el mancebo a un balcón de una ancha ventana que a la calle salía, y en él puestos los dos de pechos, Teodoro así comenzó a hablar con el mozo :

— Quisiera, señor Francisco — que así había dicho él que se llamaba —, haberos hecho tantas buenas obras que os obligaran a no negarme cualquiera cosa que pudiera o quisiera pediros ; pero el poco tiempo que ha que os conozco no ha dado lugar a ello. Podría ser que en el que está por venir conociésedes lo que merece mi deseo, y si al que ahora tengo no gustáredes de satisfacer, no por eso dejaré de ser vuestro servidor, como lo soy también que antes que os le descubra,

Dans cette maison seigneuriale je suis né, et, en raison d'une fâcherie que j'ai donnée à mon père, pour lui avoir pris une grosse somme d'argent, j'ai voulu me rendre en Italie, comme je vous l'ai dit, et suivre le sentier de la guerre, où parviennent à s'illustrer, comme j'ai pu le constater, même des personnes de naissance obscure.»

Tous ces propos, et la façon de les dire, Teodoro les soumettait à un examen attentif, et ses soupçons ne cessaient de se renforcer.

Le repas achevé, la table desservie, tandis que don Rafael se déshabillait, Teodoro, après lui avoir fait part de ses soupçons au sujet du jeune homme, eut son accord et sa permission pour prendre le jeune homme en particulier sur le balcon d'une large fenêtre, qui donnait sur la rue. Tous deux s'y étant accoudés, côte à côte, Teodoro tint au jeune homme ce langage :

«Je voudrais, monsieur Francisco — comme l'autre avait dit se nommer —, vous avoir comblé de tant de bienfaits qu'il ne vous fût pas possible de me refuser tout ce que je pourrais ou voudrais vous demander; mais je vous connais depuis trop peu de temps pour en avoir eu l'occasion; il se pourrait que l'avenir vous fasse connaître ce que mérite mon désir, et s'il ne vous plaît pas d'exaucer celui qui m'anime à présent, je n'en resterai pas moins votre serviteur, comme je le suis déjà avant même de vous le découvrir.

sepáis que aunque tengo tan pocos años como los vuestros, tengo más experiencia de las cosas del mundo que ellos prometen, pues con ello he venido a sospechar que vos no sois varón, como vuestro traje lo muestra, sino mujer, y tan bien nacida, como vuestra hermosura publica, y quizá tan desdichada como lo da a entender la mudanza del traje, pues jamás tales mudanzas son por bien de quien las hace. Si es verdad lo que sospecho, decídmelo, que os juro, por la fe de caballero que profeso, de ayudaros y serviros en todo aquello que pudiere. De que no seáis mujer no me lo podéis negar, pues por las ventanas de vuestras orejas se ve esta verdad bien clara, y habéis andado descuidada en no cerrar y disimular esos agujeros con alguna cera encarnada, que pudiera ser que otro tan curioso como yo, y no tan honrado, sacara a luz lo que vos tan mal habéis sabido encubrir. Digo que no dudéis de decirme quién sois, con presupuesto que os ofrezco mi ayuda y os aseguro el secreto que quisiéredes que tenga.

Con grande atención estaba el mancebo escuchando lo que Teodoro le decía, y viendo que ya callaba, antes que le respondiese palabra le tomó las manos y, llegándoselas a la boca, se las besó por fuerza, y aun se las bañó con gran cantidad de lágrimas que de sus hermosos ojos derramaba,

Sachez que si je compte aussi peu d'années que vous, j'ai, de ce monde, plus d'expérience qu'on n'en attendrait d'elles, par quoi j'en suis venu à soupçonner que vous êtes, non pas un homme, contrairement aux apparences de votre habit, mais une femme, aussi bien née que le proclame votre beauté, et peut-être aussi infortunée que le laisse entendre ce changement d'habit, car on ne fait jamais de gaieté de cœur de tels changements. Si ce que je soupçonne est vrai, dites-le-moi : je vous jure, sur ma foi de gentilhomme, de vous aider et servir autant qu'il me sera possible. Que vous soyez une femme, c'est ce que vous ne sauriez nier : vos oreilles percées rendent cette vérité manifeste, et vous avez été bien négligente de ne point boucher et dissimuler ces trous par un peu de cire incarnate ; un autre que moi, aussi curieux, et moins honnête, aurait pu faire éclater au grand jour ce que vous avez su si mal cacher. Je le répète, n'hésitez pas à me dire qui vous êtes, étant entendu que je vous offre mon aide, et vous promets d'être aussi discret que vous le souhaiterez. »

Tout ce que Teodoro disait là, le jeune homme l'écoutait de tout son être. Quand il vit qu'enfin il se taisait, sa réponse, avant de passer par les mots, fut de lui saisir les mains, de les rapprocher de sa bouche, et de les lui baiser de force, non sans les arroser d'un flot de larmes qui de ses beaux yeux jaillissaient.

cuyo extraño sentimiento le causó en Teodoro de manera que no pudo dejar de acompañarle en ellas (propia y natural condición de mujeres principales enternecerse de los sentimientos y trabajos ajenos); pero después que con dificultad retiró sus manos de la boca del mancebo estuvo atenta a ver lo que le respondía, el cual, dando un profundo gemido, acompañado de muchos suspiros, dijo :

— No quiero ni puedo negaros, señor, que vuestra sospecha no haya sido verdadera; mujer soy, y la más desdichada que echaron al mundo las mujeres, y pues las obras que me habéis hecho y los ofrecimientos que me hacéis me obligan a obedeceros en cuanto me mandáredes, escuchad, que yo os diré quién soy, si ya no os cansa oír ajenas desventuras.

— En ellas viva yo siempre — replicó Teodoro — si no llegue el gusto de saberlas a la pena que me darán el ser vuestras, que ya las voy sintiendo como propias mías.

Y tornándole [a] abrazar y a hacer nuevos y verdaderos ofrecimientos, el mancebo, algo más sosegado, comenzó a decir estas razones :

— En lo que toca a mi patria, la verdad he dicho; en lo que toca a mis padres, no la dije, porque don Enrique no lo es, sino mi tío,

Cette étrange affliction en procura une si forte à Teodoro qu'elle les accompagna des siennes (selon le penchant naturel qu'ont les femmes de qualité à s'attendrir des afflictions et épreuves d'autrui) ; mais après avoir, à grand-peine, retiré ses mains de la bouche du jeune homme, elle fut toute à l'attente de sa réponse. Qui fut de lui dire, au terme d'un profond gémissement, accompagné de maints soupirs :

« Je ne puis, ni ne veux vous dire, monsieur, que vos soupçons aient été erronés ; je suis bien une femme, et la plus infortunée que femme ait jamais mise au monde, et puisque les services que vous m'avez effectivement rendus, et ceux dont vous me faites l'offre m'obligent à vous obéir en toutes vos volontés, écoutez : je vais vous dire qui je suis, si vous n'êtes pas déjà lassé d'entendre infortunes d'autrui.

— Ah ! que j'y sois moi-même exposé à jamais, répliqua Teodoro, si le plaisir de les apprendre ne contrebalance pas le chagrin qui me viendra de les savoir vôtres : je les ressens déjà comme miennes ! »

Nouvelles effusions, là-dessus, d'embrassades et d'offres sincères, après quoi le jeune homme, quelque peu rasséréné, commença le discours que voici :

« Pour ce qui est de mon pays natal, j'ai dit la vérité ; pour ce qui est de mes parents, je ne l'ai pas dite, parce que don Enrique n'est pas mon père, mais mon oncle ;

y su hermano don Sancho mi padre, que yo soy la hija desventurada que vuestro hermano dice que don Sancho tiene tan celebrada de hermosa, cuyo engaño y desengaño se echa de ver en la ninguna hermosura que tengo. Mi nombre es Leocadia; la ocasión de la mudanza de mi traje oiréis ahora. Dos leguas de mi lugar está otro de los más ricos y nobles de la Andalucía, en el cual vive un principal caballero que trae su origen de los nobles y antiguos Adornos de Génova. Este tiene un hijo que, si no es que la fama se adelanta en sus alabanzas, como en las mías, es de los gentiles hombres que desearse pueden. Este, pues, así por la vecindad de los lugares como por ser aficionado al ejercicio de la caza, como mi padre, algunas veces venía a mi casa y en ella se estaba cinco o seis días, que todos, y aun parte de las noches, él y mi padre las pasaban en el campo. Desta ocasión tomó la fortuna, o el amor, o mi poca advertencia, la que fue bastante para derribarme de la alteza de mis buenos pensamientos a la bajeza del estado en que me veo, pues habiendo mirado más de aquello que fuera lícito a una recatada doncella, la gentileza y discreción de Marco Antonio y considerado la calidad de su linaje y la mucha cantidad de los bienes que llaman de fortuna que su padre tenía, me pareció que si le alcanzaba por esposo era toda la felicidad que podía caber en mi deseo.

c'est de don Sancho, son frère, que je suis la fille infortunée, oui, celle qui, selon votre frère, fait l'orgueil de don Sancho, tant on la dit belle, propos menteurs et démentis par l'évidente absence de beauté qui est mienne. J'ai pour nom Leocadia ; ce qui m'a fait changer d'habit, vous l'allez entendre à présent. À deux lieues de ma bourgade s'en trouve une autre, des plus nobles et riches d'Andalousie, où vit un fort bon gentilhomme, issu de l'antique et noble race des Adorno de Gênes. Il a un fils, qui, si la renommée ne s'avance pas à le flatter comme elle fait de moi, est tout ce qu'on peut souhaiter de plus galant au monde. Ce jeune homme, donc, en raison de la proximité des lieux, et d'une passion pour la chasse qu'il partage avec mon père, venait parfois à la maison, et y restait cinq ou six jours, qu'il passait, ainsi même qu'une partie des nuits, à battre la campagne avec mon père. La fortune, ou l'amour, ou mon peu de discernement trouva là occasion suffisante pour me précipiter du haut de mes vertueuses pensées à la bassesse où me voici. Ayant observé, plus qu'une chaste demoiselle ne le doit faire, la noblesse et l'esprit de Marco Antonio, et considéré la qualité de sa race, et l'abondance des biens dits de fortune que possède son père, il me sembla que l'obtenir pour époux comblerait tous mes désirs.

Con este pensamiento le comencé a mirar con más cuidado, y debió de ser sin duda con más descuido, pues él vino a caer en que yo le miraba, y no quiso ni le fue menester al traidor otra entrada para entrarse en el secreto de mi pecho y robarme las mejores prendas de mi alma. Mas no sé para qué me pongo a contaros, señor, punto por punto las menudencias de mis amores, pues hacen tan poco al caso, sino deciros de una vez lo que él con muchas de solicitud granjeó conmigo, que fue que, habiéndome dado su fe y palabra, debajo de grandes, a mi parecer, firmes y cristianos juramentos de ser mi esposo, me ofrecí a que hiciese de mí todo lo que quisiese. Pero aun no bien satisfecha de sus juramentos y palabras, por que no se las llevase el viento, hice que las escribiese en una cédula que él me dio firmada de su nombre, con tantas circunstancias y fuerzas escrita que me satisfizo. Recebida la cédula, di traza como una noche viniese de su lugar al mío y entrase por las paredes de un jardín a mi aposento, donde sin sobresalto alguno podía coger el fruto que para él solo estaba destinado. Llegóse, en fin, la noche por mí tan deseada…

De telles pensées firent passer, dans les regards que je posais sur lui, davantage de poids, ou de légèreté, faudrait-il dire sans doute, car il s'aperçut que je le regardais, et il n'en fallut pas plus au traître pour y trouver l'occasion rêvée de s'engouffrer par cette brèche au secret de mon cœur et d'accéder aux biens les plus chers de mon âme. Mais je ne sais pourquoi je vous conte là, monsieur, point par point les détails de mes amours : ils importent si peu ! Disons une bonne fois ce que le grand nombre de celles où il me courtisa finit par obtenir de moi, et c'est que, l'ayant vu, à grand renfort de serments apparemment fermes et chrétiens, me donner sa foi et parole d'être mon époux, je me soumis entièrement à sa volonté. Mais comme ses serments et paroles ne me paraissaient pas encore assez, pour que tout cela ne s'envolât point au vent, je les lui fis écrire sous forme d'attestation, qu'il me remit, signée de son nom, et écrite avec tant de précisions et d'engagements que cette fois je fus satisfaite. L'attestation reçue, je conçus le plan suivant : une nuit il viendrait de sa bourgade à la mienne, parviendrait par les murs d'un jardin jusqu'à ma chambre, et là, en toute sécurité, pourrait cueillir le fruit à lui seul réservé. Vint enfin la nuit par moi tant désirée... »

Hasta este punto había estado callando Teodoro, teniendo pendiente el alma de las palabras de Leocadia, que con cada una dellas le traspasaba el alma, especialmente cuando oyó el nombre de Marco Antonio y vio la peregrina hermosura de Leocadia, y consideró la grandeza de su valor con la de su rara discreción, que bien lo mostraba en el modo de contar su historia. Mas cuando llegó a decir : « Llegó la noche por mí deseada », estuvo por perder la paciencia y, sin poder hacer otra cosa, le salteó la razón, diciendo :

— Y bien, así como llegó esa felicísima noche, ¿qué hizo ? ¿Entró por dicha ? ¿Gozáste[i]sle ? ¿Confirmó de nuevo la cédula ? ¿Quedó contento en haber alcanzado de vos lo que decís que era suyo ? ¿Súpolo vuestro padre o en qué pararon tan honestos y sabios principios ?

— Pararon — dijo Leocadia — en ponerme de la manera que veis, porque no le gocé, ni me gozó, ni vino al concierto señalado.

Respiró con estas razones Teodosia, y detuvo los espíritus, que poco a poco la iban dejando, estimulados y apretados de la rabiosa pestilencia de los celos, que a más andar se le iban entrando por los huesos y medulas, para tomar entera posesión de su paciencia ; mas no la dejó tan libre que no volviese a escuchar con sobresalto lo que Leocadia prosiguió diciendo :

Jusque-là Teodoro avait observé le silence, l'âme suspendue aux paroles de Leocadia, dont chacun lui transperçait l'âme, surtout quand elle entendit le nom de Marco Antonio, et considéra l'extraordinaire beauté de Leocadia, et prit toute la mesure de sa valeur et de son rare esprit, qui se laissait bien voir dans sa façon de conter son histoire. Mais à la phrase : « Vint enfin la nuit par moi tant désirée... », elle faillit perdre patience, et, prise d'une irrésistible impulsion, lui coupa la parole, en s'écriant :

« Bon, la voilà venue, cette nuit de félicité extrême ! Qu'a-t-il fait ? Est-il, par bonne aventure, entré ? Avez-vous joui de lui ? A-t-il renouvelé son attestation ? A-t-il trouvé son compte à obtenir de vous ce qui, à vous entendre, lui revenait ? Votre père l'a-t-il su ? Bref, quel fut le résultat de si honnêtes et sages préliminaires ?

— Le résultat, dit Leocadia, c'est d'avoir été mise en l'état où je suis : non, je n'ai pas joui de lui, ni lui de moi ; il n'est pas venu au rendez-vous. »

À ces mots Teodosia respira et reprit ses esprits, qui étaient en passe de l'abandonner, aiguillonnés et talonnés par la pestilence enragée de la jalousie, laquelle n'était pas loin, au train où elle allait, de s'infiltrer jusqu'à ses os, jusqu'à sa moelle, pour prendre entière possession de sa patience ; mais son soulagement ne fut pas tel qu'elle ne se sentît reprise d'alarmes à écouter la suite des propos de Leocadia :

— No solamente no vino; pero de allí a ocho días supe por nueva cierta que se había ausentado de su pueblo y llevado de casa de sus padres a una doncella de su lugar, hija de un principal caballero, llamada Teodosia, doncella de extremada hermosura y de rara discreción; y por ser de tan nobles padres se supo en mi pueblo el robo, y luego llegó a mis oídos, y con él la fría y temida lanza de los celos, que me pasó el corazón y me abrasó el alma en fuego tal que en él se hizo ceniza mi honra y se consumió mi crédito, se secó mi paciencia y se acabó mi cordura. ¡Ay de mí, desdichada!, que luego se me figuró en la imaginación Teodosia más hermosa que el sol y más discreta que la discreción misma y, sobre todo, más venturosa que yo, sin ventura. Leí luego las razones de la cédula, vilas firmes y valederas y que no podían faltar en la fe que publicaban, y aunque a ellas como a cosa sagrada se acogiera mi esperanza, en cayendo en la cuenta de la sospechosa compañía que Marco Antonio llevaba consigo, daba con todas ellas en el suelo. Maltraté mi rostro, arranqué mis cabellos, maldije mi suerte, y lo que más sentía era no poder hacer estos sacrificios a todas horas, por la forzosa presencia de mi padre. En fin, por acabar de quejarme sin impedimento, o por acabar la vida, que es lo más cierto, determiné dejar la casa de mi padre.

« Non seulement il ne vint pas, mais, quelque huit jours plus tard, j'appris de source sûre la nouvelle qu'il avait disparu de sa bourgade, et enlevé de chez ses parents une demoiselle du lieu, fille d'un fort bon gentilhomme, nommée Teodosia, demoiselle d'une extrême beauté et d'un rare esprit ; c'est parce que ses parents étaient si nobles que la nouvelle du rapt s'était répandue dans ma bourgade, jusqu'à parvenir à mes oreilles, et, avec elle, voilà que la froide et redoutable lance de la jalousie transperça mon cœur et alluma un tel incendie en mon âme que mon honneur s'y réduisit en cendres, que mon crédit s'y consuma, que ma patience s'y dessécha, et que ma sagesse y prit fin. Las, malheureuse ! mon imagination, aussitôt, me représenta Teodosia, plus belle que le soleil, et plus spirituelle que l'esprit même, et, par-dessus tout, plus fortunée que moi, hélas, infortunée ! Aussitôt je relus les termes de l'attestation ; fermes et valides comme je les vis, ils ne pouvaient manquer à la foi qu'ils proclamaient ; mais mon espoir avait beau se raccrocher à eux comme à chose sacrée, dès qu'il considérait quelle suspecte compagnie Marco Antonio s'était donnée, tout s'effondrait ! Je maltraitai mon visage, m'arrachai les cheveux, maudis mon sort, et ce qui m'était le plus pénible, c'était de ne pouvoir faire ces sacrifices à toute heure, en raison de la présence inévitable de mon père. Bref, afin de pousser mes plaintes sans entraves, ou, comme c'est le plus certain, afin de pousser à son terme ma vie, je résolus de quitter la maison de mon père.

Y como, para poner por obra un mal pensamiento, parece que la ocasión facilita y allana todos los inconvenientes, sin temor alguno hurté a un paje de mi padre sus vestidos y a mi padre mucha cantidad de dineros, y una noche, cubierta con su negra capa, salí de casa y a pie caminé algunas leguas y llegué a un lugar que se llama Osuna, y acomodándome en un carro, de allí a dos días entré en Sevilla, que fue haber entrado en la seguridad posible para no ser hallada, aunque me buscasen. Allí compré otros vestidos y una mula, y con unos caballeros que venían a Barcelona con priesa por no perder la comodidad de unas galeras que pasaban a Italia caminé hasta ayer, que me sucedió lo que habréis sabido de los bandoleros, que me quitaron cuanto traía, y entre otras cosas la joya que sustentaba mi salud y aliviaba la carga de mis trabajos, que fue la cédula de Marco Antonio, que pensaba con ella pasar a Italia, y hallando a Marco Antonio, presentársela por testigo de su poca fe y a mí por abono de mi mucha firmeza, y hacer de suerte que me cumpliese la promesa. Pero juntamente con esto he considerado que con facilidad negará las palabras que en su papel están escritas el que niega las obligaciones que debían estar grabadas en el alma; que claro está que si él tiene en su compañía a la sin par Teodosia no ha de querer mirar a la desdichada Leocadia,

Et comme, pour l'exécution d'un mauvais dessein, il semble que l'occasion réduise et aplanisse tous les obstacles, je n'eus pas peur de dérober à un page de mon père ses habits, et à mon père une forte somme d'argent, et une nuit, sous le couvert de son noir manteau, je partis de chez moi, fis à pied quelques lieues et parvins à un endroit qu'on nomme Osuna. De là, installée dans une voiture, je fis, deux jours plus tard, mon entrée à Séville, c'est-à-dire au lieu le plus sûr pour n'être point retrouvée, quand bien même on me chercherait. Là, j'achetai d'autres habits et une mule, et, en compagnie de gentilshommes pressés de se rendre à Barcelone pour ne pas manquer les commodités d'un passage de galères à destination de l'Italie, je fis route jusqu'à hier, où m'arriva l'aventure, que vous avez dû apprendre, des bandits. Ils me prirent tout ce que j'avais sur moi, et, entre autres choses, le joyau qui me donnait de la force et allégeait le poids de mes épreuves : je veux parler de cette attestation de Marco Antonio que je comptais emmener en Italie, et présenter à Marco Antonio, quand je l'aurais retrouvé, pour dénoncer son peu de foi, faire valoir la grande fermeté que j'avais eue, moi, et l'obliger à tenir sa promesse. Mais je me suis dit, d'un autre côté, qu'il doit être aisé de contester les paroles qu'on a écrites sur un bout de papier, quand on conteste les engagements qu'on devrait avoir gravés en son âme. Il est clair que s'il a, lui, en sa compagnie, l'incomparable Teodosia, il ne voudra pas regarder l'infortunée Leocadia.

aunque con todo esto pienso morir o ponerme en presencia de los dos, para que mi vista les turbe su sosiego. No piense aquella enemiga de mi descanso gozar tan a poca costa de lo que es mío; yo la buscaré, yo la hallaré, y yo le quitaré la vida, si puedo.

— ¿Pues qué culpa tiene Teodosia — dijo Teodoro —, si ella quizá también fue engañada de Marco Antonio, como vos, señora Leocadia, lo habéis sido?

— ¿Puede ser eso así — dijo Leocadia —, si se la llevó consigo? Y estando juntos los que bien se quieren, ¿qué engaño puede haber? Ninguno por cierto; ellos están contentos, pues están juntos, ora estén, como suele decirse, en los remotos y abrasados desiertos de Libia o en los solos y apartados de la helada [E]scitia. Ella le goza, sin duda, sea donde fuere, y ella sola ha de pagar lo que he sentido hasta que le halle.

— Podía ser que os engañásedes — replicó Teodosia —, que yo conozco muy bien a esa enemiga vuestra que decís y sé de su condición y recogimiento, que nunca ella se aventuraría a dejar la casa de sus padres ni acudir a la voluntad de Marco Antonio, y cuando lo hubiese hecho, no conociéndoos ni sabiendo cosa alguna de lo que con él teníades, no os agravió en nada, y donde no hay agravio no viene bien la venganza.

Tout cela n'empêche que je veux mourir ou, du moins, me présenter devant tous deux, pour que ma vue trouble leur paix. Qu'elle ne s'imagine pas, cette ennemie de mon repos, qu'elle va jouir à si peu de frais de ce qui m'appartient ! Je la chercherai, je la trouverai, et je lui ôterai la vie, si je peux.

— Mais en quoi Teodosia est-elle coupable, dit Teodoro, si elle a peut-être été, elle aussi, trompée par Marco Antonio, tout comme vous l'avez été, vous ?

— Comment cela pourrait-il être, dit Leocadia, du moment qu'il l'a emmenée avec lui ? Quand ceux qui se chérissent sont ensemble, quelle tromperie peut-il y avoir ? Aucune assurément ; ils sont heureux, puisqu'ils sont ensemble, soit qu'ils se trouvent, comme on dit, aux déserts reculés et brûlants de Libye, ou aux lointaines solitudes de la Scythie glacée. Là où ailleurs, pas de doute, elle jouit de lui, et elle seule devra payer ce que j'aurai souffert jusqu'à le retrouver.

— Il se pourrait que vous fussiez dans l'erreur, répliqua Teodosia, car je connais fort bien, moi, celle que vous appelez votre ennemie, et, avec le caractère et la réserve que je lui sais, je ne la vois pas quittant la maison de ses parents, ni courant au-devant des volontés de Marco Antonio. Et quand elle l'aurait fait : en quoi a pu vous offenser qui ne vous connaît pas et ne sait rien de votre liaison avec lui ? Quand il n'y a pas offense, la vengeance n'est pas de mise.

— Del recogimiento — dijo Leocadia — no hay que tratarme, que tan recogida y tan honesta era yo como cuantas doncellas hallarse pudieran, y con todo eso hice lo que habéis oído; de que él la llevase no hay duda, y de que ella no me haya agraviado, mirándolo sin pasión, yo lo confieso. Mas el dolor que siento de los celos me la representa en la memoria bien así como espada que atravesada tengo por mitad de las entrañas, y no es mucho que, como a instrumento que tanto me lastima, le procure arrancar dellas y hacerle pedazos; cuanto más, que prudencia es apartar de nosotros las cosas que nos dañan, y es natural cosa aborrecer los que nos hacen mal y aquellas que nos estorban el bien.

— Sea como vos decís, señora Leocadia — respondió Teodosia —, que así como veo que la pasión que sentís no os deja hacer más acertados discursos, veo que no estáis en tiempo de admitir consejos saludables. De mí os sé decir lo que ya os he dicho, que os he de ayudar y favorecer en todo aquello que fuere justo y yo pudiere, y lo mismo os prometo de mi hermano, que su natural condición y nobleza no le dejarán hacer otra cosa. Nuestro camino es a Italia; si gustáredes venir con nosotros, ya poco más o menos sabéis el trato de nuestra compañía. Lo que os ruego es me deis licencia que diga a mi hermano lo que sé de vuestra hacienda, para que os trate con el comedimiento y respecto que se os debe y para que se obligue a mirar por vos como es razón.

— Qu'on ne vienne pas me parler de réserve ! dit Leocadia. Réservée et chaste, je l'étais, moi, autant que toutes demoiselles au monde, et pourtant j'ai fait ce que vous m'avez ouï dire ; qu'il l'ait emmenée, lui, c'est indubitable ; qu'elle ne m'ait pas offensée, elle, voilà, à regarder les choses sans passion, ce que je confesse. Mais la douleur que me cause la jalousie la représente, en ma mémoire, pareille à une épée qui transpercerait mes entrailles ; quoi d'étonnant si j'essaye de l'en arracher, et de le mettre en pièces, l'instrument d'une telle blessure ! D'autant que la prudence veut qu'on écarte loin de soi ce dont on pâtit, et qu'il est naturel de haïr ceux qui nous font du mal, et celles-là qui font obstacle à notre bien.

— Soit, madame Leocadia, répondit Teodosia. Puisque, manifestement, la passion que vous ressentez ne vous permet pas de mieux raisonner, je vois que vous n'êtes pas en état d'admettre de salutaires conseils. Quant à moi, je vous puis redire ce que je vous ai déjà dit : je vous aiderai et soutiendrai en tout ce qui sera juste et accessible à mes forces, et je vous en promets tout autant de mon frère : il est ainsi fait, son cœur est si noble qu'il ne saurait agir autrement. Nous faisons route vers l'Italie : s'il vous plaisait d'y aller avec nous, vous avez déjà idée, plus ou moins, du genre de compagnie qu'est la nôtre. Je vous prie seulement de m'autoriser à dire à mon frère ce que je sais de vos affaires, afin qu'il vous traite avec les égards et respects qui vous sont dus, et s'engage à veiller sur vous comme de juste.

Junto con esto me parece no ser bien que mudéis de traje, y si en este pueblo hay comodidad de vestiros, por la mañana os compraré los vestidos mejores que hubiere y que más os convengan, y en lo demás de vuestras pretensiones, dejad el cuidado al tiempo, que es gran maestro de dar y hallar remedio a los casos más desesperados.

Agradeció Leocadia a Teodosia, que ella pensaba ser Teodoro, sus muchos ofrecimientos y diole licencia de decir a su hermano todo lo que quisiese, suplicándole que no la desamparase, pues veía a cuántos peligros estaba [ex]puesta si por mujer fuese conocida.

Con esto se despidieron y se fueron a acostar, Teodosia al aposento de su hermano y Leocadia a otro que junto dél estaba.

No se había aún dormido don Rafael, esperando a su hermana por saber lo que le había pasado con el que pensaba ser mujer; y en entrando, antes que se acostase, se lo preguntó, la cual, punto por punto, le contó todo cuanto Leocadia le había dicho; cúya hija era, sus amores, la cédula de Marco Antonio y la intención que llevaba. Admiróse don Rafael y dijo a su hermana :

— Si ella es la que dice, séos decir, hermana, que es de las más principales de su lugar y una de las más nobles señoras de toda la Andalucía. Su padre es bien conocido del nuestro, y la fama que ella tenía de hermosa corresponde muy bien a lo que ahora vemos en su rostro.

Par ailleurs, je crois qu'il ne faut pas modifier votre habit, et s'il y a dans cette bourgade de quoi vous vêtir, je vous achèterai ce matin les meilleurs vêtements qui vous puissent convenir. Pour ce qui est du reste de vos intentions, laissez-en le soin au temps, passé maître en l'art de donner et trouver remède aux cas les plus désespérés. »

Leocadia remercia Teodosia — ou, croyait-elle, Teodoro — de toutes ces offres, et l'autorisa à dire à son frère tout ce qu'il voudrait ; elle le supplia de ne la point abandonner, lui qui voyait à combien de dangers elle était exposée, si jamais pour femme on la reconnaissait.

Là-dessus, on prit congé, on alla se coucher, Teodosia dans la chambre de son frère, et Leocadia dans une autre, qui était tout à côté.

Don Rafael ne dormait pas encore : il attendait de savoir de sa sœur la teneur de son entretien avec la personne qu'elle pensait être une femme ; dès qu'elle fut entrée, sans lui laisser le temps de se coucher, il le lui demanda. Alors, point par point, elle lui conta tout ce que Leocadia lui avait dit ; de qui elle était la fille, ses amours, l'attestation de Marco Antonio, les intentions qu'elle avait. Tout cela étonna fort don Rafael, qui dit à sa sœur :

« Si elle est bien ce qu'elle dit être, je puis vous dire, ma sœur, qu'elle fait partie de la fine fleur de sa bourgade, et qu'elle est même l'une des plus nobles dames de toute l'Andalousie. Son père est bien connu du nôtre, et le bruit qu'on faisait de sa beauté correspond bien à ce que nous montre à présent son visage.

Y lo que desto me parece es que debemos andar con recato, de manera que ella no hable primero con Marco Antonio que nosotros, que me da algún cuidado la cédula que dice que le hizo, puesto que la haya perdido. Pero sosegaos y acostaos, hermana, que para todo se buscará remedio.

Hizo Teodosia lo que su hermano la mandaba en cuanto al acostarse; mas en lo de sosegarse no fue en su mano, que ya tenía tomada posesión de su alma la rabiosa enfermedad de los celos. ¡Oh, cuánto más de lo que ella era se le representaba en la imaginación la hermosura de Leocadia y la deslealtad de Marco Antonio! ¡Oh, cuántas veces leía o fingía leer la cédula que la había dado! ¡Qué de palabras y razones la añadía, que la hacían cierta y de mucho efeto! ¡Cuántas veces no creyó que se le había perdido y cuántas imaginó que sin ella Marco Antonio no dejara de cumplir su promesa, sin acordarse de lo que a ella estaba obligado! Pasósele en esto la mayor parte de la noche sin dormir sueño. Y no la pasó con más descanso don Rafael, su hermano, porque así como oyó decir quién era Leocadia, así se le abrasó el corazón en sus amores, como si de mucho antes para el mismo efeto la hubiera comunicado; que esta fuerza tiene la hermosura, que en un punto, en un momento lleva tras sí el deseo de quien la mira [y] la conoce,

Ce que je retire de tout cela, c'est qu'il nous faut agir prudemment, en évitant qu'elle ne parle avant nous à Marco Antonio, car ce qui m'inquiète un peu, c'est cette histoire d'attestation qu'il lui a faite, à ce qu'elle dit, bien qu'elle l'ait perdue. Mais retrouvez votre calme, ma sœur, et couchez-vous ; à tout cela on cherchera remède. »

Teodosia fit comme son frère disait, pour ce qui est de se coucher ; mais quant à retrouver son calme, c'est ce qui lui fut impossible, car déjà s'était emparé de son âme le mal enragé de la jalousie. Oh ! comme elle se sentait, en imagination, écrasée par la beauté de Leocadia et la déloyauté de Marco Antonio ! Oh ! que de fois elle lisait, ou faisait comme si elle lisait l'attestation qu'il lui avait donnée ! Que de paroles et de propos elle lui ajoutait, qui la rendaient sûre et très efficace ! Que de fois elle ne crut pas qu'elle l'avait perdue, et que de fois elle imagina que son défaut n'empêcherait pas Marco Antonio de tenir sa promesse, oubliant ses obligations envers elle-même ! Elle passa à cela, sans fermer l'œil, la plus grande partie de la nuit. Nuit durant laquelle don Rafael, son frère, ne connut pas davantage le repos : dès qu'il eut entendu dire qui était Leocadia, son cœur s'embrasa d'une flamme aussi vive que si elle lui avait fait le même effet bien avant, car la beauté a une telle force que tout d'un coup, en un instant, elle attire à soi le désir de qui la regarde et découvre ;

y cuando descubre o promete alguna vía de alcanzarse y gozarse enciende con poderosa vehemencia el alma de quien la contempla, bien así del modo y facilidad con que se enciende la seca y dispuesta pólvora con cualquiera centella que la toca.

No la imaginaba atada al árbol, ni vestida en el roto traje de varón, sino en el suyo de mujer y en casa de sus padres ricos y de tan principal y rico linaje como ellos eran. No detenía ni quería detener el pensamiento en la causa que la había traído a que la conociese. Deseaba que el día llegase para proseguir su jornada y buscar a Marco Antonio, no tanto para hacerle su cuñado como para estorbar que fuese marido de Leocadia, y ya le tenían el amor y el celo de manera que tomara por buen partido ver a su hermana sin el remedio que le procuraba y a Marco Antonio sin vida, a trueco de no verse sin esperanza de alcanzar a Leocadia; la cual esperanza ya le iba prometiendo felice suceso en su deseo o ya por el camino de la fuerza, o por el de los regalos y buenas obras, pues para todo le daba lugar el tiempo y la ocasión.

Con esto que él a sí mismo se prometía se sosegó algún tanto, y de allí a poco se dejó venir el día, y ellos dejaron las camas, y llamando don Rafael al huésped le preguntó si había comodidad en aquel pueblo para vestir a un paje a quien los bandoleros habían desnudado.

et quand elle laisse entrevoir ou pressentir que sa conquête et jouissance est, par quelque voie, accessible, elle enflamme d'une véhémente ardeur l'âme de qui la contemple, non moins aisément que s'enflamme, au contact de la moindre étincelle, la poudre sèche et dispose.

Il ne l'imaginait pas attachée à l'arbre, ni revêtue de son loqueteux habit d'homme, mais sous ses atours de femme, et dans la maison de ses parents, tout aussi riches de biens que des hautes qualités de leur race. Il ne s'arrêtait pas, ni ne voulait s'arrêter à la raison pour laquelle il avait fait sa rencontre et sa connaissance. Il désirait la venue du jour pour continuer son voyage et chercher Marco Antonio, moins pour en faire son beau-frère que pour l'empêcher d'être l'époux de Leocadia, et, déjà, amour et jalousie le tenaient de telle sorte qu'il se fût félicité de voir sa sœur privée du remède qu'il recherchait pour elle, et Marco Antonio privé de vie, en échange de ne pas être privé, lui, de l'espoir d'obtenir Leocadia ; et voilà que déjà cet espoir lui promettait de parvenir à ses fins soit par la méthode forte, soit par celle des cajoleries et autres bons offices, car, pour tout cela, ni le temps ni les occasions ne manquaient.

Ces promesses qu'il se faisait à lui-même le calmèrent quelque peu, et, peu de temps après, le jour consentit à venir. Ils quittèrent leurs lits, don Rafael appela l'aubergiste et lui demanda si l'on avait dans cette bourgade de quoi habiller un page que les bandits avaient laissé en chemise.

El huésped dijo que él tenía un vestido razonable que vender; trújole, y vínole bien a Leocadia. Pagóle don Rafael y ella se le vistió y se ciñó una espada y una daga con tanto donaire y brío, que en aquel mismo traje suspendió los sentidos de don Rafael, y dobló los celos en Teodosia. Ensilló Calvete, y a las ocho del día partieron para Barcelona, sin querer subir por entonces al famoso monasterio de Monserrat, dejándolo para cuando Dios fuese servido de volverlos con más sosiego a su patria.

No se podrá contar buenamente los pensamientos que los dos hermanos llevaban, ni con cuán diferentes ánimos los dos iban mirando a Leocadia, deseándola Teodosia la muerte, y don Rafael la vida, entrambos celosos y apasionados. Teodosia buscando tachas que ponerla, por no desmayar en su esperanza; don Rafael hallándole perfecciones, que de punto en punto le obligaron a más amarla. Con todo esto, no se descuidaron de darse priesa, de modo que llegaron a Barcelona poco antes que el sol se pusiese.

Admiróles el hermoso sitio de la cuidad, y la estimaron por flor de las bellas ciudades del mundo, honra de España, temor y espanto de los circunvecinos y apartados enemigos, regalo y delicia de sus moradores, amparo de los extranjeros, escuela de la caballería, ejemplo de lealtad y satisfac[c]ión de todo aquello que de una grande y famosa, rica y bien fundada ciudad puede pedir un discreto y curioso deseo.

L'aubergiste répondit qu'il avait, lui, un honnête habit à vendre ; il l'apporta, il convenait à Leocadia. Don Rafael le paya ; elle le revêtit et se ceignit d'une épée et d'une dague avec tant de grâce et de fougue que, sous un tel habit, elle frappa de saisissement tous les sens de don Rafael, et redoubla la jalousie de Teodosia. Calvete sella leurs montures et, à huit heures du matin, les voilà partis pour Barcelone, sans vouloir monter pour le moment au fameux monastère de Montserrat : cela se ferait plus tranquillement au retour, quand Dieu leur permettrait de rentrer au pays.

Comment conter les pensées que roulaient le frère et la sœur ? Comment dire à quel point divergeaient leurs dispositions d'esprit, tandis qu'ils étaient tous deux à regarder Leocadia ? Teodosia lui souhaitant la mort, et don Rafael la vie. Jalousie et passion dominant l'un et l'autre. Teodosia lui cherchant, pour ragaillardir ses espoirs, mille défauts, et don Rafael lui trouvant mille perfections, soit autant d'obligations pour lui de l'aimer davantage. Tout cela ne les empêcha pas de faire diligence, si bien qu'ils atteignirent Barcelone un peu avant le coucher du soleil.

Le site magnifique de cette ville les émerveilla ; ils l'estimèrent fleuron des plus belles villes du monde, honneur de l'Espagne, effroi et terreur des ennemis, tant proches qu'éloignés, régal et délice de ses habitants, protection des étrangers, école de la chevalerie, modèle de loyauté et satisfaction de tout ce que peut exiger d'une grande et célèbre ville, riche et bien fondée, le désir d'un esprit subtil et raffiné.

En entrando en ella, oyeron grandísimo ruido y vieron correr gran tropel de gente con grande alboroto, y preguntando la causa de aquel ruido y movimiento les respondieron que la gente de las galeras que estaban en la playa se había revuelto y trabado con la de la ciudad. Oyendo lo cual don Rafael quiso ir a ver lo que pasaba, aunque Calvete le dijo que no lo hiciese, por no ser cordura irse a meter en un manifiesto peligro, que él sabía bien cuán mal libraban los que en tales pendencias se metían, que eran ordinarias en aquella ciudad cuando a ella llegaban galeras. No fue bastante el buen consejo de Calvete para estorbar a don Rafael la ida, y así le siguieron todos. Y en llegando a la marina vieron muchas espadas fuera de las vainas y mucha gente acuchillándose sin piedad alguna. Con todo esto, sin apearse, llegaron tan cerca que distintamente veían los rostros de los que peleaban, porque aún no era puesto el sol.

Era infinita la gente que de la ciudad acudía y mucha la que de las galeras se desembarcaba, puesto que el que las traía a cargo, que era un caballero valenciano llamado don Pedro Vique[1], desde la popa de la galera capitana amenazaba a los que se habían embarcado en los esquifes para ir a socorrer a los suyos.

1. *Vique* : graphie castillane pour Vich. Un gentilhomme valencien, nommé don Pedro Vich y Manrique, né en 1537, servit le roi comme soldat, puis comme marin.

À peine y furent-ils entrés, qu'ils entendirent un immense tumulte et virent courir toute une horde de gens en grand émoi ; ils s'enquirent de la raison d'un tel tumulte et remue-ménage ; on leur répondit que c'était une mutinerie des équipages des galères accostées sur la plage : ils avaient maille à partir avec ceux de la ville. À cette nouvelle, don Rafael voulut aller voir ce qui se passait, bien que Calvete lui eût dit de n'en rien faire : il n'était pas sage, disait-il, d'aller se fourrer dans un danger manifeste, il savait bien, lui, en quel piteux état se retrouvaient ceux qui se fourraient dans ce genre de bagarres, qui étaient chose courante dans cette ville-là quand des galères y accostaient. Le bon conseil de Calvete ne suffit pas à retenir l'élan de don Rafael, qu'ils finirent tous par suivre. Or, à peine arrivés au rivage, ils y virent quantité d'épées dégainées et quantité de gens occupés à se pourfendre sans la moindre pitié. Malgré tout, sans mettre pied à terre, ils s'approchèrent de si près qu'ils voyaient distinctement les visages des combattants, car le soleil ne s'était pas encore couché.

Une innombrable foule accourait de la ville, tandis que force gens débarquaient des galères, en dépit des menaces que leur commandant, qui était un gentilhomme valencien nommé don Pedro Vique, lançait depuis la poupe de la galère capitane à ceux qui avaient mis les canots à l'eau pour porter secours aux leurs.

Mas viendo que no aprovechaban sus voces ni sus amenazas hizo volver las proas de las galeras a la ciudad y disparar una pieza sin bala, señal de que si no se apartasen, otra no iría sin ella.

En esto estaba don Rafael atentamente mirando la cruel y bien trabada riña y vio y notó que de parte de los que más se señalaban de las galeras lo hacía gallardamente un mancebo de hasta veintidós o pocos más años, vestido de verde, con un sombrero de la misma color adornado con un rico trencillo, al parecer de diamantes; la destreza con que el mozo se combatía y la bizarría del vestido hacía[n] que volviesen a mirarle todos cuantos la pendencia miraban; y de tal manera le miraron los ojos de Teodosia y de Leocadia; que ambas a un mismo punto y tiempo dijeron:

— ¡Válame Dios! ¡O yo no tengo ojos, o aquel de lo verde es Marco Antonio!

Y en diciendo esto, con gran ligereza saltaron de las mulas, y poniendo mano a sus dagas y espadas, sin temor alguno se entraron por mitad de la turba y se pusieron la una a un lado y la otra al otro de Marco Antonio, que él era el mancebo de lo verde que se ha dicho.

— No temáis — dijo así como llegó Leocadia —, señor Marco Antonio, que a vuestro lado tenéis quién os hará escudo con su propia vida por defender la vuestra.

— ¿Quién lo duda — replicó Teodosia —, estando yo aquí?

Mais quand il vit que ne servaient à rien ses cris et ses menaces, il fit tourner les proues des galères vers la ville et tirer un coup de canon à blanc, pour signifier que, si l'on ne s'écartait pas, le coup suivant serait bien un boulet.

Don Rafael en était à regarder de tous ses yeux cette mêlée cruelle et inextricable, quand il vit et remarqua que, parmi les gens des galères qui se distinguaient le plus, faisait merveille un jeune homme d'environ vingt-deux ans, voire un peu plus, vêtu de vert, coiffé d'un chapeau de même teinte orné d'un riche galon où scintillaient, semblait-il, des diamants ; l'adresse que mettait le jeune homme à se battre, et la somptuosité de son costume attiraient à lui l'attention de tous ceux qui regardaient la bagarre ; et il devint si bien le point de mire de Teodosia et de Leocadia qu'elles s'écrièrent toutes deux en même temps :

« Juste Ciel ! Ou je n'ai pas d'yeux, ou l'homme en vert, là-bas, c'est Marco Antonio ! »

Sur ces mots, avec une grande légèreté elles sautent à bas de leurs mules, empoignent leur dagues et leurs épées, s'enfoncent sans la moindre crainte au milieu de la tourbe, et l'une de-ci, l'autre delà, se campent aux côtés de Marco Antonio. Car le jeune homme en vert qu'on a dit, c'était lui.

« Ne craignez rien, seigneur Marco Antonio, dit, dès son arrivée, Leocadia. Vous avez à côté de vous qui vous fera rempart de sa propre vie pour défendre la vôtre.

— Qui en douterait, dit à son tour Teodosia, du moment que, moi, je suis là ? »

Don Rafael, que vio y oyó lo que pasaba, las siguió asimismo y se puso de su parte. Marco Antonio, ocupado en ofender y defenderse, no advirtió en las razones que las dos le dijeron; antes, cebado en la pelea, hacía cosas al parecer increíbles. Pero como la gente de la ciudad por momentos crecía, fuéles forzoso a los de la galeras retirarse hasta meterse en el agua. Retirábase Marco Antonio de mala gana, y a su mismo compás se iban retirando a sus lados las dos valientes y nuevas Bradamante y Marfisa[1] o Hipólita y Pantasilea[2].

En esto vino un caballero catalán de la famosa familia de los Cardonas, sobre un poderoso caballo, y poniéndose en medio de las dos partes hacía retirar los de la ciudad, los cuales le tuvieron respecto en conociéndole. Pero algunos desde lejos tiraban piedras a los que ya se iban acogiendo al agua, y quiso la mala suerte que una acertase en la sien a Marco Antonio, con tanta furia que dio con él en el agua, que le daba a la rodilla; y apenas Leocadia le vio caído cuando se abrazó con él y le sostuvo en sus brazos, y lo mismo hizo Teodosia. Estaba don Rafael un poco desviado, defendiéndose de las infinitas piedras que sobre él llovían, y queriendo acudir al remedio de su alma y al de su hermana y cuñado, el caballero catalán se le puso delante, diciéndole :

1. *Bradamante y Marfisa* : personnages féminins du *Roland furieux*.
2. *Hipólita y Pantasilea* : reines des Amazones.

Don Rafael, qui vit et entendit ce qui se passait, les suivit pareillement et se posta à leur côté. Marco Antonio, tout à ses estocades et parades, n'avait pas pris garde aux propos des deux femmes, l'esprit tourné ailleurs : vers l'acharnement du combat, où il faisait des choses qui semblaient incroyables. Mais comme la foule des citadins ne cessait de croître, ceux des galères durent battre en retraite jusqu'à avoir les pieds dans l'eau. Marco Antonio se retirait de mauvais gré, encadré, pas à pas, dans cette retraite par la paire que faisaient ces deux vaillantes et nouvelles Bradamante et Marphise, ou Hippolyte et Penthésilée.

Survint alors, monté sur un puissant cheval, un gentilhomme catalan de la fameuse famille des Cardona. S'étant jeté en plein milieu des forces en présence, le voilà qui fait reculer ceux de la ville, frappés de respect à sa seule vue. Mais quelques-uns lançaient de loin des pierres sur ceux qui en étaient à chercher refuge dans l'eau, et la malchance voulut que l'une d'elle frappât Marco Antonio à la tempe, d'un coup si violent qu'il en fut renversé dans l'eau, qu'il avait à mi-jambe. À peine Leocadia le vit-elle tombé, qu'elle le saisit à bras-le-corps et le soutint dans ses bras, et Teodosia fit de même. Don Rafael se trouvait un peu à l'écart, occupé à se protéger des innombrables pierres qui pleuvaient sur lui, et quand il voulut courir aider l'élue de son cœur, ainsi que sœur et beau-frère, le gentilhomme catalan s'interposa, pour lui dire :

— Sosegaos, señor, por lo que debéis a buen soldado, y hacedme merced de poneros a mi lado, que yo os libraré de la insolencia y demasía deste desmandado vulgo.

— ¡Ah, señor! —respondió don Rafael —; ¡dejadme pasar, que veo en gran peligro puestas las cosas que en esta vida más quiero!

Dejóle pasar el caballero, mas no llegó tan a tiempo que ya no hubiesen recogido en el esquife de la galera capitana a Marco Antonio y a Leocadia, que jamás le dejó de los brazos, y queriéndose embarcar con ellos Teodosia, o ya fuese por estar cansada, o por la pena de haber visto herido a Marco Antonio, o por ver que se iba con él su mayor enemiga no tuvo fuerzas para subir en el esquife, y sin duda cayera desmayada en el agua si su hermano no llegara a tiempo de socorrerla, el cual no sintió menor pena, de ver que con Marco Antonio se iba Leocadia, que su hermana había sentido; que ya también él había conocido a Marco Antonio.

El caballero catalán, aficionado de la gentil presencia de don Rafael y de su hermana — que por hombre tenía —, los llamó desde la orilla y les rogó que con él se viniesen, y ellos forzados de la necesidad y temerosos de que la gente, que aún no estaba pacífica, les hiciese algún agravio, hubieron de aceptar la oferta que se les hacía.

« Du calme, monsieur ! Au nom de ce que doit faire tout bon soldat, je vous conjure de vous rallier à moi : je vous saurai, moi, soustraire à l'insolence et aux débordements de cette populace déchaînée.

— Ah ! monsieur, répondit don Rafael, laissez-moi passer : je vois en grand péril les êtres que je chéris le plus au monde ! »

Le gentilhomme le laissa passer, mais, le temps d'arriver, on avait déjà recueilli sur le canot de la galère capitane Marco Antonio et Leocadia, qui l'avait soutenu de ses bras jusqu'au bout. Or, quand Teodosia avait voulu monter à bord avec eux, du fait de son épuisement, ou du chagrin d'avoir assisté à la blessure de Marco Antonio, ou de voir s'éloigner avec lui sa pire ennemie, elle n'avait pas eu la force de se hisser dans le canot, et serait sans nul doute retombée, évanouie, dans l'eau, si son frère n'était arrivé à temps pour la secourir. De voir Leocadia s'éloigner avec Marco Antonio, il ne fut pas moins chagrin que sa sœur — car il avait déjà, lui aussi, reconnu Marco Antonio.

Le gentilhomme catalan, s'étant pris d'affection pour la noble prestance de don Rafael et de sa sœur — qu'il croyait être un homme —, les appela depuis la rive, et les pria de le suivre. Alors eux, pressés par la nécessité, et craignant que ne leur vînt quelque dommage de la foule, qui n'était pas encore apaisée, ne purent qu'accepter l'offre qu'on leur faisait là.

El caballero se apeó, y tomándolos a su lado, con la espada desnuda pasó por medio de la turba alborotada, rogándoles que se retirasen, y así lo hicieron. Miró don Rafael a todas partes por ver si vería a Calvete con las mulas y no le vio, a causa que él, así como ellos se apearon, las antecogió y se fue a un mesón donde solía posar otras veces.

Llegó el caballero a su casa, que era una de las principales de la ciudad, y preguntando a don Rafael en cuál galera venía, le respondió que en ninguna, pues había llegado a la ciudad al mismo punto que se comenzaba la pendencia, y que por haber conocido en ella al caballero que llevaron herido de la pedrada en el esquife, se había puesto en aquel peligro, y que le suplicaba diese orden como sacasen a tierra al herido, que en ello le importaba el contento y la vida.

— Eso haré yo de buena gana — dijo el caballero —, y sé que me le dará seguramente el general, que es principal caballero y pariente mío.

Y sin detenerse más volvió a la galera y halló que estaban curando a Marco Antonio, y la herida que tenía era peligrosa, por ser en la sien izquierda y decir el cirujano ser de peligro, alcanzó con el general se le diese para curarle en tierra, y puesto con gran tiento en el esquife, le sacaron, sin quererle dejar Leocadia, que se embarcó con él como en seguimiento del norte de su esperanza.

Le gentilhomme mit pied à terre, les prit avec lui, et, l'épée dégainée, passa au milieu de la tourbe des séditieux en leur disant de se retirer, ce qu'ils firent. Don Rafael regarda de tous côtés, pour voir s'il apercevait Calvete et les mules, mais il ne les vit pas, car, dès qu'ils avaient mis pied à terre, l'autre avait pris la précaution de les emmener jusqu'à un relais où il avait coutume de descendre en d'autres occasions.

Arrivé à sa maison, qui était l'une des principales de la ville, le gentilhomme demanda à don Rafael sur quelle galère il était venu. Sur aucune, répondit-il : il était arrivé dans la ville à l'instant même où commençait la bagarre ; s'il s'était exposé à un tel danger, c'est parce qu'il y avait reconnu le gentilhomme que le canot avait emmené après qu'une pierre l'eut blessé ; il le suppliait de faire ramener à terre le blessé, il y allait de sa vie, et de son contentement à lui.

« Je le ferai volontiers, dit le gentilhomme, et je suis sûr d'avoir la permission du général, qui est un grand gentilhomme, et de mes parents. »

Et, sans plus attendre, il retourna à la galère où il trouva ceux qui s'affairaient à soigner Marco Antonio, grièvement blessé, parce que la blessure était à la tempe gauche, et que le chirurgien la disait grave. Il obtint du général permission de le soigner à terre. Précautionneusement descendu dans le canot, il fut donc ramené ; Leocadia n'avait pas voulu le laisser, et s'était embarquée avec lui, le suivant comme on suit l'étoile polaire de ses espoirs.

En llegando a tierra, hizo el caballero traer de su casa una silla de manos, donde le llevasen. En tanto que esto pasaba había enviado don Rafael a buscar a Calvete, que en el mesón estaba con cuidado de saber lo que la suerte había hecho de sus amos, y cuando supo que estaban buenos, se alegró en extremo y vino a donde don Rafael estaba.

En esto llegaron el señor de la casa, Marco Antonio y Leocadia, y a todos alojó en ella con mucho amor y magnificencia. Ordenó luego como se llamase un cirujano famoso de la ciudad para que de nuevo curase a Marco Antonio. Vino, pero no quiso curarle hasta otro día, diciendo que siempre los cirujanos de los ejércitos y armadas eran muy experimentados, por los muchos heridos que a cada paso tenían entre las manos, y así no convenía curarle hasta otro día. Lo que ordenó fue le pusiesen en un aposento abrigado, donde le dejasen sosegar.

Llegó en aquel instante el cirujano de las galeras y dio cuenta al de la ciudad de la herida, y de cómo la había curado y del peligro que de la vida, a su parecer, tenía el herido; con lo cual se acabó de enterar el de la ciudad que estaba bien curado; y ansimismo, según la relación que se la había hecho, exageró el peligro de Marco Antonio.

Oyeron esto Leocadia y Teodosia con aquel sentimiento que si oyeran la sentencia de su muerte;

Dès qu'on fut à terre, le gentilhomme fit amener de chez lui une chaise à porteurs, pour le transport. Pendant ce temps, don Rafael avait fait chercher Calvete, qui se trouvait à son auberge-relais, en grand souci de savoir ce que le sort avait fait de ses maîtres, et quand il sut qu'ils étaient sains et saufs, il en fut extrêmement heureux et vint rejoindre don Rafael.

Là-dessus, en compagnie de Marco Antonio et Leocadia, arriva le maître de maison, qui logea tout le monde avec beaucoup d'amitié et de magnificence. Il manda aussitôt un fameux chirurgien de la ville, pour qu'il soignât à son tour Marco Antonio. Il vint, mais voulut remettre au jour suivant les soins, disant que les chirurgiens des armées et des flottes étaient toujours de grands experts, en raison des nombreux blessés qui leur passaient à tout bout de champ entre les mains, et qu'il fallait donc attendre le lendemain pour le soigner. Il prescrivit seulement de le placer dans une chambre bien abritée, et de l'y laisser reposer.

À ce moment-là survint le chirurgien des galères, qui rendit compte à celui de la ville de la blessure, de la façon dont il l'avait soignée, et du danger de mort que courait, à son avis, le blessé ; son confrère de la ville acheva par là de se convaincre qu'on l'avait très bien soigné ; et à son tour, au vu du rapport qu'on lui en avait fait, il estima Marco Antonio en extrême danger.

D'entendre cela, Leocadia et Teodosia furent aussi affligées que si elles avaient entendu leur sentence de mort ;

mas por no dar muestras de su dolor le reprimieron y callaron, y Leocadia determinó de hacer lo que le pareció convenir para satisfac[c]ión de su honra. Y fue que, así como se fueron los cirujanos, se entró en el aposento de Marco Antonio, y delante del señor de la casa, de don Rafael, Teodosia y de otras personas, se llegó a la cabecera del herido y, asiéndole de la mano, le dijo estas razones :

— No estáis en tiempo, señor Marco Antonio Adorno, en que se puedan ni deban gastar con vos muchas palabras ; y así sólo querría que me oyésedes algunas que convienen ; si no para la salud de vuestro cuerpo, convendrán para la de vuestra alma, y para decíroslas es menester que me deis licencia y me advirtáis si estáis con sujeto de escucharme ; que no sería razón que habiendo yo procurado desde el punto que os conocí no salir de vuestro gusto, en este instante, que le tengo por el postrero, seros causa de pesadumbre.

A estas razones abrió Marco Antonio los ojos y los puso atentamente en el rostro de Leocadia, y habiéndola casi conocido, más por el órgano de la voz que por la vista, con voz debilitada y doliente le dijo :

— Decid, señor, lo que quisiéredes, que no estoy tan al cabo que no pueda escucharos, ni esa voz me es tan desagradable que me cause fastidio el oírla.

mais pour ne pas donner de marques de leur douleur, elles la continrent et la gardèrent muette, et Leocadia décida de faire ce qui lui parut convenir pour la réparation de son honneur : dès que les chirurgiens furent sortis, elle entra dans la chambre de Marco Antonio, et, en présence du maître de maison, et de don Rafael et Teodosia, entre autres personnes, elle alla au chevet du blessé, prit sa main, et lui tint ce langage :

« Vous n'êtes pas en telles circonstances, seigneur Marco Antonio Adorno, que l'on puisse ni doive vous prodiguer des paroles ; je voudrais donc seulement vous faire entendre celles, peu nombreuses, qui conviennent ici ; elles conviendront, sinon à la santé de votre corps, à celle de votre âme, et, pour que je vous les dise, il faut que vous m'y autorisiez, et m'avertissiez si vous êtes en état de m'écouter : il ne serait pas juste qu'après m'être efforcée, moi, dès lors que je vous ai connu, de vous complaire en tout, je vous sois, en cet instant-ci, que je tiens pour ultime, cause de déplaisir. »

À ces mots, Marco Antonio ouvrit les yeux et les posa attentivement sur le visage de Leocadia, et, l'ayant presque reconnue, plus au timbre de la voix qu'à l'aspect, il lui dit d'une voix affaiblie et dolente :

« Dites, monsieur, ce que vous voudrez, car je ne suis pas en telle extrémité que je ne puisse vous écouter, et cette voix-là ne m'est pas si désagréable que je sois fâché de l'entendre. »

Atentísima estaba a todo este coloquio Teodosia, y cada palabra que Leocadia decía era una aguda saeta que le atravesaba el corazón, y aun el alma de don Rafael, que asimismo la escuchaba. Y prosiguiendo Leocadia, dijo :

— Si el golpe de la cabeza, o, por mejor decir, el que a mí me han dado en el alma, no os ha llevado, señor Marco Antonio, de la memoria la imagen de aquella que poco tiempo ha que vos decíades ser vuestra gloria y vuestro cielo, bien os debéis acordar quién fue Leocadia y cuál fue la palabra que le distes firmada en una cédula de vuestra mano y letra, ni se os habrá olvidado el valor de sus padres, la entereza de su recato y honestidad y la obligación en que le estáis, por haber acudido a vuestro gusto en todo lo que quisistes. Si esto no se os ha olvidado, aunque me veáis en este traje tan diferente, conoceréis con facilidad que yo soy Leocadia, que, temerosa de nuevos ac[c]identes y nuevas ocasiones no me quitasen lo que tan justamente es mío, así como supe que de vuestro lugar os habíades partido, atropellando por infinitos inconvenientes, determiné seguiros en este hábito con intención de buscaros por todas las partes de la tierra hasta hallaros. De lo cual no os debéis maravillar si es que alguna vez habéis sentido hasta dónde llegan las fuerzas de un amor verdadero y la rabia de una mujer engañada.

Teodosia écoutait cet entretien de tout son être, et chaque parole que Leocadia disait là était une flèche acérée qui lui transperçait le cœur, ainsi que l'âme de don Rafael, qui écoutait la jeune fille non moins intensément. Or Leocadia poursuivit de la sorte :

« Si le coup dont pâtit votre tête, ou, pour mieux dire, celui que mon âme a reçu, n'a point effacé de votre mémoire, seigneur Marco Antonio, l'image de celle dont vous disiez naguère qu'elle était votre félicité et votre ciel, vous devez bien vous rappeler qui fut Leocadia, et quelle fut la parole que vous lui avez donnée, par une attestation écrite et signée de votre main, et vous n'avez pas dû oublier la qualité de ses parents, sa virginale réserve et chasteté, et combien d'obligations vous avez envers elle, si prompte à vous complaire en tous vos désirs. Si vous n'avez pas oublié tout cela, vous devez connaître aisément, même si vous me voyez sous cet habit si différent, que Leocadia, c'est moi. De crainte que de nouveaux accidents et de nouvelles tentations ne m'enlèvent ce qui, en toute justice, m'appartient, dès que j'ai appris votre départ de votre bourgade, j'ai décidé, au mépris d'une foule d'inconvénients, de me lancer, ainsi habillée, sur vos traces, avec l'intention de vous chercher aux quatre coins de l'univers, jusqu'à vous trouver. Voilà qui ne doit pas vous surprendre, si vous avez jamais saisi jusqu'où vont les forces d'un amour sincère et la rage d'une femme trompée.

Algunos trabajos he pasado en esta mi demanda, todos los cuales los juzgo y tengo por descanso con el descuento que han traído de veros, que, puesto que estéis de la manera que estáis, si fuere Dios servido de llevaros désta a mejor vida, con hacer lo que debéis a quien sois antes de la partida me juzgaré por más que dichosa, prometiéndoos, como os prometo, de darme tal vida después de vuestra muerte que bien poco tiempo se pase sin que os siga en esta última y forzosa jornada. Y así, os ruego primeramente por Dios, a quien mis deseos y intentos van encaminados, luego por vos, que debéis mucho a ser quien sois, últimamente por mí, a quien debéis más que a otra persona del mundo, que aquí luego me recibáis por vuestra legítima esposa, no permitiendo haga la justicia lo que con tantas veras y obligaciones la razón os persuade.

No dijo más Leocadia, y todos los que en la sala estaban guardaron un maravilloso silencio en tanto que estuvo hablando, y con el mismo silencio esperaban la respuesta de Marco Antonio, que fue ésta :

— No puedo negar, señora, el conoceros, que vuestra voz y vuestro rostro no consentirán que lo niegue. Tampoco puedo negar lo mucho que os debo ni el gran valor de vuestros padres, junto con vuestra incomparable honestidad y recogimiento. Ni os tengo ni os tendré en menos por lo que habéis hecho en venirme a buscar en traje tan diferente del vuestro ;

J'ai subi dans ma quête plusieurs épreuves, que je tiens pour pur repos, dès lors qu'elles m'ont permis, en compensation, de vous voir : encore que vous soyez dans l'état où vous êtes, s'il plaît à Dieu de vous faire passer d'ici-bas à meilleure vie, il suffira que vous fassiez votre devoir d'homme avant ce départ, pour que je m'estime plus que bienheureuse, et vous promette, comme je le fais, de mener telle vie après votre mort, qu'il se passe peu de temps avant que je vous suive en cet ultime et inéluctable voyage. Je vous prie donc, d'abord sur Dieu, but suprême de mes vœux et de mes efforts, puis sur vous, dont les devoirs sont à la mesure de votre qualité, enfin sur moi, à qui vous êtes plus redevable qu'envers toute personne au monde, de me prendre ici, séance tenante, pour votre légitime épouse, sans laisser à la justice le soin de faire ce que la raison, au nom de tant d'arguments véritables et d'obligations, exige de vous. »

Leocadia n'en dit pas davantage, et tous ceux qui se trouvaient dans la pièce gardèrent un merveilleux silence tout le temps qu'elle parla, et attendaient avec le même silence la réponse de Marco Antonio, qui fut celle-ci :

« Je ne puis nier, madame, que je vous connaisse ; votre voix et votre visage ne souffriront point que je nie cela. Je ne saurais non plus nier tout ce que je vous dois, la haute qualité de vos parents, ainsi que votre incomparable honnêteté et réserve. Que vous m'ayez cherché sous un habit si différent du vôtre ne m'inspire et ne m'inspirera jamais aucun mépris ;

antes por esto os estimo y os estimaré en el mayor grado que ser pueda; pero, pues mi corta suerte me ha traído a término, como vos decís, que creo que será el postrero de mi vida, y son los semejantes trances los apurados de las verdades, quiero deciros una verdad que, si no os fuere ahora de gusto, podría ser que después os fuese de provecho. Confieso, hermosa Leocadia, que os quise bien y que me quisistes, y juntamente con esto confieso que la cédula que os hice fue más por cumplir con vuestro deseo que con el mío; porque antes que la firmase, con muchos días, tenía entregada mi voluntad y mi alma a otra doncella de mi mismo lugar, que vos bien conocéis, llamada Teodosia, hija de tan nobles padres como los vuestros; y si a vos os di cédula firmada de mi mano, a ella le di la mano firmada y acreditada con tales obras y testigos, que quedé imposibilitado de dar mi libertad a otra persona en el mundo. Los amores que con vos tuve fueron de pasatiempo, sin que dellos alcanzase otra cosa sino las flores que vos sabéis, las cuales no os ofendieron ni pueden ofender en cosa alguna; lo que con Teodosia me pasó fue alcanzar el fruto que ella pudo darme y yo quise que me diese, con fe y seguro de ser su esposo, como lo soy.

bien au contraire, je vous en estime et estimerai autant que faire se peut. Mais puisque ma malchance m'a mis en telle extrémité que je crois en être, comme vous le dites et comme je le crois, au stade ultime, et que ce moment critique est heure de vérité, j'entends vous en dire une, qui, à défaut de vous plaire sur le moment, pourrait bien, plus tard, vous être profitable. Je confesse, belle Leocadia, que j'eus pour vous de la tendresse, et que je fus de vous aimé ; et je confesse, par ailleurs, que mon attestation fut davantage l'effet de votre désir que du mien : avant de la signer, bien avant, j'avais donné mon cœur et mon âme à une autre demoiselle du lieu même — bien connu de vous — où je vis, nommée Teodosia, fille de parents non moins nobles que les vôtres ; et si à vous j'ai donné une attestation signée de ma main, à elle c'est cette main que j'ai donnée, contresignée et accréditée par de tels actes et de tels témoins qu'il m'est désormais impossible d'aliéner ma liberté auprès de qui que ce soit d'autre. Les amours que j'eus avec vous furent un simple passe-temps, et je n'y ai cueilli que les fleurs que vous savez, en quoi je n'ai commis nulle offense dont vous vous puissiez plaindre ; mon aventure avec Teodosia est allée, elle, jusqu'à obtenir le fruit qu'elle m'a pu donner, et que moi j'ai voulu d'elle, en échange de la foi et de l'assurance d'être son époux, ce que je suis.

Y si a ella y a vos os dejé en un mismo tiempo, a vos suspensa y engañada y a ella temerosa y, a su parecer, sin honra, hícelo con poco discurso y con juicio de mozo, como lo soy, creyendo que todas aquellas cosas eran de poca importancia, y que las podía hacer sin escrúpulo alguno, con otros pensamientos que entonces me vinieron y solicitaron lo que quería hacer, que fue venirme a Italia y emplear en ella algunos de los años de mi juventud, y después volver a ver lo que Dios había hecho de vos y de mi verdadera esposa. Mas doliéndose de mi el cielo, sin duda creo que ha permitido ponerme de la manera que me veis para que, confesando estas verdades, nacidas de mis muchas culpas, pague en esta vida lo que debo, y vos quedéis desengañada y libre para hacer lo que mejor os pareciere. Y si en algún tiempo Teodosia supiere mi muerte, sabrá de vos y de los que están presentes como en la muerte le cumplí la palabra que le di en la vida. Y si en el poco tiempo que de ella me queda, señora Leocadia, os puedo servir en algo, decídmelo, que como no sea recebiros por esposa, pues no puedo, ninguna cosa dejaré de hacer que a mí sea posible por daros gusto.

En tanto que Marco Antonio decía estas razones tenía la cabeza sobre el codo, y en acabándolas dejó caer el brazo, dando muestras que se desmayaba.

Et si je vous ai abandonnées, elle et vous, en un même instant, si je vous ai plongées, vous dans la confusion et la tromperie, elle dans l'effroi et, croyait-elle, le déshonneur, j'ai agi là selon l'étourderie et le peu de jugement du jeune homme que je suis, tenant toutes ces choses-là pour bagatelles, et croyant pouvoir les faire sans scrupule aucun ; sans parler d'autres pensées qui me vinrent alors en tête, et infléchirent mes projets : il me vint l'envie de me rendre en Italie, et d'employer à ce séjour quelques années de ma jeunesse, quitte à revenir voir ensuite ce que Dieu aurait fait de vous et de ma véritable épouse. Mais ayant sujet de se plaindre de moi, le Ciel sans doute, à ce que je crois, a permis que je me retrouve en l'état que voici, afin que je confesse ces vérités, nées de mes nombreuses fautes, que je m'acquitte de mes dettes ici-bas, et que vous soyez, vous, détrompée et libre de faire ce que bon vous semblera. Et si ma mort devait jamais être apprise par Teodosia, elle apprendra de vous et de ceux ici présents comment, au moment de mourir, j'ai tenu envers elle la parole que je lui avais donnée, étant en vie. Et si, le peu de temps qu'il me reste, je vous puis, madame Leocadia, servir en quelque chose, dites-le-moi : pourvu qu'il ne s'agisse pas de vous prendre pour épouse, ce qui m'est impossible, il n'est rien de possible que je ne sois prêt à faire pour vous complaire. »

Marco Antonio avait tenu ces propos accoudé, sa tête reposant dans sa main ; dès qu'il les eut achevés, il laissa retomber son bras, donnant là le signe d'une pâmoison.

Acudió luego don Rafael, y abrazándole estrechamente, le dijo :

— Volved en vos, señor mio, y abrazad a vuestro amigo y a vuestro hermano, pues vos queréis que lo sea. Conoced a don Rafael, vuestro camarada, que será el verdadero testigo de vuestra voluntad y de la merced que a su hermana queréis hacer con admitirla por vuestra.

Volvió en sí Marco Antonio, y al momento conoció a don Rafael, y abrazándole estrechamente y besándole en el rostro, le dijo :

— Ahora digo, hermano y señor mío, que la suma alegría que he recebido en veros no puede traer menos descuento que un pesar grandísimo; pues se dice que tras el gusto se sigue la tristeza; pero yo daré por bien empleada cualquiera que me viniese, a trueco de haber gustado del contento de veros.

— Pues yo os le quiero hacer más cumplido — replicó don Rafael — con presentaros esta joya, que es vuestra amada esposa.

Y buscando a Teodosia la halló llorando detrás de toda la gente, suspensa y atónita entre el pesar y la alegría por lo que veía y por lo que había oído decir. Asióla su hermano de la mano, y ella, sin hacer resistencia, se dejó llevar donde él quiso, que fue ante Marco Antonio, que la conoció y se abrazó con ella, llorando los dos tiernas y amorosas lágrimas.

Admirados quedaron cuantos en la sala estaban, viendo tan extraño acontecimiento.

Aussitôt don Rafael se précipita, et lui dit, en le tenant serré d'une étroite embrassade :

« Revenez à vous, monsieur, et embrassez votre ami et votre frère, puisque vous voulez que je le sois. Reconnaissez don Rafael, votre camarade, qui sera le véritable témoin de votre volonté et de la faveur que vous entendez faire à sa sœur, en la faisant vôtre. »

Marco Antonio revint à lui, et reconnut aussitôt don Rafael ; l'ayant étroitement embrassé, et baisé au front, il lui dit :

« C'est le cas de dire, monsieur mon frère, que l'immense joie que m'a donnée votre vue ne peut avoir moindre contrepartie qu'un deuil extrême ; on dit bien qu'après le plaisir vient la tristesse ; mais, quelle que soit celle qui m'adviendra, je la tiendrai, moi, pour bien employée, du moment que j'aurai eu le plaisir de vous voir.

— Et que je veux parachever, répliqua don Rafael, en vous présentant ce joyau, à savoir votre épouse bien-aimée. »

Et, partant à la recherche de Teodosia, il la trouva, en retrait de toute l'assistance, en train de pleurer, confuse et stupéfaite, partagée entre chagrin et joie par ce qu'elle voyait et ce qu'elle avait entendu dire. Son frère la prit par la main, et elle, sans résister, se laissa conduire où il voulut, c'est-à-dire devant Marco Antonio, qui la reconnut et l'étreignit dans ses bras, tous deux versant de tendres et amoureuses larmes.

Tous ceux qui étaient dans la salle s'émerveillaient de voir un si étrange événement.

Mirábanse unos a otros sin hablar palabra, esperando en qué habían de parar aquellas cosas. Mas la desengañada y sin ventura Leocadia, que vio por sus ojos lo que Marco Antonio hacía y vio al que pensaba ser hermano de don Rafael en brazos del que tenía por su esposo, viendo junto con esto burlados sus deseos y perdidas sus esperanzas, se hurtó de los ojos de todos (que atentos estaban mirando lo que el enfermo hacía con el paje que abrazado tenía) y se salió de la sala o aposento, y en un instante se puso en la calle, con intención de irse desesperada por el mundo o adonde gentes no la viesen; mas apenas había llegado a la calle, cuando don Rafael la echó menos, y como si le faltara el alma, preguntó por ella, y nadie le supo dar razón dónde se había ido. Y así, sin esperar más, desesperado salió a buscarla, y acudió adonde le dijeron que posaba Calvete, por si había ido allá a procurar alguna cabalgadura en que irse; y no hallándola allí, andaba como loco por las calles buscándola de unas partes a otras; y pensando si por ventura se había vuelto a las galeras, llegó a la marina, y un poco antes que llegase oyó que a grandes voces llamaban desde tierra el esquife de la capitana, y conoció que quien las daba era la hermosa Leocadia, la cual, recelosa de algún desmán, sintiendo pasos a sus espaldas, empuñó la espada y esperó apercebida que llegase don Rafael, a quien ella luego conoció,

Ils étaient là, muets, à échanger des regards, et à attendre l'issue de cette aventure. Mais l'infortunée Leocadia, tombant de haut quand elle vit de ses yeux ce que faisait Marco Antonio, et qu'elle vit la personne qu'elle pensait être le frère de don Rafael dans les bras de celui qu'elle pensait être son époux, voyant en somme ses désirs bafoués et ses espoirs gâchés, se déroba aux yeux de tous (qui n'en avaient que pour la scène du malade étreignant le page) ; elle sortit de ce qui servait de salle ou de chambre, pour se jeter aussitôt dans la rue, avec l'intention de s'en aller, désespérée, au bout du monde, ou, en tout cas, loin des regards de tous; mais à peine eut-elle gagné la rue que don Rafael s'aperçut de son absence, et s'inquiéta d'elle comme si son âme lui avait fait défaut; or nul ne lui sut dire où elle était allée. Sans attendre davantage, il sortit donc, désespéré, à sa recherche, et courut où on lui avait dit que logeait Calvete, pour le cas où elle s'y serait rendue en quête d'une monture pour s'enfuir; mais, faute de l'y avoir trouvée, le voilà qui va comme un fou à travers rues, et la cherche de toutes parts; et, se demandant si d'aventure elle ne serait pas retournée aux galères, il se rendit au rivage, et, peu avant de l'atteindre, entendit, depuis la côte, héler le canot de la capitane à grands cris. Il reconnut en eux la voix de la belle Leocadia. Celle-ci, redoutant quelque mauvais coup quand elle entendit des pas derrière elle, empoigna son épée et, se mettant en garde, attendit la venue de don Rafael, qu'elle reconnut aussitôt.

y le pesó de que la hubiese hallado, y más en parte tan sola : que ya ella había entendido, por más de una muestra que don Rafael le había dado, que no la quería mal, sino tan bien que tomara por buen partido que Marco Antonio la quisiera otro tanto.

¿Con qué razones podré yo decir ahora las que don Rafael dijo a Leocadia, declarándole su alma, que fueron tantas y tales que no me atrevo a escribirlas? Mas, pues es forzoso decir algunas, las que entre otras le dijo fueron éstas :

— Si con la ventura que me falta me faltase ahora, ¡oh hermosa Leocadia!, el atrevimiento de descubriros los secretos de mi alma, quedaría enterrada en los senos del perpetuo olvido la más enamorada y honesta voluntad que ha nacido ni puede nacer en un enamorado pecho. Pero por no hacer este agravio a mi justo deseo, véngame lo que viniere, quiero señora, que advirtáis, si es que os da lugar vuestro arrebatado pensamiento, que en ninguna cosa se me aventaja Marco Antonio, si no en el bien de ser de vos querido. Mi linaje es tan bueno como el suyo, y en los bienes que llaman de fortuna no me hace mucha ventaja; en los de naturaleza [no] me conviene que me alabe, y más si a los ojos vuestros no son de estima. Todo esto digo, apasionada señora, por que toméis el remedio y el medio que la suerte os ofrece en el extremo de vuestra desgracia. Ya veis que Marco Antonio no puede ser vuestro porque el cielo le hizo de mi hermana,

Elle fut fâchée qu'il l'eût trouvée, surtout dans un endroit si solitaire : car elle avait déjà compris, à plus d'un indice du comportement de don Rafael, que loin de la haïr, il la chérissait, et si fort, qu'elle se fût félicitée de voir Marco Antonio la chérir autant.

En quels termes dirai-je à présent ceux qu'employa don Rafael avec Leocadia pour lui déclarer sa flamme ? Ils furent tels, il y en eut tant que je n'ose les écrire. Mais, puisqu'il en faut bien dire quelques-uns, voici, entre autres, ce qu'il lui dit :

« Si, autant que la chance, ô belle Leocadia, me faisait ici défaut l'audace de vous révéler les secrets de mon âme, je laisserais enfouie au sein d'un éternel oubli la plus amoureuse et honnête volonté qu'ait jamais conçue ni puisse concevoir un cœur amoureux. Mais pour ne pas faire un tel tort à mon juste désir, quoi qu'il puisse m'en advenir, je veux, madame, que vous remarquiez, si votre esprit n'est pas trop bouleversé pour le faire, que Marco Antonio n'a sur moi aucun avantage, hors le bonheur d'être chéri de vous. Ma race vaut la sienne, et, pour ce qui est des biens dits de fortune, il ne l'emporte guère sur moi ; quant à ceux de nature, ce n'est pas à moi de m'en vanter, surtout s'ils ne sont pas estimables à vos yeux. Tout ceci, je le dis, madame, pour que votre cœur tourmenté accepte le recours et remède que vous offre le sort en l'extrémité où vous êtes. Vous voyez bien que Marco Antonio ne peut être à vous, puisque le Ciel a fait qu'il soit à ma sœur ;

y el mismo cielo, que hoy os ha quitado a Marco Antonio, os quiere hacer recompensa conmigo, que no deseo otro bien en esta vida que entregarme por esposo vuestro. Mirad que el buen suceso está llamando a las puertas del malo que hasta ahora habéis tenido, y no penséis que el atrevimiento que habéis mostrado en buscar a Marco Antonio ha de ser parte para que no os estime y tenga en lo que mereciérades, si nunca lo habiérades tenido, que en la hora que quiero y determino igualarme con vos, eligiéndo os por perpetua señora mía, en aquella misma se me ha de olvidar, y ya se me ha olvidado, todo cuanto en esto he sabido y visto; que bien sé que las fuerzas que a mí me han forzado a que tan de rondón y a rienda suelta me disponga a adoraros y a entregarme por vuestro, esas mismas os han traído a vos al estado en que estáis, y así no habrá necesidad de buscar disculpa donde no ha habido yerro alguno.

Callando estuvo Leocadia a todo cuanto don Rafael le dijo, sino que de cuando en cuando daba unos profundos suspiros, salidos de lo íntimo de sus entrañas. Tuvo atrevimiento don Rafael de tomarle una mano, y ella no tuvo esfuerzo para estorbárselo, y allí, besándosela muchas veces, le decía :

— Acabad, señora de mi alma, de serlo del todo a vista destos estrellados cielos que nos cubren, y deste sosegado mar que nos escucha, y destas bañadas arenas que nos sustentan.

CARTE BANCAIRE
SANS CONTACT

)))

A0000000031010
le 25/01/20 a 17:39:16
LIBR DE LA PLACE 75
PARIS
3930837
82811789500015
30003
************7867
36345159A7AC42F1
432 001 220731
C @
MONTANT = 20,80 EUR

Pour information:
136,44 FRF
DEBIT

TICKET CLIENT
A CONSERVER

GIBERT JEUNE

2, 4, 5, 6, 10 Place St Michel
23, 27 Quai St Michel
75005, 75006 Paris
Tel : 01.56.81.22.22

LA NUIT DES ROIS	9782081331822/2
	8.50EUR
LE JALOUX D'ESTREMAD	9782070423026/2
	12.30EUR

	TOTAL : 20.80EUR

NB ART. VENDUS:	2 ART.
TOTAL TTC:	**20.80EUR**

PAIEMENT:

CB AUTO	20.80EUR

	TAUX	HT	TVA	TTC
2	5.50%	19.72EUR	1.08EUR	20.80EUR

MAG:5 TRM:20 OP:4040 TKT:20077359
le 25/01/2020 a 17:39:28

SAS au capital 1000 euros
SIRET 828117895
Siege social: 5, rue Pierre Sarazin
75005 Paris

Merci de votre visite
Ticket a conserver
Echange sous 8 jours
Voir conditions en magasin

0% Bisphenol A
BPA

FSC
www.fsc.org
MIXTE
Issu de sources responsables
FSC® C002321

EXACOMPTA
PARIS

0% Bisphenol A
BPA

or ce même Ciel, qui vous ôte aujourd'hui Marco Antonio, veut vous récompenser de ma personne, qui ne désire autre bien en ce monde que celui de s'offrir à être votre époux. Considérez que la bonne fortune heurte à présent aux portes de la malchance qui jusqu'alors fut vôtre, et n'allez pas croire que, pour avoir osé partir à la recherche de Marco Antonio, vous ayez perdu mon estime et m'empêchiez de vous estimer autant que si vous n'aviez jamais eu cette audace : du moment que je suis fermement résolu à me hausser jusqu'à vous, en vous faisant maîtresse à jamais de mon cœur, dorénavant je dois oublier, et dès à présent c'est chose faite, tout ce que j'ai pu apprendre et voir en cette affaire ; car je sais bien que les forces qui m'ont ainsi contraint, tout de go et à bride abattue, à faire de vous mon adorée et à vous offrir mon cœur sont celles aussi qui vous ont mise en l'état où vous êtes, si bien qu'il ne sera pas nécessaire de chercher d'excuse là où faute jamais il n'y eut. »

Tout ce que don Rafael lui dit là, Leocadia l'écouta dans un silence seulement entrecoupé, de temps à autre, par des soupirs venus du plus profond de ses entrailles. Don Rafael s'enhardit à lui prendre une main, qu'elle n'eut pas la force de lui refuser. Alors, la couvrant de multiples baisers, le voilà qui s'écrie :

« Achevez, maîtresse de mon âme, de prendre possession d'elle, sous le regard de ces cieux étoilés qui nous couvrent, de cette mer paisible qui nous écoute, de ce sablon, baigné des flots, qui nous soutient.

Dadme ya el sí, que sin duda conviene tanto a vuestra honra como a mi contento. Vuélvoos a decir que soy caballero, como vos sabéis, y rico, y que os quiero bien, que es lo que más habéis de estimar, y que en cambio de hallaros sola y en traje que desdice mucho del de vuestra honra, lejos de la casa de vuestros padres y parientes, sin persona que os acuda a lo que menester hubiéredes, y sin esperanza de alcanzar lo que buscábades, podéis volver a vuestra patria en vuestro propio, honrado y verdadero traje, acompañada de tan buen esposo como el que vos supisteis escogeros; rica, contenta, estimada y servida, y aun loada de todos aquellos a cuya noticia llegaren los sucesos de vuestra historia. Si esto es así, como lo es, no sé en qué estáis dudando; acabad (que otra vez os lo digo) de levantarme del suelo de mi miseria al cielo de mereceros, que en ello haréis por vos misma y cumpliréis con las leyes de la cortesía y del buen conocimiento, mostrándoos en un mismo punto agradecida y discreta.

— Ea, pues — dijo a esta sazón la dudosa Leocadia —, pues así lo ha ordenado el cielo, y no es en mi mano ni en la de viviente alguno oponerse a lo que Él determinado tiene, hágase lo que Él quiere y vos queréis, señor mío;

Accordez-moi vite ce “oui” qui, sans nul doute, convient à votre honneur autant qu’à ma félicité ! Je vous le redis, gentilhomme je suis, comme vous le savez, et riche, et, ce que vous devez estimer davantage, je vous aime de tout mon cœur. Oui, au lieu de vous trouver seule, sous cet habit si mal accordé à ce qui sied à votre honneur, loin de chez vos parents et autre famille, sans personne pour subvenir à vos besoins, et sans espoir d’obtenir ce que vous recherchiez, vous pouvez rentrer au pays sous votre propre, honnête et véritable habit, en compagnie d’un aussi bon époux que le peut être celui que vous avez su vous choisir ; riche, contente, estimée et servie, et même louée par tous ceux qui viendraient à apprendre les péripéties de votre histoire. S’il en est bien comme je dis, et je dis vrai, je ne sais pourquoi vous hésitez là ; achevez (je vous le répète) de me hausser des bas-fonds de ma misère à la félicité céleste de vous avoir méritée ; vous agirez ainsi en faveur de vous-même, tout en respectant les lois de la courtoisie et du discernement, et vous vous montrerez, tout à la fois, reconnaissante et sage.

— Allons, dit alors l’hésitante Leocadia, puisque le Ciel en a disposé ainsi, et qu’il ne dépend pas de moi ni de personne au monde de s’opposer à ce qu’Il a décidé, faisons ce qu’Il veut et que vous voulez, vous, monsieur ;

y sabe el mismo cielo con la vergüenza que vengo a conde[s]cender con vuestra voluntad, no porque no entienda lo mucho que en obedeceros gano, sino porque temo que en cumpliendo vuestro gusto me habéis de mirar con otros ojos de los que quizá hasta ahora, mirándome, os han engañado; mas sea como fuere, que en fin el nombre de ser mujer legitima de don Rafael de Villavicencio no se podía perder, y con este título solo viviré contenta; y si las costumbres que en mí viéredes después de ser vuestra [esposa] fueren parte para que me estiméis en algo, daré al cielo las gracias de haberme traído por tan extraños rodeos y por tantos males a los bienes de ser vuestra. Dadme, señor don Rafael, la mano de ser mío, y veis aquí os la doy de ser vuestra, y sirvan de testigos los que vos decís : el cielo, la mar, las arenas y este silencio, sólo interrumpido de mis suspiros y de vuestros ruegos.

Diciendo esto, se dejó abrazar, y le dio la mano, y don Rafael le dio la suya, celebrando el no[c]turno y nuevo desposorio solas las lágrimas que el contento, a pesar de la pasada tristeza, sacaba de sus ojos. Luego se volvieron a casa del caballero, que estaba con grandísima pena de su falta, y lo mismo tenían Marco Antonio y Teodosia,

Il sait, ce même Ciel, avec quelle honte j'en viens à exaucer votre volonté, non que je ne comprenne tout ce que je gagne à vous obéir, mais parce que je crains que vous ne me regardiez, sitôt que j'aurai fait selon votre bon plaisir, avec d'autres yeux que ceux qui, peut-être, en me regardant, vous ont trompé jusqu'ici ; mais en définitive, et quoi qu'il me doive advenir, je ne pouvais gâcher la gloire d'être l'épouse légitime de don Rafael de Villavicencio, et ce seul titre suffira à mon bonheur ; et si la conduite que vous me verrez, une fois devenue vôtre, me pouvait valoir quelque estime de vous, je rendrai grâces au Ciel de m'avoir amenée, par de si étranges détours et par tant de malheurs, au bonheur de vous appartenir. Donnez-moi, don Rafael, votre main, voyez : je vous donne la mienne ! Qu'elles disent en se joignant que nous sommes l'un à l'autre, et qu'en soient témoins toutes ces choses que vous dites : le ciel, la mer, le sable, et ce silence que seuls interrompent mes soupirs et vos prières. »

Sur ces mots, elle se laissa enlacer ; sa main et celle de don Rafael se joignirent, et seules fêtèrent ces neuves épousailles nocturnes les larmes que la joie, surmontant la tristesse passée, arrachait à leurs yeux. Là-dessus, ils retournèrent chez le gentilhomme, qui était très peiné de leur disparition, de même que Marco et Teodosia.

los cuales ya por mano del clérigo estaban desposados, que a persuasión de Teodosia, temerosa que algún contrario ac[c]idente no le turbase el bien que había hallado, el caballero envió luego por quien los desposase, de modo que cuando don Rafael y Leocadia entraron y don Rafael contó lo que con Leocadia le había sucedido, ansí les aumentó el gozó como si ellos fueran sus cercanos parientes, que es condición natural y propia de la nobleza catalana saber ser amigos y favorecer a los extranjeros que dellos tienen necesidad alguna.

El sacerdote, que presente estaba, ordenó que Leocadia mudase el hábito y se vistiese en el suyo; y el caballero acudió a ello con presteza, vistiendo a las dos de dos ricos vestidos de su mujer, que era una principal señora, del linaje de los Granolleques, famoso y antiguo en aquel reino. Avisó al cirujano, quien por caridad se dolía del herido, como hablaba mucho, y no le dejaban solo, el cual vino y ordenó lo primero que fue que le dejasen en silencio. Pero Dios, que así lo tenía ordenado, tomando por medio e instrumento de sus obras — cuando a nuestros ojos quiere hacer alguna maravilla — lo que la misma naturaleza no alcanza, ordenó que el alegría y poco silencio que Marco Antonio había guardado fuese parte para mejorarle, de manera que otro día cuando le curaron le hallaron fuera de peligro, y de allí a catorce se levantó tan sano que sin temor alguno se pudo poner en camino.

Ceux-ci avait déjà été mariés par la main d'un prêtre : sur l'instance de Teodosia, qui craignait que quelque coup du sort ne vînt troubler son bonheur à peine trouvé, le gentilhomme avait envoyé chercher quelqu'un pour les marier ; ainsi donc, une fois Rafael et Leocadia entrés, une fois conté par don Rafael ce qui lui était arrivé avec Leocadia, la joie de l'assistance redoubla, au point qu'on eût cru à une fête de famille, car la noblesse catalane a cette qualité innée de savoir accorder amitié et faveurs aux étrangers qui, pour quelque nécessité, ont recours à elle.

Le prêtre, qui assistait à tout cela, ordonna à Leocadia de changer de tenue, et de reprendre l'habit propre à son sexe ; le gentilhomme y veilla promptement, en habillant les deux jeunes filles avec deux robes de son épouse, qui était une fort grande dame, de la race des Granolleque, réputée en ce royaume de toute antiquité. Il prévint le chirurgien, qui se souciait charitablement du blessé, que celui-ci parlait beaucoup, et qu'on ne le laissait pas seul ; l'homme accourut, et sa prescription immédiate fut de faire silence autour de lui. Mais Dieu, qui en avait disposé ainsi, prenant pour moyen et instrument de ses œuvres — quand Il veut déployer sous nos yeux quelque merveille — ce qui va au-delà de l'ordre de Nature, disposa que la joie et le peu de silence qu'avait observés Marco Antonio fussent propices à sa convalescence, en sorte que, le lendemain, quand on le soigna, on le découvrit hors de danger ; quatorze jours plus tard il se leva si bien rétabli qu'il put sans nulle crainte se mettre en chemin.

Es de saber que en el tiempo que Marco Antonio estuvo en el lecho hizo voto, si Dios le sanase, de ir en romería, a pie, a Santiago de Galicia, en cuya promesa le acompañaron don Rafael, Leocadia y Teodosia, y aun Calvete el mozo de mulas — obra pocas veces usada de los de oficios semejantes —; pero la bondad y llaneza que había conocido en don Rafael le obligó a no dejarle hasta que volviese a su tierra; y viendo que habían de ir a pie como peregrinos, envió las mulas a Salamanca con la que era de don Rafael, que no faltó con quien enviarlas.

Llegóse, pues, el día de la partida y acomodados de sus esclavinas y de todo lo necesario, se despidieron del liberal caballero que tanto les había favorecido y agasajado, cuyo nombre era don Sancho de Cardona, ilustrísimo por sa[n]gre y famoso por su persona. Ofreciéronsele todos de guardar perpetuamente ellos y sus de[s]cendientes, a quien se lo dejarían mandado, la memoria de las mercedes tan singulares dél recibidas, para agradecelles siquiera, ya que no pudiesen servirlas.

Don Sancho los abrazó a todos, diciéndoles que de su natural condición nacía hacer aquellas obras, o otras que fuesen buenas, a todos los que conocía o imaginaba ser hidalgos castellanos.

Reiteráronse dos veces los abrazos y con alegría mezclada con algún sentimiento triste se despidieron,

Pendant le temps que Marco Antonio garda le lit, il faut savoir qu'il fit vœu, si Dieu le guérissait, d'aller en pèlerinage, à pied, à Saint-Jacques-de-Compostelle. Il fut accompagné dans cette promesse par don Rafael, Leocadia et Teodosia, et même par Calvete, le valet muletier : bien que ce genre d'œuvre pie ne soit guère fréquent en de tels métiers, la bonté et la cordialité que don Rafael lui avait témoignées le forcèrent à ne le quitter qu'une fois rentré au pays ; et, voyant qu'ils devaient, en bons pèlerins, aller à pied, il envoya les mules à Salamanque, en compagnie de celle qui appartenait à don Rafael : il fut aisé de trouver quelqu'un pour les acheminer.

Vint le jour du départ ; munis, donc, de leurs mantelets et autres fourniments requis pour le pèlerinage, ils prirent congé du généreux gentilhomme qui les avait comblés de tant de faveurs et d'égards. Il se nommait don Sancho de Cardona ; la gloire de son sang ne le cédait qu'au renom de sa personne. Tous lui promirent de conserver à jamais, eux et leurs descendants, à qui ils en légueraient l'ordre, la mémoire des extraordinaires faveurs reçues de lui, pour l'en remercier de leur mieux, faute de le pouvoir servir en retour.

Don Sancho les embrassa tous, en leur disant qu'il lui était tout naturel de faire ce genre d'œuvres, entre autres bienfaits, à tous ceux qu'il savait ou imaginait être des hidalgos castillans.

Après deux tournées encore d'embrassades, avec une joie mêlée d'un peu de tristesse, ils prirent congé.

y caminando con la comodidad que permitía la delicadeza de las dos nuevas peregrinas, en tres días llegaron a Monserrat, y estando allí otros tantos, haciendo lo que a buenos y católicos cristianos debían, con el mismo espacio volvieron a su camino, y sin sucederles revés ni desmán alguno llegaron a Santiago. Y después de cumplir su voto con la mayor devoción que pudieron, no quisieron dejar el hábito de peregrinos hasta entrar en sus casas, a las cuales llegaron poco a poco, descansados y contentos; mas antes que llegasen, estando a vista del lugar de Leocadia, que, como se ha dicho, era una legua del de Teodosia, desde encima de un recuesto los descubrieron a entrambos, sin poder encubrir las lágrimas que el contento de verlos les trujo a los ojos, a lo menos a las dos desposadas, que con su vista renovaron la memoria de los pasados sucesos.

Descubríase desde la parte donde estaban un ancho valle que los dos pueblos dividía, en el cual vieron, a la sombra de un olivo, un dispuesto caballero sobre un poderoso caballo, con una blanquísima adarga en el brazo izquierdo, y una gruesa y larga lanza terciada en el derecho; y mirándole con atención, vieron que asimismo por entre unos olivares venían otros dos caballeros con las mismas armas y con el mismo donaire y apostura,

Voyageant avec les ménagements requis par les natures délicates des deux nouvelles pèlerines, ils mirent trois jours pour arriver à Montserrat, y séjournèrent trois autres, y faisant ce qui incombe à de bons et catholiques chrétiens, et reprirent leur route, toujours sans se presser; et, sans essuyer de mésaventures ni de coups du sort, ils arrivèrent à Saint-Jacques. Après avoir accompli leur vœu le plus dévotement du monde, ils ne voulurent point quitter leurs habits de pèlerins jusqu'à ce qu'ils fussent dans les murs de leurs maisons, où ils arrivèrent au terme d'un voyage par petites étapes, reposés et heureux; mais avant cette arrivée, comme ils se trouvaient à portée de vue du bourg de Leocadia, qui était, comme on l'a dit, à une lieue de celui de Teodosia, du haut d'une côte ils les aperçurent tous deux, sans pouvoir cacher les larmes que la joie de les voir leur fit venir aux yeux, du moins à ceux des deux épousées, en qui cette vue raviva le souvenir des aventures passées.

Depuis l'endroit où ils étaient, on apercevait, entre les deux bourgades, une vaste vallée : ils y virent, à l'ombre d'un olivier, gaillardement juché sur un puissant cheval, un noble cavalier, tenant du bras gauche un bouclier d'un blanc éclatant, et, du droit, une grosse et longue lance prête à frapper; et, tandis qu'ils le regardaient attentivement, ils virent aussi surgir d'entre des olivaies deux autres cavaliers avec mêmes armures et même gaillarde prestance;

y de allí, a poco vieron que se juntaron todos tres y habiendo estado un pequeño espacio venido se apartó con el que estaba primero debajo del olivo; los cuales, poniendo las espuelas a los caballos, arremetieron el uno al otro, con muestras de ser mortales enemigos, comenzando a tirarse bravos y diestros botes de lanza, ya hurtando los golpes, ya recogiéndolos con tanta destreza que daban bien a entender ser maestros en aquel ejercicio.

El tercero los estaba mirando sin moverse de un lugar; mas no pudiendo don Rafael sufrir estar tan lejos, mirando aquella tan reñida y singular batalla, a todo correr bajó del recuesto, siguiéndole su hermana y su esposa, y en poco espacio se puso junto a los dos combatientes, a tiempo que ya los dos caballeros andaban algo heridos; y habiéndosele caído a uno el sombrero, y con él un casco de acero, al volver el rostro conoció don Rafael ser su padre, y Marco Antonio conoció que el otro era el suyo. Leocadia, que con atención había mirado al que no se combatía, conoció que era el padre que la había engendrado, de cuya vista todos cuatro suspensos, atónitos y fuera de sí quedaron; pero dando el sobresalto lugar al discurso de la razón, los dos cuñados, sin detenerse, se pusieron en medio de los que peleaban, diciendo a voces :

peu après, il les virent se réunir tous trois, puis, passé le court moment de cette réunion, se séparer : l'un de ceux qui étaient arrivés en dernier et celui qu'on avait d'abord vu sous l'olivier, après avoir tourné la bride à leurs chevaux, mirent du champ entre eux, après quoi les deux hommes, éperonnant leurs chevaux, se ruèrent l'un contre l'autre, donnant là tous les signes d'être ennemis mortels : les voilà qui se dardent de féroces et adroits coups de lance, tantôt les esquivant, et tantôt les amortissant de leur bouclier, avec tant d'adresse qu'on voyait bien qu'ils étaient passés maîtres en ce genre d'exercice.

Le troisième demeurait sur place, à les regarder ; mais don Rafael, ne pouvant supporter de se tenir si loin à regarder ce singulier et acharné combat, dévala la côte, suivi de sa sœur et de son épouse, et fut en peu de temps à deux pas des combattants, qu'il rejoignit au moment où les deux cavaliers s'étaient déjà quelque peu blessés mutuellement ; or, l'un d'eux, ayant perdu tout ensemble chapeau et casque d'acier, tourna son visage vers don Rafael, qui reconnut en lui son père, tandis que Marco Antonio reconnut en l'autre le sien. Leocadia, qui avait observé attentivement celui qui ne combattait pas, reconnut en lui son père et géniteur. Une telle découverte les laissa tous quatre en suspens, sidérés, éperdus ; mais, leur raison ayant maîtrisé leur émoi, les deux beaux-frères s'interposèrent tout de go entre les combattants, leur disant à grands cris :

— No más, caballeros, no más, que los que esto os piden y suplican son vuestros propios hijos.

— Yo soy Marco Antonio, padre y señor mío — decía Marco Antonio —; yo soy aquel por quien, a lo que imagino, están vuestras canas venerables puestas en este riguroso trance. Templad la furia y arrojad la lanza, o volvedla contra otro enemigo, que el que tenéis delante ya de hoy más ha de ser vuestro hermano.

Casi estas mismas razones decía don Rafael a su padre, a las cuales se detuvieron los caballeros, y atentamente se pusieron a mirar a los que se las decían, y volviendo la cabeza vieron que don Enrique, el padre de Leocadia, se había apeado y estaba abrazado con el que pensaban ser peregrino; y era que Leocadia se había llegado a él, y dándosele a conocer, le rogó que pusiese en paz a los que se combatían, contándole en breves razones como don Rafael era su esposo y Marco Antonio lo era de Teodosia.

Oyendo esto su padre se apeó, y la tenía abrazada, como se ha dicho; pero, dejándola, acudió a ponerlos en paz, aunque no fue menester, pues ya los dos habían conocido a sus hijos y estaban en el suelo, teniéndolos abrazados, llorando todos lágrimas de amor y de contento nacidas. Juntáronse todos, y volvieron a mirar a sus hijos, y no sabían qué decirse.

« Arrêtez, nobles cavaliers, arrêtez ! Ce sont vos propres fils qui vous le demandent et vous en supplient !

— Oui, monsieur mon père, Marco Antonio, c'est moi, disait Marco Antonio, c'est moi qui, à ce que j'imagine, ai mis votre vénérable tête chenue en ce cruel danger. Modérez votre furie, et jetez votre lance, ou tournez-la contre un autre ennemi : car celui que vous avez devant vous doit être dorénavant votre frère. »

Don Rafael servait à son père à peu près les mêmes propos, qui firent s'arrêter les cavaliers, pour dévisager ceux qui leur parlaient ainsi. Et, tournant la tête, ils virent que don Enrique, le père de Leocadia, avait mis pied à terre et qu'il serrait dans ses bras celui qu'ils prenaient pour un pèlerin ; et c'est que Leocadia était allée à lui, s'était fait reconnaître, et l'avait supplié de pacifier les combattants, non sans lui avoir conté brièvement comment don Rafael était devenu son époux, et Marco Antonio celui de Teodosia.

À ces mots, son père avait mis pied à terre, et l'avait longuement serrée dans ses bras, comme il a été dit ; mais voilà qu'il la quitte, qu'il court les pacifier… Élan superflu, car les deux adversaires avaient déjà reconnu leurs fils ; descendus de leurs montures, ils les étreignaient dans leurs bras, et tout le monde versait des larmes, que l'amour et la joie en chacun provoquaient ! Une fois tout le monde rassemblé, ils se reprirent à considérer leurs fils, et ne savaient que dire.

Atentábanles los cuerpos, por ver si eran fantásticos, que su improvisa llegada esta y otras sospechas engendraba; pero, desengañados algún tanto, volvieron a las lágrimas y a los abrazos.

Y en esto asomó por el mismo valle gran cantidad de gente armada, de a pie y de a caballo, los cuales venían a defender al caballero de su lugar; pero como llegaron y los vieron abrazados de aquellos peregrinos y preñados los ojos de lágrimas, se apearon y admiraron, estando suspendos, hasta tanto que don Enrique les dijo brevemente lo que Leocadia su hija le había contado.

Todos fueron a abrazar a los peregrinos con muestras de contento tales que no se pueden encarecer. Don Rafael de nuevo contó a todos, con la brevedad que el tiempo requería, todo el suceso de sus amores, y de cómo venía casado con Leocadia, y su hermana Teodosia con Marco Antonio, nuevas que de nuevo causaron nueva alegría. Luego, de los mismos caballos de la gente que llegó al socorro tomaron los que hubieron menester para los cinco peregrinos, y acordaron de irse al lugar de Marco Antonio, ofreciéndoles su padre de hacer allí las bodas de todos, y con este parecer se partieron; y algunos de los que se habían hallado presentes se adelantaron a pedir albricias a los parientes y amigos de los desposados.

Ils tâtaient leurs corps, pour voir s'ils n'étaient pas fantômes, car leur arrivée à l'improviste inspirait ce genre de soupçons ; mais, quand ils en furent quelque peu détrompés, larmes et embrassades repartirent de plus belle.

Là-dessus, du fond de cette même vallée, surgit une foule de gens armés, tant fantassins que cavaliers, qui venaient là défendre le cavalier de leur bourgade respective ; mais quand, à l'arrivée, ils les virent serrer ces pèlerins dans leurs bras et verser tant de larmes, ils mirent tous pied à terre et restèrent là, étonnés, en suspens, jusqu'à avoir par don Enrique un bref compte rendu de ce que Leocadia, sa fille, lui avait conté.

Ils s'en furent tous embrasser les pèlerins, avec de telles marques de joie que les mots sont impuissants à les dire. Don Rafael conta de nouveau à tout le monde, avec la brièveté requise par les circonstances, toute l'aventure de ses amours, et comment il s'était, au bout du compte, marié avec Leocadia, et Teodosia, sa sœur, avec Marco Antonio, nouvelles qui de nouveau renouvelèrent la joie. Aussitôt on préleva, sur les chevaux de ceux accourus en renfort, les montures qu'il fallut pour les cinq pèlerins, et l'on décida de se rendre à la bourgade de Marco Antonio, dont le père offrit de célébrer en ce lieu les noces de tous, et le départ se fit sur cet accord ; et certains de ceux qui s'étaient trouvés présents prirent les devants, pour aller réclamer des étrennes aux parents et amis des épousés.

En el camino supieron don Rafael y Marco Antonio la causa de aquella pendencia, que fue que el padre de Teodosia y el de Leocadia habían desafiado al padre de Marco Antonio en razón de que él había sido sabidor de los engaños de su hijo, y habiendo venido los dos, y hallándose solo, no quisieron combatirse con alguna ventaja, sino uno a uno, como caballeros, cuya pendencia parara en la muerte de uno o en la de entrambos si ellos no hubieran llegado.

Dieron gracias a Dios, los cuatro peregrinos, del suceso felice. Y otro día después que llegaron, con real y espléndida magnificencia y sumptuoso gasto, hizo celebrar el padre de Marco Antonio las bodas de su hijo y Teodosia y las de don Rafael y de Leocadia. Los cuales luengos y felices años vivieron en compañía de sus esposas, dejando de sí ilustre generación y de[s]cendencia, que hasta hoy dura en estos dos lugares, que son de los mejores de la Andalucía; y si no se nombran es por guardar el decoro a las dos doncellas, a quien quizá las lenguas maldicientes o neciamente escrupulosas les [harán][1] cargo de la ligereza de sus deseos y el súbito mudar de trajes; a los cuales ruego que no arrojen a vituperar semejantes libertades hasta que miren en sí si alguna vez han sido tocados destas que llaman flechas de Cupido, que en efeto es una fuerza, si así se puede llamar incontrastable, que hace el apetito a la razón.

1. *Harán* : l'original dit par erreur *eran*.

En cours de route, don Rafael et Marco Antonio apprirent la raison du combat : c'est que le père de Teodosia et celui de Leocadia avaient défié le père de Marco Antonio, alléguant qu'il avait été, lui, de connivence avec les tromperies de son fils ; étant venus tous deux, ils l'avaient trouvé seul, et, au lieu d'en tirer avantage, avaient préféré un combat singulier, comme il sied à des gentilshommes, combat qui eût abouti à la mort de l'un d'eux, voire à deux trépas, s'ils n'étaient pas, eux, survenus.

Les quatre pèlerins rendirent grâces à Dieu de cette heureuse issue. Et, le lendemain de leur arrivée, avec splendide et royale magnificence, et somptueux apparat, le père de Marco Antonio fit célébrer les noces de son fils et de Teodosia, ainsi que celles de don Rafael et de Leocadia. Lesquels vécurent de longues et heureuses années en compagnie de leurs épouses, laissant après eux une prolifique et illustre descendance, toujours bien représentée aujourd'hui en ces deux chefs-lieux, qui comptent parmi ce que l'Andalousie offre de mieux ; et si on ne les nomme pas, c'est par souci de bienséance envers les deux jeunes filles, à qui les langues médisantes ou sottement tatillonnes iront, qui sait, reprocher la légèreté de leurs désirs et ce travestissement subit ; or je prie ces gens-là de ne point s'avancer à blâmer ce genre de libertés, sans regarder d'abord sur leur propre exemple s'ils n'ont été quelquefois atteints de ce qu'on nomme flèches de Cupidon, en quoi il faut voir une violence, si j'ose dire, irrésistible, que fait Monsieur l'Appétit à Dame Raison.

Calvete, el mozo de mulas, se quedó con la que de don Rafael había enviado a Salamanca, y con otras muchas dádivas que los dos desposados le dieron; y los poetas de aquel tiempo tuvieron ocasión donde emplear sus plumas exagerando la hermosura y los sucesos de las dos tan atrevidas cuanto honestas doncellas, sujeto principal deste extraño suceso.

Calvete, le valet des mules, garda celle que don Rafael avait envoyée à Salamanque, en plus d'autres nombreux cadeaux que lui firent les deux époux ; et les poètes de ces temps-là eurent l'occasion d'employer leurs plumes à vanter la beauté et les aventures de ces deux non moins hardies que vertueuses jeunes filles, sujet principal de cette étrange aventure.

DU MÊME AUTEUR

DANS LA COLLECTION FOLIO BILINGUE

EL AMANTE LIBERAL / L'AMANT GÉNÉREUX
Traduction, préface et notes de Gabriel Iaculli (n° 51)

NOVELAS EJEMPLARES (selección) / NOUVELLES EXEMPLAIRES (choix)
Traduction de Jean Cassou, révision, préface et notes de Claire Lagrange (n° 11)

DANS LA COLLECTION FOLIO

DON QUICHOTTE DE LA MANCHE (n° 1900 et 1901)

NOUVELLES EXEMPLAIRES (n° 1256)

Impression Bussière Camedan Imprimeries
à Saint-Amand (Cher), le 10 septembre 2002.
Dépôt légal : septembre 2002.
Numéro d'imprimeur : 023985/1.
ISBN 2-07-042302-6./Imprimé en France.

10634